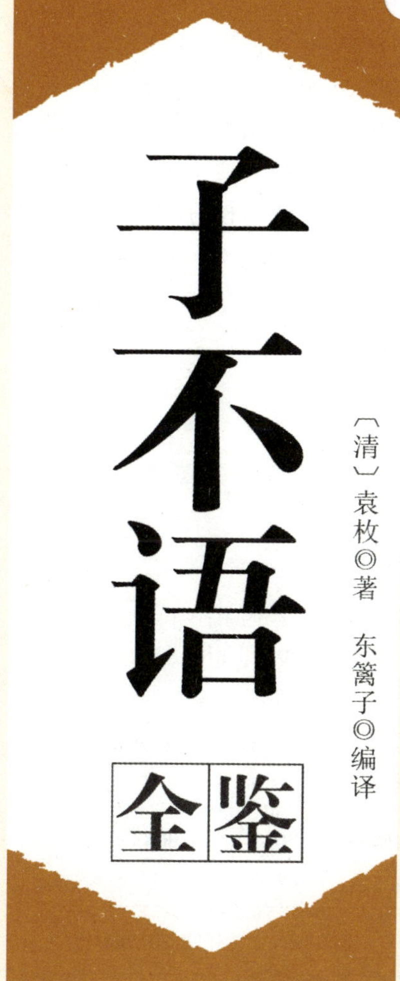

中国纺织出版社有限公司 | 国家一级出版社
全国百佳图书出版单位

内 容 提 要

《子不语》，又名《新齐谐》，是清朝中叶著名文学家袁枚撰写的一部笔记小品，共24卷，另续卷10卷。其内容涉及婚恋、公案、科举、神怪、侠义、历史、宗教、博物等多方面，展现了我国古代尤其是清朝在物质、制度、精神等层面的文化魅力。本书本着思想性和趣味性的标准，选录了一百多篇作品，对每篇作品进行注释和译文，便于读者在轻松地阅读中了解此经典的内容。

图书在版编目（CIP）数据

子不语全鉴 / （清）袁枚著；东篱子编译. --北京：中国纺织出版社有限公司，2021.4（2024.1重印）
ISBN 978-7-5180-8403-6

Ⅰ. ①子… Ⅱ. ①袁… ②东… Ⅲ. ①笔记小说—小说集—中国—清代 Ⅳ. ①I242.1

中国版本图书馆CIP数据核字（2021）第040683号

责任编辑：段子君　　责任校对：高　涵　　责任印制：储志伟

中国纺织出版社有限公司出版发行
地址：北京市朝阳区百子湾东里A407号楼　邮政编码：100124
销售电话：010—67004422　传真：010—87155801
http://www.c-textilep.com
中国纺织出版社天猫旗舰店
官方微博 http://weibo.com/2119887771
永清县晔盛亚胶印有限公司印刷　各地新华书店经销
2021年4月第1版　2024年1月第2次印刷
开本：710×1000　1/16　印张：20
字数：236千字　定价：68.00元

前言

袁枚（1716 年—1798 年），字子才，浙江钱塘（今浙江杭州市）人，清代诗人、小说家、戏曲理论家。他在乾隆四年（1739 年）考取进士，曾任溧水、江浦、江宁等地知县。后辞官定居江宁，在小仓山下购筑“随园”，自号仓山居士、随园老人，又号简斋。

袁枚小时候就“好听长者谈古事”，特别是他姑妈常给他讲一些传说故事和历代野史，少年时代的他尤其喜爱各种杂学书籍，这些都为他后来撰写《子不语》这部传世佳作奠定了坚实的基础。

《子不语》是一部笔记小品，也可以称之为一部文言短篇小说集。正集大约成书于乾隆五十三年（1788 年）前，后来又陆续增加部分篇章，合为续集。这本书大多仿照六朝志怪小说及《聊斋志异》而写，文章多数谈论的是“怪异、勇力、悖乱、鬼神”等神秘离奇之事，虽然在封建社会这类故事流传得很普遍，但正是这看似寻常之中，却展现出光怪陆离的世间百态。也正是这极尽荒唐与晦涩交替之中，揭示了当时社会的诸多丑恶与时弊，亦不动声色地针砭了世态人情。

诸如本书中摘录的《张赵斗富》，就通过“张灯炫富”极为巧妙地揭露了封建统治阶级的穷奢极欲；而《冤鬼戏台告状》，则借用“冤死鬼”当时听到那些作案人埋尸时，自夸说：“这件事是弄不清楚了，如果要申冤，除非是包公再世。”所以多年后，“冤死鬼”借花脸扮演包龙图时，前来申冤得雪。这也有力抨击了当时还有许多冤假错案无法得申的社会现实。像这些揭露封建统治阶级的残暴、贪婪、虚伪、奢侈的故事，在《子不语》中还有很多，故事从不同侧面勾画出封建官吏的丑恶嘴脸；诸如《山娘娘》等故事深刻揭露了佛道的弄虚作假，演绎了一出出闹剧；还有一些反映世风日下、骗术盛行、嘲讽鄙陋习俗等的故事，至今仍有极高的认识价值。当然，这其中也不乏透露出袁枚对理学思想的批判以及对封建迷信思想的质疑。

《子不语》中虽然也搜集了很多有关托生转世、冤鬼索命、厉鬼为祟的离奇故事，但读起来并不使人感到可怕，反而让读者从中觉悟出“因果报应、惩恶扬善、宿命之说”的思想，随处可见一种引导人心向善、淳化社会风气的初衷，这与清初蒲松龄的志怪小说《聊斋志异》中的“托鬼言志”大有异曲同工之妙，对同时期和后期文学作品都有着深远影响。

袁枚自己在《子不语》的序言中说：“余生平寡嗜好，凡饮酒、度曲、樗蒱，可以接群居之欢者，一无能焉。文史外无以自娱，乃广采游心骇耳之事，妄言妄听，记而存之，非有所惑也。”显而易见，袁枚创作《子不语》是出于自己的兴趣，其中奇闻异事也多是来自亲朋好友的口述，或自己亲历后加以演绎而成，也有部分出自官府的邸报或公文，经过筛选整理，达到了“以事言理”又不乏娱乐的目的，让人们在茶余饭后多了一份轻松愉快的消遣时光。

不能不说，一部好的文学作品，透过它的文字本身，总能令人品咂出深刻的内涵，以及令人反思不已的人性与社会意义，而这部精短小说集恰恰做到了。正如鲁迅先生曾评论说：“屏去雕饰，反近自然。”钱钟书也给与了极高的评价：“盛名之下，占尽韵事。”

为了使广大读者阅读方便，我们对该书进行了注释、译文，以及生僻字注音，让您在轻松愉快的语境中领略这部经典的传奇色彩。

解译者

2020 年 12 月

目录

卷一

卷二

卷三

卷四

卷五

卷六

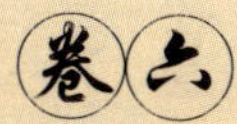

卷七

卷八

卷九

卷十三

卷十四

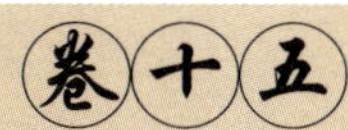

卷十五

卷十六

卷十七

卷十八

卷十九

卷二十

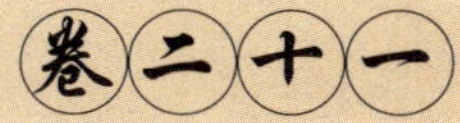

卷二十一

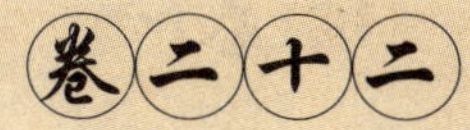

卷二十二

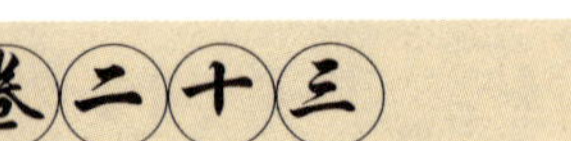

卷二十三

卷二十四

续卷一

续卷三

续卷四

续卷五

续卷六

续卷七

续卷八

续卷九

续卷十

卷一

李通判

【原文】

广西李通判者，巨富也。家畜七姬，珍宝山积。通判年二十七疾卒。有老仆者，素忠谨，伤其主早亡，与七姬共设斋醮[①]。忽一道人持簿化缘，老仆呵之曰："吾家主早亡，无暇施汝。"道士笑曰："尔亦思家主复生乎？吾能作法，令其返魂。"老仆惊奔，语诸姬，群讶然出拜，则道士去矣。老仆与群妾悔轻慢神仙，致令化去，各相归咎。未几，老仆过市，遇道士于途，老仆惊且喜，强持之请罪乞哀。道士曰："非我靳尔主之复生也。阴司例，死人还阳须得替代，恐尔家无人代死，吾是以去。"老仆曰："请归商之。"拉道士至家，以道士语告群妾。群妾初闻道士之来也甚喜，继闻将代死也皆恚[②]，各相视噤不发声。老仆毅然曰："诸娘子青年可惜，老奴残年何足惜！"出见道士曰："如老奴者代，可乎？"道士曰："尔能无悔无怖则可。"曰："能。"道士曰："念汝诚心，可出外与亲友作别，待我作法，三日法成，七日法验矣。"

老仆奉道士于家，旦夕敬礼，身至某某家，告以故，泣而诀别。其亲友有笑者、有敬者、有怜者、有揶揄不信者[③]。老仆过圣帝庙，素所奉也，入而拜且祷曰："奴代家主死，求圣帝助道士放回家主魂魄。"语未竟，有赤脚僧立案前叱曰："汝满面妖气，大祸至矣。吾救汝，慎弗泄。"赠一纸包曰："临时取看。"言毕不见。老仆归，偷开之，手爪五具，绳索一根，遂置怀中。俄而三日之期已届，道士命移老仆床与家主灵柩相对，铁锁扃门[④]，凿穴以通食饮。道士与群姬相近处筑坛诵咒。居亡何，了无他异。老仆疑之，心甫动，闻床下飒然有声。两黑人自地跃出，绿睛深目，通体短毛，长二尺许，头大如车轮，目睒睒视老仆[⑤]，且视且走，绕棺而行，以齿啮棺缝，缝开，闻咳嗽声，宛然家主也。二鬼启棺之前和，扶家主出，状奄然，若不胜病者。二鬼手摩其腹，口渐有声。老仆目之，形是家主，音则道士，愀然曰："圣帝之言，得无验乎？"急揣怀中纸，五爪飞出，变为金龙，长数丈，攫老仆于室中，以绳缚梁上。老仆昏然注目下视，二鬼扶家主自棺中出，至老仆卧床，无人焉者。家主大呼曰："法败矣！"二鬼狰狞，绕屋寻觅，卒不得。家主怒甚，取老仆床帐被褥碎裂之。一鬼仰头见老仆在梁，大喜，与家主腾身取之，未及屋梁，震雷一声，仆坠于地，棺合如故，二鬼亦不复见矣。群妾闻雷往，启户视之，老仆具道所见，相与急视道士，道士已为雷震死坛所。其尸上有硫磺大书"妖道炼法易形，图财贪色，天条决斩，如律令"十七字。

【注释】

①斋醮（zhāi jiào）：俗称"道场"，谓之"依科演教"，简称"科教"，也就是法事。

②恚（huì）：恼恨，发怒。

③揶揄（yé yú）：耍笑；嘲弄。

④扃（jiōng）：指从外面关门的闩、钩等，泛指门。

⑤睒睒（shǎn）：光闪烁貌。此指目光紧盯着之意。

【译文】

广西有个姓李的通判，是个大富翁，家里有七房美丽的妾侍，家中财宝数不胜数。可惜二十七岁就生病去世了。他家有个老仆人，一向忠心耿耿，这天，老仆人在忙办李通判的丧事，忽然有位道士来化缘，老仆人正满怀伤心，于是呵斥地说道："我家主人病故，正在办丧事呢，没有时间接待你，快走吧。"不料道士轻轻地笑着说："你想你家主人重新复活吗？我能做法，让他返魂归来。"老仆人一听此话吃了一惊，忙跑去告诉各房的妾侍，大家听了都很惊讶，连忙出来拜见道士，道士却不见踪影了。老仆和妾侍们后悔怠慢了这位神仙道士，暗暗地责备和埋怨自己。没几天，老仆人上街，在路上遇到了那位道士，真是又惊又喜，硬拉着道士赔罪请求原谅。道士说："不是我不肯让你的主人复活，阴间规定，已死之人复生，必须得有人代替。恐怕你家没人愿意替死，所以我就走了。”老仆人说：“请您跟我回去一起商量下。”老仆人拉着道士回到家，把道士的话又告诉了小妾们。小妾们刚看到道士来时还非常欢喜，当听到要替主人死时，都很生气，互相打量着都不吭声了。老仆人果决地说道：“你们年纪尚轻，去替死可惜了，我已经年老没什么顾虑！”他出来对道士说：“如果我来替代，可以吗？”道士说：“只要你能不后悔不害怕就行。”老仆人说：“我能。”道士说：“念你诚心诚意，可以去和亲友道别。我做法术需三日，七天就可灵验了。”

老仆人在家接待道士，早晚以礼相待。去各家告之原由，哭泣道别。在亲朋好友中，有的嘲笑他，有的尊敬他，有的可怜他，也有觉得言语荒唐而不相信他的人。老仆人路过平时一直敬奉的圣帝庙时，就进去拜拜并许愿说：“我替代主人去死，祈求圣帝帮助道士放回我家主人的魂魄。”话还没说完，有个赤脚和尚站在案前大声说道：“你满面妖气，要大祸临头了。我救你，你不要对外泄露。”给了老仆人一个纸包说：“到时候打开看。”话说完就不见了。老仆人回家后悄悄地打开，里面有五个指甲，一根绳索，便将其放在怀里。 转眼三日期限到了，道士让人把老仆人的床移到家主灵柩的对面，用铁锁锁上门，凿个洞来供食物。道士在离小妾们不远的地方筑坛念咒。老仆人等待着死亡，却没有任何变化。老仆人对道人开始怀疑，心思刚动，就听到床下有响动之声。只见两个黑人从地上冒出来，绿色的眼珠，眼睛凹陷，全身短毛，半米来高，头如车轮大一般，目光闪闪地盯着老仆，边看边绕着棺材打转，又用牙齿咬开了棺材缝。缝隙裂开，听到了里面有咳嗽声，就跟“家主”一样。两鬼打开棺材，要将“家主”扶出来，“家主”的样子像大病之人，非常虚弱。两鬼用手按摩着“家主”的腹部，“家主”渐渐有了声息。老仆人看他身形和“家主”一样，但声音却是道士的，伤心地说：“圣帝的话，果然应验了！”急忙从怀中取出纸包，只见五爪飞出，变成了有数丈长的金龙，将老仆人抓住，捆绑在房梁上。老仆人觉得眩晕，向下凝望，但见两鬼将“家主”从棺材中扶出，来到老仆人的床前，床上却没有老仆人的身影。此时“家主”大叫道：“法术被破坏了！”两鬼凶恶地在满屋子寻找，却找不到老仆人。“家主”大怒，把老仆人的床帐被褥都撕碎了。其中一个鬼仰头时猛然看到老仆人在屋梁上，很高兴，与“家主”跳起来抓老仆人，还没跳到屋梁上，忽听一声震雷响起，老仆人被震落到地上，棺材也合了起来，两个鬼也消失不见了。小妾们听到雷声，打开门察看，老仆人对她们说了刚才发生之事，于是一起去看道士，道士已经被震雷击死在法坛上。尸体上用硫磺大大地写着“妖道练法易形，谋财贪色，天条决斩，如律令”十七个字。

蔡书生

【原文】

杭州北关门外有一屋，鬼屡见，人不敢居，扃锁甚固[①]。书生蔡姓者，将买其宅，人危之，蔡不听。券成，家人不肯入，蔡亲自启屋，秉烛坐。至夜半，有女子冉冉来，颈拖红帛，向蔡侠拜，结绳于梁[②]，伸颈就之，蔡

无怖色。女子再挂一绳，招蔡，蔡曳一足就之[3]，女子曰："君误矣。"蔡笑曰："汝误，才有今日，我勿误也。"鬼大哭，伏地再拜去。自此怪遂绝，蔡亦登第。或云即蔡炳侯方伯也。

【注释】

①扃（jiōng）锁：门锁着。

②梁：房梁。

③曳一足：抬起一只脚。

【译文】

杭州北关门外有一栋房子，经常闹鬼，人们都不敢住在里边，所以门一直牢牢锁着。有一个书生姓蔡，他想要买这个房子，人们告诉他这个房子有怪异之事，他不听。房契签订买好后，他的家人都不肯入住，蔡书生便一个人去住了，晚上他点上蜡烛，坐在桌案前。到了半夜，只见有一个女子飘然而至，脖子上系着个红绸子，向蔡书生拜礼后，就拿着一根绳子悬到了梁上，伸着脖子要上吊，蔡书生并不害怕。那女子又在旁边挂上一根绳子，向蔡书生招手，蔡书生走向前抬起一只脚伸了进去，那女子愣了半天说："你伸错了。"蔡书生笑着说："是你错了，才有今日，我没错的。"女鬼痛哭，跪在地上又拜了一拜而离开了。之后这屋子再没出现过怪异之事，蔡书生也进士及第。据说这个人就是布政使蔡炳侯。

南昌士人

【原文】

江西南昌县有士人某，读书北兰寺，一长一少，甚相友善。长者归家暴卒，少者不知也，在寺读书如故。天晚睡矣，见长者披闼入[1]，登床抚其背曰："吾别兄不十日，竟以暴疾亡，今我鬼也。朋友之情，不能自割，特来诀别。"少者阴噎不能言[2]，死者慰之曰："吾欲害兄，岂肯直告？兄慎弗怖。吾之所以来此者，欲以身后相托也。”少者心稍定，问托何事。曰：“吾有老母，年七十余，妻年未三十，得数斛米足以养生[3]，愿兄周恤之，此其一也；吾有文稿未梓，愿兄为镌刻，俾微名不泯，此其二也；吾欠卖笔者钱数千，未经偿还，愿兄偿之，此其三也。”少者唯唯。死者起立曰：“既承兄担承，吾亦去矣。”言毕欲走。

少者见其言近人情，貌如平昔，渐无怖意，乃泣留之曰：“与君长诀，何不稍缓须臾去耶[4]？”死者亦泣，回坐其床，更叙平生数语，复起曰：“吾去矣。”立而不行，两眼瞠视，貌渐丑败。少者惧，促之曰：“君言既毕，可去矣。”尸竟不去。少者拍床大呼，亦不去，屹立如故。少者愈骇，起而奔，尸随之奔；少者奔愈急，尸奔亦急。追逐数里，少者逾墙仆地，尸不能逾墙而垂首墙外，口中涎沫与少者之面相滴涔涔也。天明，路人过之，饮以姜汁，少者苏。尸主家方觅尸不得，闻信，舁归成殡[5]。识者曰：“人之魂善而魄恶，人之魂灵而魄愚。其始来也，一灵不泯，魄附魂以行。其既去也，心事既毕，魂一散而魄滞。魂在则其人也，魂去则非其人也。世之移尸走影，皆魄为之，惟有道之人为能制魄。”

【注释】

①披闼（pī tà）：推门。

②阴噶：语塞不能对答。

③斛（hú）：量词。古代容量多以十斗为一斛。

④须臾：片刻，一会儿。

⑤舁（yú）：用手抬。

【译文】

在江西的南昌县，有两个读书人，一长一少，他们都在北兰寺读书，平时友善相好。一天，年岁大的回家突然死亡了，年岁小的不知道这个事情，还是和往常一样在寺中读书。到了天晚睡觉时，年长者推门进来，坐在他的床边轻抚他的背说：“我与你分别不到十日，竟突然亡故。现在我已成为鬼，但我们朋友的情谊不能断，所以特地来与你诀别。”年少者感到恐惧，说不出话来。死者安慰他说：“如果我要害你，怎么会以实情相告？你不要害怕。我之所以来这儿，是想把我的身后之事托付给你。”年少者稍稍稳定了情绪，问要托付什么事情。年长者说：“我的老母亲，已七十多岁了，妻子还不到三十岁，每年只要几斛米，就能让她们活下去了，希望你接济一下，这是第一件事。我的文稿还没有刻版，希望你能为我刻版印刷，让我的名字留在世上，这是第二件事。我欠卖笔的人几千文钱，还没还他，拜托你帮助偿还一下，这是第三件事。”年少者都一一答应了。死者起身说道：“承蒙兄弟答应，我也就走了。”说完就要离开。

年少者见他说话与人一样近乎人情，样貌也和平时一样，也就不再害怕了，哭着挽留他说：“就要长久的分别了，何不再稍等片刻离开？”死者也哭了，坐回到床边，与年少者回忆起往事。说了几句又站起来说：“我要走了。”却并没走开，两眼瞪着，容貌越发难看。年少者害怕起来，催促说：“既然话已说完，就请回吧。”可尸体竟然不走。年少者拍床大叫，尸体还是立着不动，年少者更害怕了，起身就跑，尸体跟着他跑。年少者跑得越快，尸体追得越快。追逐几里地后，年少者越过墙头跌倒在地上。尸体不会越墙，把头伸出墙外，口中的唾沫不停地滴到年少者的脸上。天亮后，路过人看到年少书生，喂下姜汤将其救醒。此时，年长者家人正找寻尸体而不得，听到消息后，急忙赶来，将尸体抬回去安葬了。明白的人解释说：“人的魂是善良的，而魄是凶恶的；人的魂有灵气，而魄是愚笨的。年长者刚来时，还有一丝灵气没消失，魄附着魂而动，等他交待完事情后，魂就散去了，而魄却留下来了。世上的行尸走肉，都是受魄的驱使，只有有道之人才能控制住魄。”

钟孝廉

【原文】

余同年邵又房①，幼从钟孝廉某②，常熟人也。先生性方正，不苟言笑，与又房同卧起。忽夜半醒，哭曰："吾死矣！"又房问故，曰："吾梦见二隶人从地下耸身起，至榻前，拉吾同行。路泱泱然，黄沙白草，了不见人。行数里，引入一官衙，有神，乌纱冠，南向坐。隶掖我跪堂下[3]，神曰：'汝知罪乎？'曰：'不知。'神曰：'试思之。'我思良久，曰：'某知矣，某不孝，某父母死，停棺二十年，无力卜葬，罪当万死。'神曰：'罪小。'曰：'某少时曾淫一婢，又狎二妓。'神曰：'罪小。'曰：'某有口过，好讥弹人文章。'神曰：'此更小矣。'曰：'然则某无他罪。'神顾左右曰：'令渠照来[4]。'左右取水一盘，沃其面，恍惚悟前生姓杨，名敞，曾偕友贸易湖南，利其财物，推入水中死。不觉战栗，匐伏神前曰[5]：'知罪。'神厉声曰：'还不变么？'举手拍案，霹雳一声，天崩地坼，城郭、衙署、神鬼、器械之类，了无所睹；但见汪洋大水，无边无岸，一身渺然，飘浮于菜叶之上。自念叶轻身重，何得不坠，回视己身，已化蛆虫，耳目口鼻悉如芥子，不觉大哭而醒。吾梦若是，其能久乎？"又房为宽解曰："先生毋苦，梦不足凭也。"先生命速具棺殓之物[6]，越三日，呕血暴亡。

【注释】

①同年：古代科举考试，同科考中的人的互称。清代时，乡试、会试同榜登科者皆称"同年"。

②孝廉：明清时对举人的雅称。

③掖（yè）：用手拉人的手臂。

④渠：人称代词，他。

⑤匐（fú）：伏在地上。

⑥棺殓（liàn）：以棺木收殓死者。

【译文】

我有个同科叫邵又房，小时候跟随钟孝廉先生读书，钟先生是常熟人。品性刚正，庄重严肃，与邵又房住在一个房间。一天半夜，钟先生醒来，哭着说："我快要死了。"又房忙问原因，钟先生说："我梦见两个官差从地下挺身而出，走到我的床边拉我同行。道路漫漫无边，黄沙白草，荒无人烟。走了几里路，我被带进一处官衙，有个头戴乌纱的神仙老爷，面向南而坐。

当差的拉我跪在堂下，神仙官问道：'你知罪吗？'我说：'不知道。'神仙官说：'你想想看。'我想了很久，说：'我知道了，我有不孝之罪，父母去世二十年，因没钱下葬，灵柩一直没入土。罪该万死。'神仙官说：'这是小罪。'我又说：'我年轻时曾奸淫过一名婢女，又和二名妓女鬼混过。'神仙官说：'这是小罪。'我又说道：'我有口舌之过，喜欢讥笑讽刺别人的文章。'神仙官说：'这个罪过更小了。'我说：'我想不起来还有什么别的罪过了'神仙官对左右侍从说：'让他照照。'左右侍从取来一盆水，倒映着脸，我恍惚地觉得我的前生叫杨敞，曾同好友在湖南做生意，因贪图好友的财物，将他推到水中淹死了。想到这儿，我感到十分害怕，趴倒在神仙官面前说：'我知罪了。'神仙官厉声说：'还不变么？'举手朝桌子一拍，但听霹雳一声，天崩地裂，原先的城郭、衙署、神鬼、器械之类，全都不见了，只看到汪洋大水，没有边际。我似乎变得很渺小，漂浮于菜叶之上。想到这菜叶那么轻，而身体这么重，怎么不掉进水里呢？回头一看，只见自己的身体已经变为蛆虫，耳目口鼻如同芥子一般大小，不禁放声大哭而醒。我做了这样的恶梦，哪能活得长久？"又房安慰他说："先生不要苦恼，梦不足为信的。"可是先生赶忙叫人去置办棺殓之物。过了三天，先生突然呕血而亡。

南山顽石

【原文】

海昌陈秀才某[①]，祷梦于肃愍庙[②]。梦肃愍开正门延之，秀才逡巡。肃愍曰："汝异日我门生也，礼应正门入。"坐未定，侍者启：汤溪县城隍禀见[③]。随见一神峨冠来，肃愍命陈与抗礼[④]，曰："渠属吏，汝门生，汝宜上坐。"秀才惶恐而坐。闻城隍神与肃愍语甚细，不可辨，但闻"死在广西，中在汤溪，南山顽石，一活万年"十六字。城隍告退，肃愍命陈送之。至门，城隍曰："向与于公之言，君颇闻乎？"曰："但闻十六字。"神曰："志之，异日当有验也。"入见肃愍，言亦如之。惊而醒，以梦语人，莫解其故。

陈家贫，有表弟李姓者，选广西某府通判，欲与同行，陈不可，曰："梦中神言'死在广西'，若同行，恐不祥。"通判解之曰："神言'始在广西'，乃始终之始，非死生之死也。若既死在广西矣，又安得'中在汤溪'乎？"陈以为然，偕至广西。通判署中西厢房，封锁甚秘，人莫敢开。陈开之，中有园亭花石，遂移榻焉[⑤]，月余无恙。八月中秋，在园醉歌曰："月明如水照楼台。"闻空中有人拊掌笑曰："月明如水浸楼台，易'照'字便不佳。"陈大骇，仰视之，有一老翁，白藤帽、葛衣，坐梧桐枝上。陈悸[⑥]，急趋卧内。老翁落地，以手持之曰："无怖，世有风雅之鬼如我者乎？"问："翁何神？"曰："勿言，吾且与汝论诗。"陈见其须眉古朴，不异常人，意渐解。入室内，互相唱和。老翁所作字，皆蝌蚪形，不能尽识。问之，曰："吾少年时，俗尚此种笔画，今颇欲以楷法易之，缘手熟，一时未能骤改。"所云少年时，乃娲皇前也。自此每夜辄来，情甚狎。

通判家僮常见陈持杯向空处对饮，急白通判，通判亦觉陈神气恍惚，责曰："汝染邪气，恐'死在广

西'之言验矣。"陈大悟，与通判谋归家避之。甫登舟，老翁先在，旁人俱莫见也。路过江西，老翁谓曰："明日将入浙境，吾与汝缘尽矣，不得不倾吐一言。吾修道一万年，未成正果，为少檀香三千斤刻一玄女像耳。今向汝乞之，否则将借汝之心肺。"陈大惊，问："翁修问道？曰："斤车大道。"陈悟"斤车"二字合成一"斩"字，愈骇，曰："俟归家商之。"同至海昌，告其亲友，皆曰："肃愍所谓'南山顽石'者，得毋此怪耶[7]？"次日老翁至，陈曰："翁家可住南山乎？"翁变色，骂曰："此非汝所能言，必有恶人教汝。"陈以其语语友，友曰："然则拉此怪入肃愍庙可也。"如其言，将至庙，老翁失色反走[8]。陈两手挟持之，强掖以入，老翁长啸一声，冲天去，自此怪遂绝。后陈生冒籍汤溪，竟成进士，会试房师乃状元于振也[9]。

【注释】

①海昌：古代地名，现今浙江海宁市。

②肃愍（mǐn）庙：肃愍，明朝于谦死后谥肃愍。

③城隍：守护城池的神。

④抗礼：行对等的礼节。

⑤榻（tà）：床。此指被窝铺盖。

⑥悸（jì）：惊恐。

⑦得毋：莫非，莫不是。

⑧反：同"返"，回。

⑨会试：明清科举制度，每三年会集各省举人在京参加考试。房师：会试的考官。

【译文】

海昌有个陈秀才，一次去于肃愍庙中祷告求梦。他梦见于谦打开正门邀请他进来做客，陈秀才徘徊不进。于谦说："你以后会成为我的门生，应该从正门进来。"秀才刚坐下，有个侍者过来报告说：汤溪县的城隍爷求见。随后就看到一个戴着峨冠的神仙飘然而进。于谦叫陈秀才和城隍神行对等礼，说："他是我的衙役，你是我的门生，你应该上座。"陈秀才惶恐不安的坐下。看到城隍神和于谦在低声说着什么，声音很小，隐约地听见

说："死在广西，中在汤溪，南山顽石，一活万年"十六个字。说完，城隍神告退，于谦让陈秀才出去送他。到门口时，城隍神问陈秀才："我刚才和于大人所说的，你都听到了？"陈秀才说："就听到十六个字。"城隍神说："记住它，日后会应验的。"陈秀才回头再拜于谦，于谦也说了和城隍神同样的话。陈秀才惊醒后，把梦到的事情告诉别人，可谁也不知道怎样去解释。

陈秀才家比较穷，他有一个表弟姓李，被派到广西某地任通判，想带着陈秀才一起去，陈秀才却不愿意，说："梦里面城隍神说过'死在广西'的话，如果和你一起去，恐怕会有麻烦！"通判说："城隍神说'始在广西'，是始终的'始'，不是生死的'死'。如果说死在广西了，又怎么能'中在汤溪'呢？"陈秀才觉得有道理，就和他一起去了广西。在通判府里，有一个中西厢房，长期都被锁着，没人进去。陈秀才将门打开，看到庭院有园亭、假山、花木，环境不错，就把被窝铺盖搬进来住了。住了一月之多，也没什么异常。八月十五的中秋，陈秀才多喝了几杯酒，吟道："月明如水照楼台。"忽听到空中有人拍掌笑道："月明如水浸楼台，改成'照'字不太好。"陈秀才大惊，连忙抬头上望，见一老翁，头戴白藤帽，身穿葛衣，穿着葛衣，坐在梧桐树的树枝上。陈秀才吓得赶紧往房间跑去。老翁轻飘飘落在地上，用手拉住秀才说："别害怕，人世间有我这样风雅的鬼吗？"陈秀才说："那么您是什么神仙呢？"老翁说："不说了，我是来和你论诗的。"陈秀才看到他眉目之间有古朴的感觉，与常人没有什么两样，也就不太害怕了。二人一起进到室内，互相唱和。老翁写的字，像蝌蚪一样，很多都无法辨认。陈秀才问是什么字，老翁说："我年少时，这种笔体很流行，现在想改用楷书来写，不过一时半会还改不过来。"他所说的年少时，其实是在女娲补天以前了。此后，每天晚上老翁都来和陈秀才见面，两人关系渐渐亲近。

通判家的家僮经常看见陈秀才举杯朝向天空对饮，心中感到奇怪，便将此事告诉通判。通判也觉得陈秀才最近精神恍惚，如中邪一般。便责备陈秀才说："你染上邪气，恐怕神仙说'死在广西'的话要灵验了。"陈秀才恍然大悟，便与通判商量回家避祸。刚刚登上回家的船，发现老翁已经在船上，赶忙向同船的人呼救，可别人都看不见老翁，以为他是傻子，都没人理睬他。船过了江西，老翁突然向陈秀才说："明天就要到江浙境内，咱俩的缘分就要尽了，有句话必须向你明说：我修道已一万年，却还未修成正果，原因是缺少三千斤檀香，刻一个玄女像。如今想向你讨要，否则就要借你的心肺用用了。"陈秀才大惊，问老翁："你修炼的是什么道法？"老翁说："是斤车大道。"陈秀才一听，这斤、车两个字，合起是个"斩"字，更加害怕了。只得说："请让我回家商量一下。"到了海昌时，陈秀才把此事告诉了亲友，都说："肃愍所说的'南山顽石'，会不会就是这个怪物？"第二天，老翁又出现了。陈秀才说："老翁的家是不是在南山？"老翁立马脸上变色，骂道："这不该是你能知道的，一定有恶人教你的。"陈秀才又把这番话告诉了亲友。亲友说："如此这样，就把他拉到肃愍庙就行了。"于是，老翁又出现后，陈秀才便拉他去肃愍庙，快要到时，老翁大惊失色想往回跑，陈秀才用力抱住他，强把他拉进庙里，老翁长叫

一声，就飞天逃去了，此后，这怪物再也没有出现。后来，陈秀才改冒籍贯为汤溪县人，考中了进士，而会试阅卷的考官，正是一位叫于振的状元。

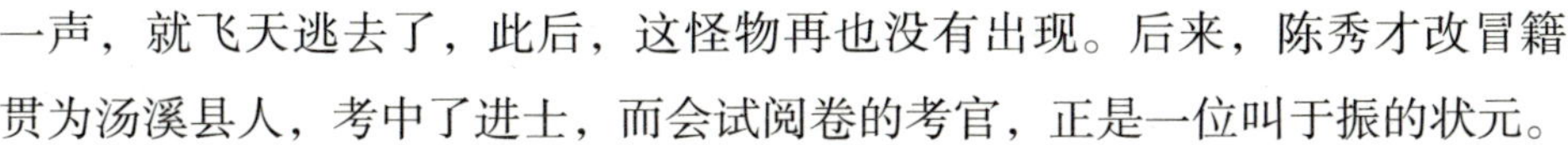

酆都知县

【原文】

四川酆都县，俗传人鬼交界处。县中有井，每岁焚纸钱帛镪投之①，约费三千金，名纳阴司钱粮。人或吝惜，必生瘟疫。国初知县刘纲到任，闻而禁之，众论哗然。令持之颇坚②。众曰："公能与鬼神言明乃可。"令曰："鬼神何在？"曰："井底即鬼神所居。"无人敢往，令毅然曰："为民请命，死何惜？吾当自行。"命左右取长绳缚而坠焉。众持留之，令不可。其幕客李诜，豪士也，请令曰："吾欲知鬼神之情状，请与子俱。"令沮之③，客不可，亦缚而坠焉。入井五丈许，地黑复明，灿然有天光，所见城郭宫室，悉如阳世。其人民藐小，映日无影，蹈空而行，自言在此者不知有地也。见县令，皆罗拜曰："公阳官，来何为？"令曰："吾为阳间百姓请免阴司钱粮。"众鬼啧啧称贤，手加额曰："此事须与包阎罗商之。"令曰："包公何在？"曰："在殿上。"引至一处，宫室巍峨。上有冕旒而坐者④，年七十余，容貌方严，群鬼传呼曰："某县令至。"公下阶迎，揖以上坐，曰："阴阳道隔，公来何为？"令起立，拱手曰："酆都水旱频年，民力竭矣。朝廷国课尚苦不输，岂能为阴司纳帛镪，再作租户哉？知县冒死而来，为民请命。"包公笑曰："世有妖憎恶道，借鬼神为口实，诱人修斋打醮⑤，倾家者不下千万。鬼神幽明道隔，不能家喻户晓，破其诬罔。明公为民除弊，虽不来此，谁敢相违？今更宠临，具征仁勇。"语未竟，红光自天而下，包公起曰："伏魔大帝至矣，公少避。"刘退至后堂。少顷，关神绿袍长髯，冉冉而下，与包公行宾主礼，语多不可辨。关神曰："公处有生人气，何也？"包公具道所以。关曰："若然，则贤令也，我愿见之。"令与幕客李惶恐出

拜，关赐坐，颜色甚温，问世事甚悉，惟不及幽冥之事。

李素戆⑥，遽问曰："玄德公何在？"关不答，色不怿，帽发尽指，即辞去。包公大惊，谓李曰："汝必为雷击死，吾不能救汝矣。此事何可问也？况于臣子之前呼其君之字乎？"令代为乞哀，包公曰："但令速死，免致焚尸。"取匣中玉印，方尺许，解李袍背印之。令与李拜谢毕，仍缒而出⑦。甫至酆都南门，李竟中风而亡。未几，暴雷震电绕其棺椁，衣服焚烧殆尽，惟背间有印处不坏。

【注释】

①帛镪（qiǎng）：用布做的银子或银锭，用以供奉鬼神。

②颇坚：非常坚决。

③沮之：阻止他。

④冕旒（miǎn liú）：古代大夫以上所戴的礼冠。

⑤打醮（jiào）：道士设坛为人做法事，求福除灾的一种法事活动。

⑥戆（zhuàng）：刚直，愚直。

⑦缒（zhuì）：此指用绳子拴住人而上。

【译文】

四川酆都县，相传是人鬼交界的地方。县中有口井，每年都要焚烧纸钱投入井中，大概要花费三千金，叫做纳阴司钱粮。如果要是有人吝啬不投，就会发生瘟疫。清朝初年，刘纲到这里任知县，听说此事后就下令禁止，一时间引起百姓的普遍议论。知县还是坚持自己的禁令。百姓们说："大人能与鬼神说明白也就好了。"知县问："鬼神在哪里？"众人说："鬼神就住在井底。"只是没有人敢去，知县果敢地说："为老百姓请命，就算死了有什么可惜？我亲自下去好了。"于是命令差人拿来了长绳子，绑住自己的身体准备下井。众人拉住他不要下去，他不听。他的手下有个幕僚叫李诜，是一个好汉，他跟县令说："我想看看鬼神是什么样子，请让我与你一起下去。"县令劝阻，但李诜执意要去，便让人绑好绳子一同下井。入井五丈深时，黑暗的井下显现出光明，像是有了天光。所看到城墙宫室，如同阳间一样。这里的百姓样貌矮小，太阳下照不出影子，都是踏空而行，他们说这里的人不知道有大地。看到了县令，大家都来下拜说："大人您是阳间的官，怎么来这里？"县令说："我来为阳间百姓请求免除阴司钱粮。"众鬼啧啧称贤，说他是个好官，手拍额头带着敬意地说："这事需要和包阎罗商量。"县令问："包大人在何处？"回答说："在大殿上。"带着县令来到一处宫室，上面坐着一位头戴礼冠的人，约七十多岁，容貌端庄严肃。众鬼传呼说："县令来了。"包阎罗走下台阶迎接，请县令上座，问道："阴阳相隔，你为何来这里？"县令起声拱手说："酆都县水旱了好几年，百姓财力枯竭。朝廷的国税都难以交纳，怎能再给阴司交纳钱粮，我冒死前来，是为民请命的。"包公笑道："阳间有些丑恶的和尚和道士，拿鬼神做借口，骗人修斋打醮，使人倾家荡产不下千万家。大人你为政贤明，替百姓除弊，就算不来，谁又敢违背？现在亲自来到此地，足见你仁义英勇。"话还没说完，一道红光从天而降。包公说道："伏魔大帝来了，请您先回避一下。"刘纲和李诜退到后堂。一会儿，飘着长须的关帝神穿着长袍，缓缓而来，与包公行了宾主之礼，他们说的语大多听不清。关神问道："你这里怎么有生人的气息呢？"包公说明了此事。关神说道："如此说来，他真是个贤明的县令，我愿意见见

他。”刘纲和李诜急忙出来拜见。关神请他们入坐，表情和颜悦色，详细问询阳间之事，就是不说阴间的事。

李诜一向耿直，突然问道：“玄德公如今在哪里呢？”关神不答，神色不悦，并带着怒气离开。包公大惊，跟李诜说：“你必定会被雷击而死，我也救不了你，这事怎么能问呢！怎么能在臣子面前直呼他君王的字号呢？”县令代李诜求请原谅。包公说：“只能让李诜速死，免遭焚尸的后果。”便从匣中取出一方有一尺见方的玉印，敲在了李诜背部的衣服上。县令与李诜拜谢包公后，拴绳从井里吊了出来。他们刚到酆都南门，李诜竟中风而亡。没几天，暴雷闪电，绕着李诜的棺材，尸体上的衣服几乎烧尽，唯有背部盖印处的衣服没烧坏。

张士贵

【原文】

直隶安州参将张士贵，以公廨太仄[①]，买屋于城东。俗传其屋有怪，张素倔强[②]，必欲居之。既移家矣，其中堂每夜闻击鼓声，家人惶恐。张乃挟弓矢，秉烛坐。至夜静时，梁上忽伸一头，睨而相笑[③]，张射之，全身坠地，短黑而肥，腹大如五石匏[④]。矢中其脐，入一尺许。鬼以手摩腹，笑曰：“好箭！”复射之，摩笑如前。张大呼，家人齐进，鬼升梁而走，詈曰：“必灭汝家。”次日天明，参将之妻暴卒；天暮，参将之子又卒。张棺殓毕，悲悔不已。居月余，闻复壁中有呻吟声，往视，即其所殡之妻、子也。饮以姜汁，扬扬如平生。问之，皆曰：“吾未尝死，但昏昏如梦，见两大黑手掷我于此。”开棺视之，荡然无有。方知人死有命，虽恶鬼相怨，亦仅能以幻术揶揄之[⑤]，不能杀也。

【注释】

①公廨（xiè）：官府衙门的别称。廨：官署。仄：狭窄。

②素：一向，向来。

③睨：斜视。

④五石匏（páo）：能装下五十斗的葫芦。

⑤揶揄（yé yú）：耍弄，戏弄。

【译文】

直隶安州府的参将张士贵，觉得在衙门里住的房间太小，便到城东买了房子。人们都传说那个房子闹鬼。但张士贵偏不信，就是要住进来。搬家后，每天夜里，都听到中间厅堂有击鼓的声音，家人很害怕。张士贵就手拿弓箭，坐在点亮的烛火旁等着鬼怪出现。夜深人静时，房梁上忽然伸出一个头来，斜着眼睛看着他笑。张士贵出箭射去，那个鬼中箭坠落地上，形状矮黑而肥胖，肚子像能容下五十斗粮食那么大。那箭射中了鬼的肚子，有一尺多深。鬼摸着自己的腹部，笑道："好箭！"张士贵又射出一箭，鬼还是摸着肚子笑。张士贵一声大呼，家人全来了，鬼跳上屋梁逃离，边跑边说："我一定灭你全家！"第二天天亮，张士贵的妻子突然死亡；傍晚时，他的儿子也死了。张参将把他们入殓安葬，悲痛后悔不已。一个月后，听到夹壁中有呻吟声，走过去一看，是已殡葬的妻子和儿子。张士贵赶紧喂他们姜汁，于是妻子和儿子又和从前的样子一样。他问是怎么回事，都说："我没有死，只是昏沉沉的像在做梦，看见两个大黑手，把我们扔在了夹壁里。"把棺材打开查看，什么也没有。这才明白，原来人死生有命，即使恶鬼发怨使坏，也只能以幻术戏弄人，不能真的把人杀死。

杜工部

【原文】

四川杜某，乾隆丁巳进士，为工部郎①。年五十余，续取襄阳某氏。婚夕，同年毕集，工部行礼毕，将入房，见花烛上有童子长三四寸，踞烛盘

以口吹气[②]，欲灭其火。工部喝之，应声走，两烛齐灭。宾客惊视，工部变色，汗如雨下。侍妾扶之登床，工部以手指屋之上下左右云："悉有人头[③]。"汗愈甚，口渐不能言，是夕卒。襄阳夫人出轿时，见有蓬发女子迎问曰："欲镌图章否[④]？"夫人怪其语不伦，不之应。及工部死，始知揶揄夫人者，即此怪也。工部卒后，附魂于夫人之体，每食必扼其喉，悲啼曰："舍不得！"同年周翰林煌正色责之曰："杜君何愦愦，尔死与夫人何干，而反索其命乎？"鬼大哭绝声，夫人病随愈。

【注释】

①工部：明清两朝六部之一，为管理全国工程事务的机关。郎：古代官名。

②踞（jù）：蹲，坐。

③悉：到处，全部。

④镌：雕刻。

【译文】

四川有个姓杜的人，是乾隆丁巳年的进士，为工部侍郎，五十多岁，续娶了襄阳女子。举行婚礼那晚，与他同年的进士都来庆贺。在礼仪结束，就要入洞房时，看见花烛上有个童子，身约三四寸高，蹲在烛盘上，用嘴使劲吹气，想把烛火吹灭。杜工部朝他大喝，童子听到声音后消失不见，两个花烛都熄灭了。宾客惊讶地看到杜工部的脸色大变，汗如雨下。侍妾扶他坐到床上休息，工部用手胡乱地指着屋内的四周，说道："到处都有人头。"汗流得越来越多，渐渐说不出话来，当晚就死了。襄阳夫人走出轿子时，看见有个披头散发的女子走过来，问："要刻图章吗？"夫人觉得她说话莫名其妙，就没有答理她。杜工部死后，才知道戏弄夫人的就是这个妖怪。杜工部死后，魂魄附在夫人身上，每次进食时，都扼住夫人的喉咙，悲伤地哭道："舍不得。"同年进士的翰林周煌正色责备他说："杜大人为什么愦愦不平，你的死与夫人有何关系？却要向夫人索命？"鬼失声大哭一阵后安静了，夫人的病也痊愈。

江中三太子

【原文】

苏州进士顾三典，好食鼋①，渔者知之，每得鼋，必售顾家。顾之岳母季氏，夜梦金甲人哀求曰："吾江中三太子也，为尔婿某所获；幸免我，必不忘报。"次早，遣家人驰救，则厨人已解之矣②。是年进士家无故火自焚，图史散尽。未焚之夕，家畜一犬，忽人立，以前两足擎双盂水献主人③；又见屋壁上有历代祖宗状貌如绘。识者曰："此阳不藏阴之像也，其将火乎？"已而果然。

【注释】

①鼋（yuán）：属鳖科，俗称癞头鼋，爬行动物。

②解：分割，剖开。

③擎：举起。盂：盛水的器具。

【译文】

苏州有一位叫顾三典的进士，特别喜欢吃癞头鼋，渔夫们知道他这个喜好，每次捕到这种鼋时，都卖给顾三典家。一天晚上，顾三典的岳母季氏梦到有个身穿金甲的人苦苦哀求说："我是江中三太子，被你女婿捉到了，如果能救我一命，我一定不会忘记报恩的。"第二天一早，季氏就派遣家人去施救，却被厨人宰杀了。就在这一年，顾进士家莫名其妙失火，图书典籍全被烧光。在失火的前夜，顾三典家养的一条狗，忽然像人一样站立起来，用前两只脚捧起两盆水递给主人；又发现墙壁上出现了历代祖宗的影子，如同一幅幅画一样。明白其中玄机的人说道："这是阳不藏阴的兆头，顾家难道要发生火灾吗？"后来果真如此。

大乐上人

【原文】

洛阳水陆庵僧，号大乐上人①，饶于财。其邻人周某充县役，家贫，承催税租，皆侵蚀之。每逢比期②，辄向上人借贷③，数年间积至七两。上人知其无力偿还，不复取索，役颇感恩，相见必曰：“吾不能报上人恩，死当为驴马以报。”居无何，晚有人叩门甚急，问为谁，应声曰：“周某也，来报恩耳。”上人启户，了不见人，以为有相戏者。是夜，所畜驴产一驹。明旦访役，果死。上人至驴旁，产驹奋首翘足，若相识者。

上人乘之一年，有山西客来宿，爱其驹，求买之。上人弗许，不忍明言其故，客曰：“然则借我骑往某县一宿，可乎？”上人许之。客上鞍，揽辔笑曰④：“吾诈和尚耳。我爱此驴，骑之未必即返，我已措价置汝几上，可归取之。”不顾而驰。上人无可奈何，入房视之，几上白金七两，如其所负之数。

【注释】

①上人：对和尚的尊称。

②比期：官府催缴租税的限期。

③辄（zhé）：立即，就。

④揽辔（lǎn pèi）：握住马的缰绳。

【译文】

洛阳水陆庵有一个僧人，法号叫大乐上人，家里财资富足。他的邻居周某，在县衙做衙役，家里贫穷，他的上司让他负责催收税租，可收来的总被这个上司侵占挪用一些。每到上交的最后限期，周某就向大乐上人借钱，补齐被侵占的部分。几年下来，已欠下七两银子。大乐上人知道他无力偿还，也就不向他要了。周某很是感激，见到大乐上人时总会说："我活着报不上你的恩德，死了一定变作驴马来报答。"过了不久，夜晚有人急切地敲门。大乐上人问是谁，答道："我是周某，来报恩了。"大乐上人开门，却没有人的踪影，以为有人跟他开玩笑。当夜，他家养的驴产下一头小驴。第二天大乐上人探访周某，发现周某果然死了。大乐上人来到驴子旁边，产下的小驴抬头翘足，好像和他相识一样。

后来，大乐上人骑了它一年。有个山西的客人来投宿，喜欢这头小驴，很想买下它。大乐上人不肯，也不忍言明其中的缘故。客人说道："既然如此，那借我晚上骑往县里一趟，好吗？"大乐上人答应了。客人骑上驴子后，握住缰绳笑道："我是骗你的哟。我喜欢这头驴，骑走了未必再回来。我已估计了一下价格，把买驴的钱放在你桌上了，你回屋后可拿起来。"说完，头也不回地骑走了。大乐上人无可奈何，回到房间一看，桌案上白银七两，刚好是周某欠下的钱数。

山西王二

【原文】

熊翰林涤斋先生为余言[①]：康熙年间游京师，与陈参政仪[②]、计副宪某，饮报国寺[③]。三人俱早贵，喜繁华，以席间不得声妓为怅，遣人召女巫某，唱秧歌劝酒。女巫唱终半席，腹胀将溲焉，出至墙下。少顷返，则两目瞪视，跪三人前呼曰："我山西王二也，某年月日，为店主赵三谋财杀死，埋骨于此寺之墙下，求三长官代为伸冤。"三人相顾大骇，莫敢发声。熊晓之曰："此司坊官事，非我辈所能主张。"女巫曰："现任司坊官俞公，与熊爷有交，但求熊爷转请俞公到此掘验足矣。"熊曰："此事重大，空言无信，如何可行？"巫曰："论理某当自陈，但某形质朽烂，须附生人而言，诸位老爷替我筹之。"言毕，女巫仆地，良久醒，问之，茫然无知。三公谋曰：

"我辈何能替鬼诉冤？诉亦不信，明日盍请俞司坊官共饮此处[4]，召女巫质之，则冤白矣。"

次日，招俞司坊至寺饮，告之故。召女巫，巫大惧，不肯复来。司坊官遣役拘之，巫始至，未入寺门，言状悉如昨日。司坊官启巡城御史，发掘墙下，得白骨一具，颈下有伤。询之土人，云从前此墙系山东济南府赵三安歇客寓之所，某年，卷店逃归山东。乃移文专差关提至济南[5]，果有其人。文到之日，赵三一叫而绝。

【注释】

①翰林：古代官名。主管朝廷修撰、编修等事务。

②参政：官名。宋代参知政事的省称，为宰相的副职。清初，各部也设参政，后改为侍郎。

③副宪：明朝始设置的官职，为都察院左右都御史的副职，亦分左右，正三品。清乾隆十三年（1748年）废右都御史衔。民间尊称为副宪。

④盍：何不。

⑤关提：行文逮捕罪犯。

【译文】

翰林熊涤斋先生对我说过这样一个故事：康熙年间，熊涤斋在京师任职。一天，他与参政陈仪，副宪计某，在报国寺饮酒。三人都是少年得志，喜欢以繁华为乐，觉得席间没有歌妓为遗憾，便派人召来一个女巫，唱秧歌来饮酒助兴。女巫唱完一曲，酒席正进行到一半时，她觉得腹部胀的难受，要小解。女巫出来在一个墙角处解决了。回来后，却瞪着两眼，跪在三人面前呼道：“我是山西人王二，某年某月被店主赵三谋财杀死，就埋在这个寺院的墙下。求三位大人代为伸冤。”三人相顾，大惊失色，不敢说话。一会儿，熊涤斋明白后说道：“这是司坊官的事，不是我们所能管的。”女巫说：“现任司坊官俞大人与熊老爷交情好，但求熊老爷转请俞大人到这里挖掘应验就行了。”熊涤斋说：“这件事重大，空口无凭，如何去转告呢？”女巫说：“按道理我应当亲自报案，但我躯体已朽烂，必须附在活人身上才能说话，恳请诸位老爷替我想想办法。”说完，女巫倒在了地上，很久才苏醒。问她怎么回事，她茫然不知。三个人商量后说：“我们怎么能替鬼伸冤？说了也没人会相信。不如明日一起请俞司坊官来这里一起共饮，召来女巫，当面对质，这样冤情也就能清楚了。”

第二天，三人约了俞司坊官来到报国寺饮酒，告诉了他昨天发生的情况。并召唤女巫来，女巫非常害怕，吓得不肯再来。司坊官就派衙役拘捕她，女巫这才来到寺里。还未跨进寺门，言状就和昨天一样。俞司坊官将此案通知巡城御史，在寺院的墙下发掘，挖到了一具白骨，颈下有伤痕。向当地人调查，居民说：“从前此墙是山东济南人赵三开设的一个旅馆，某年，把东西搬完逃回了山东。”于是，俞司坊官发出文书逮捕嫌犯，派人到济南调查，果真有这个人。文书到的那天，赵三大叫一声而亡。

蒲州盐枭

【原文】

岳水轩过山西蒲州盐池，见关神祠内塑张桓侯像①，与关面南坐，旁有

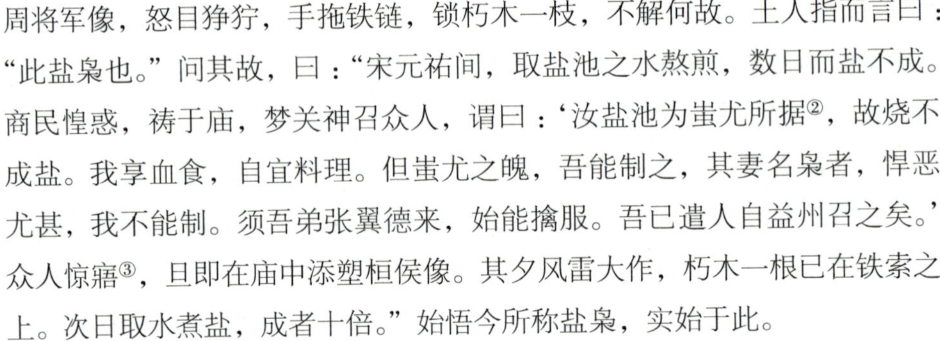

周将军像，怒目狰狞，手拖铁链，锁朽木一枝，不解何故。土人指而言曰：“此盐枭也。”问其故，曰：“宋元祐间，取盐池之水熬煎，数日而盐不成。商民惶惑，祷于庙，梦关神召众人，谓曰：‘汝盐池为蚩尤所据[2]，故烧不成盐。我享血食，自宜料理。但蚩尤之魄，吾能制之，其妻名枭者，悍恶尤甚，我不能制。须吾弟张翼德来，始能擒服。吾已遣人自益州召之矣。’众人惊寤[3]，旦即在庙中添塑桓侯像。其夕风雷大作，朽木一根已在铁索之上。次日取水煮盐，成者十倍。”始悟今所称盐枭，实始于此。

【注释】

①张桓侯：三国时名将张飞的谥号。

②蚩尤：传说是上古时代九黎部落联盟的首领。

③惊寤：受惊而醒来。

【译文】

岳水轩经过山西蒲州的盐池，看到关帝庙里，还有着与关公一起并排坐着张飞的神像。一侧还有周仓将军的塑像，怒目圆睁，面目狰狞。手上拿着铁链，铁链上锁着一根烂木头。岳水轩不懂其中的缘故，当地人指着朽木告诉他，说：这是盐枭。岳水轩水问，为什么叫盐枭呢？当地人说：“宋朝元祐年间，老百姓用盐池的水熬盐，可盐池不知出了什么问题，熬了好几天都不出盐。盐商和百姓们都发愁而无奈，不知该如何是好，就跑到关帝庙来祷告。夜里，人们梦到关公托梦说：“你们的盐池被战神蚩尤霸占，所以出不了盐。我一直受你们的香火供奉，自然会过问这个事。不过我

只能制服蚩尤的魂魄，但却降服不了蚩尤的妻子‘枭’。枭凶恶之极，只有我二弟张翼德才能制服她。我已经派人去益州去请他了。”众人都被梦惊醒了，天刚亮，就在庙里增加一座张飞的塑像。当天晚上电闪雷鸣，狂风大作，一根朽木，被拴在了铁链上。第二天，大家取水煮盐，不仅出盐正常了，而且出盐量比以前多了有十倍。岳水轩终于明白，现在所说的盐商为盐枭，原来出处是在这里。

观音堂

【原文】

余同官赵公讳天爵者①，自言为句容令时，下乡验尸。薄暮，宿古庙。梦老妪，面有积尘，发脱左鬓，立而请曰：“万蓝扼我咽喉②，公为有司，须速救我。”赵惊醒张目，灯前隐隐犹有所见，急起逐之，了无所得。次早闲步，见庙侧有观音堂，旁塑一老妇，宛如梦中人③。堂前沟巷狭甚，为民房出入之所。呼庙僧问曰：“汝里中得毋有万蓝乎？”僧曰：“在观音堂前出入者，即万蓝家也。”唤蓝至，问：“尔屋祖遗乎？”曰：“非也。此屋本从前观音堂大门出入之地。今年正月，寺僧盗售于我，价二十金。”赵亦不告以梦，即捐二十金，为赎还基址，加修葺焉④。是时赵年四十余，尚无嗣，数月后，夫人有身。将产之夕，梦老妪复来，抱一儿与之。夫人觉，梦亦如公。遂产一儿。

【注释】

①同官：在同一官署任职的人，同僚。

②扼：卡住，掐住。

③宛如：好像，仿佛。

④修葺（qì）：修理，修造。

【译文】

与我一同为官的赵公天爵，说自己担任句容县令时，有一次下乡验尸。到了晚上，住在一个古庙里。夜里梦见一位老妪，面部有积尘，左边的头发都掉落了，站在那里请求说："万蓝掐住我的咽喉，大人您是官差，赶快来救救我。"赵公惊醒后挣开眼来，觉得灯前隐隐地能看到。急忙起来寻找，却又什么没发现。第二天早上散步，看见庙的一侧有个观音堂，旁边有一个老妇的塑像，很像梦中人。观音堂前的沟巷非常狭窄，为民房出入之所。喊来庙里的僧人问道："你们庙里有没有个叫万蓝的人？"僧人说："观音堂前的进出之地就是万蓝家。"便传唤万蓝来，问道："这是你的祖屋吗？"万蓝说："不是。这个屋子从前是观音堂大门出入的地方，今年正月，寺院里的僧人倒卖给我，售价二十两金子。"赵天爵并没说自己梦见的情况，拿出了二十金赎回了这个基址，并进行了修造。当时，赵天爵的年纪已四十多了，还没有子女。几个月后，夫人怀了身孕。临到要生产的时候，以上梦到的那位老妪又来了，抱来一个儿子给他。夫人也做了同样的梦，后果真产下了一个儿子。

汉高祖弑义帝

【原文】

山东驿盐道卢宪观暴卒①，已而复苏，云前身本九江王英布也，弑义帝，乃高祖使之，非项羽所使也。高祖阴弑义帝，嫁名项羽，而伪与诸侯讨弑义帝者。羽讼于上帝，须布为质②，质明，果系高祖所弑。陈平六出奇计，此其一也。故卢死而复苏。问何以迟二千年而谳始定③？曰："羽以坑咸阳卒二十万，上帝震怒，戮于阴山，受无量罪④，今始满贯，方得诉冤。"按王阮亭《池北偶谈》载张巡妾报冤事，亦迟至千年。盖张以忠节，故而报复难；项以惨戮⑤，故而申诉亦难也。

【注释】

①驿盐道：官名。清代道员，兼管驿传与盐法。

②布：淮南王英布，秦末汉初名将。

③谳（yàn）：审判定案。

④戮（lù）：杀。此指惩罚。

⑤惨戮：残酷杀害。

【译文】

山东有位驿盐道官员卢宪观突然死亡，可一会儿又苏醒过来，他说自己的前世是九江王英布。当年杀义帝，是汉高祖刘邦的意思，而不是项羽指使的。高祖暗地谋划杀义帝，嫁祸给项羽，而假装与诸侯一起讨伐杀君者。现在，项羽向上帝告状，必须要英布对质。对质清楚后，义帝果然是高祖所杀的。陈平谋划有六出奇计，这是其中之一。就这样，卢宪观死而返魂，又苏醒过来了。有人问："为什么推迟两千年才有这个定论？"卢宪观说："由于项羽在咸阳活埋了二十万士兵，上帝震怒，惩罚他在阴山受无

期刑。今天终于算是赎罪了，才得以能申诉冤情。”王阮亭在《池北偶谈》中记载了张巡小妾复仇的事情，也推迟到千年以后。大概是因为“张巡杀妾飨士”令其成为千古名臣，让无辜的小妾难以复仇；项羽因为滥杀的原因，申诉也同样很难。

卷二

滇绵谷秀才半世女妆

【原文】

蜀人滇谦六，富而无子，屡得屡亡。有星家教以厌胜之法①，云："足下两世命中所照临者②，多是雌宿，虽获雄，无益也。惟获雄而以雌畜之，庶可补救③。"已而绵谷生④，谦六教以穿耳、梳头、裹足，呼为小七娘。娶不梳头、不裹足、不穿耳之女以妻之。果长大，入泮⑤，生二孙。偶以郎名孙，即死。于是每孙生，亦以女畜之。绵谷韶秀无须⑥，颇以女自居，有《绣针词》行世。吾友杨刺史潮观，与之交好，为序其颠末。

【注释】

①厌胜：指古代用符咒去邪的一种巫术。

②足下：敬词，对别人的尊称。

③庶：几乎，差不多。

④已而：不久，后来。

⑤入泮（pàn）：清代称考取秀才为入泮。泮：古代学官前的水池。

⑥韶秀：美好秀丽。

【译文】

四川有个叫滇谦六的人，家中富裕，却没有儿子，每次生下儿子不久就夭折了。有个算卦先生，教给他符咒去邪之术，说："您两代子孙，命中临照的，大多是雌性星宿，即使获得雄性，也没有用处啊。只有将生下来的儿子当女孩的方式来养育，才大致可以补救。"不久，儿子滇绵谷出生，滇谦六便给他穿耳眼、梳女头、裹足，还起了个女孩的小名，叫他为"小七娘"；又为他娶了一个不梳头、不裹足、不穿耳的女人作为童养媳。滇绵谷果然长大，还考中了秀才。不过，后来滇谦六有了两个孙子，偶然疏忽

地给孙子起了男孩子的名字，不久，孙子死去了。于是，后来出生的孙辈，都把当作女性来抚养。滇绵谷面容清秀，没有胡须，很为自己像女人而得意，他著有《绣针词》集子流传于世。我的朋友杨潮观刺史，与滇绵谷交情很好，为他这本《绣针词》写了序，序中记述了这件事的始末。

叶老脱

【原文】

有叶老脱者，不知其由来，科头跣足①，冬夏一布袍，手挈竹席而行②。常投维扬旅店③，嫌房客嘈杂，欲择洁地。店主指一室曰："此最静僻，但有鬼，不可宿。"叶曰："无害。"径自扫除，摊竹席于地。夜卧至三鼓，门忽开，见有妇人系帛于项，双眸抉出，悬两颐下，伸舌长数尺，彳亍而来④。旁有无头鬼，手提两头，继至。尾其后者：一鬼遍体皆黑，耳目口鼻甚模糊；一鬼四肢黄肿，腹大于五石匏⑤。相诧曰："此间有生人气，当共攫之。"群作搜捕状，卒不得近叶。一鬼曰："明明在此，而搜之不得，奈何？"黄胖者曰："凡吾辈之所以能摄人者⑥，以其心怖而魂先出也。此人盖有道之士，心不怖，魂不离体，故仓猝不易得。"群鬼方彷徨四顾，叶乃起坐席上，以手自表曰："我在此。"群鬼惊悸，齐跪地下。叶一一讯之。妇人指三鬼曰："此死于水者，此死于火者，此盗杀人而被刑者，我则缢死此室者也。"叶曰："若辈服我乎？"皆曰："然。"曰："然则各自投生，勿在此作祟。"各罗拜去。迨晓，为主人道其事，嗣后此室宴然。

【注释】

①科头：不戴帽子。跣（xiǎn）足：指赤脚、光着脚。

②挈（qiè）：携带，拿着。

③常：通"尝"，曾经。

④彳亍（chì chù）：慢步行走。

⑤匏（páo）：指瓢葫芦，其用途就是从中间剖成两半做水瓢。

⑥摄：捉住，抓住。

【译文】

有个叫叶老脱的人，不知道是哪里人，他总是不戴帽子，赤着脚，无论冬夏，都只穿一件布袍，来往时手里拿着一个竹席。叶老脱曾经在扬州一家旅店投宿，他嫌旅店的客房太嘈杂，想叫店主安排个清静的地方。店主指着一间屋子说："这间房子最静僻，但会闹鬼，恐怕不能住宿。"叶老脱说："没事。"于是叶老脱自己打扫了一下，然后将竹席摊在地上休息。叶老脱睡到夜半三更时，房门忽然开了，只见一个妇人脖子上系着布带，双眼突出，两个眼珠子挂到了下巴下，伸出好几尺长的舌头，女鬼缓慢走来。女鬼的旁边还有一个无头的鬼，手提着两个头跟着走。在她们身后，还有两个鬼跟着，一个遍体都是黑色，耳目口鼻都很模糊，另一个四肢黄肿，肚子比能装五石水的葫芦瓢还大。这几个鬼进屋后，很诧异地说："这里怎么有生人气，咱们一起抓住他。"几个鬼一起搜捕，可就是无法靠近叶老脱。一个鬼说："明明在这里，却搜不到，咋回事？"那个黄肿的鬼说："我们之所以能捉到人，是因为他们魂都吓掉了。今天这个人可能是个有道之士，心里不害怕，魂不离身，因此一下子抓不到他。”群鬼正在彷徨四顾时，叶老脱从席子上坐了起来，抬手说：“我在这里。”群鬼大惊，一起跪在地下，叶老脱挨个儿讯问。那女鬼指着其他三个鬼说：“这个是死在水里，这个是死在火里，这个是因为偷盗杀人被砍头的，我是吊死在这个房间的。”叶老脱说：“你们都服我吗？”几个鬼都说：“服了。”叶老脱说：“那你们就各自投生，不要在这闹鬼作怪了。”群鬼对叶老脱跪拜后，都离开了。到了早上，叶老脱对店主人说了昨夜发生的情况，以后这间屋子就安稳无事了。

山东林秀才

【原文】

山东林秀才长康，四十不第。一日有改业之想，闻旁有呼者曰：“莫灰心！”林惊问：“何人？”曰：“我鬼也。守公而行，并为公护驾者数年矣。”林欲见其形，鬼不可；再四言①，鬼曰：“公必欲见我，无怖而后可②。”林许之，遂跪于前，丧面流血，曰：“某蓝城县市布者也，为掖县张某谋害，以尸压东城门石磨盘之下。公异日当宰掖县③，故常侍公，求为申冤。”且言公某年举乡试，某年成进士，言毕不复见。至期，果举孝廉，惟进士之期爽焉。林叹曰：“世间功名之事，鬼亦有不知者乎？”言未毕，空中又呼曰：“公自行有亏耳，非我误报也。公于某月日私通孀妇某，幸不成胎，无人知觉，阴司记其恶而宽其罪，罚迟二科。”林悚然④，谨身修善。逾二科而成进士，授官掖县。抵任进城，见一石磨，启之，果得尸；立拘张某，讯之，尽吐杀人情实，置之于法。

【注释】

①再四：连续多次。

②无怖：不要害怕。

③当宰：当官。

④悚然：非常害怕。

【译文】

山东有个秀才叫林长康，四十岁的时候还没有考中进士。一天，他有转行的想法，突然听到旁边有人大喊："不要灰心。"林吃惊地问："你是什么人？"回答说："我是鬼，是守护着您左右的，已经守护您好多年了。"林秀才想看看他长什么样子，鬼不答应。林秀才连续多次请求，鬼说："您如果一定要见我的话，可不要害怕。"林秀才答应了，于是鬼跪倒在他的前面，只见这个鬼哭丧脸，还在不停地流血，说："我是在蓝城卖布的一个商人，被掖县张某某杀害，尸体被压在东城门石磨盘的下面，您以后会到掖县担任官职，所以我常年在您身边侍候，只求到时候为我申冤。"并且说林秀才会在某年乡试中举，某年会考中进士，说完就不见了。到了所说的期限，果然举了孝廉，只是进士的期限不准确。林秀才感叹说："人世间功名的事情，鬼也有不知道的。"话还没说完，又听到空中传来声音说："是您

自己做了亏心事，而不是我误报。您在某月某日和一个寡妇私通有染，幸好没有怀胎，没有人知道。但是阴司已经把你的恶行记载在案，而宽容您的罪过，处罚你迟二科才中进士。”林秀才听到这番话，毛骨悚然，从此修身行德，过了二科果然中了进士，被派到掖县任职。上任时他从东城门经过，看见一个石磨，叫人挖开后，果然发现一具尸体；立马命人拘捕张某，经过审讯，对杀人的情形和事实供认不讳，张某受到了法办。

苏耽老饮疫神

【原文】

杭州苏耽老，性滑稽，善嘲人①。人恶之，元旦，画疫神一纸厌其门②。耽老晨出开门，见而大笑，迎疫神归，延之上座，与共饮酒而烧化之。是年大疫，四邻病者，争祀疫神③。其病人辄作神语曰：“我元旦受苏耽老礼敬，愧无以报；欲禳我者④，必请苏君陪我，我方去。”于是祀疫神者，争先请苏，苏逐日奔忙，困于酒食。其家大小十余口，无一病者。

【注释】

①嘲：嘲笑，嘲弄。

②疫神：疫鬼。

③祀：祭祀，祷告。

④禳（ráng）：消除灾祸。

【译文】

杭州有个叫苏耽老的人，性格滑稽，喜欢开玩笑嘲弄别人。不少人厌恶他，元旦这天，有人用纸画了一幅瘟神压在了他的门口。苏耽老早晨开门迎财神，不曾想看到的是一张瘟神的画，他却没生气，反而大笑着把这张疫神给迎进来，放在上座，还对着这个纸画敬饮了些酒，然后把这张画一烧就完了。这一年，当地闹了一场大瘟疫。苏耽老的街坊邻居都得病了。

得了瘟疫，找医生看不好，就只好去求管这个瘟疫的神仙，就是这个疫神。疫神就对病人说："元旦那天，苏耽老请我喝了顿酒，我没什么报答他的。你们要想病好，就请苏耽老陪我一起喝酒，我就走了，你家病人就好了。"于是，患上疫情的人，争先恐后地宴请苏耽老，他天天轮转着享用好酒好菜，吃得都发累了。而他家里，上上下下十多口人，没一个得病的。

紫清烟语

【原文】

苏州杨大瓢讳宾者，工书法。年六十时，病死而苏，曰："天上书府唤我赴试耳。近日玉帝制《紫清烟语》一部，缮写者少①，故召试诸善书人。我未知中式否，如中式，则不能复生矣。"越三日，空中有鸾鹤之声②，杨愀然曰③："吾不能学王僧虔④，以秃笔自累，致损其生。"瞑目而逝。或问天府书家姓名，曰："索靖一等第一人⑤，右军一等第十人⑥。"

【注释】

①缮（shàn）：缮写，抄写。

②鸾鹤（luán hè）：鸾与鹤，相传为仙人所乘，指神仙。

③愀然：神色变得严肃，不愉快。

④王僧虔：琅琊临沂（今山东临沂）人，南北朝时期刘宋、南齐大臣、书法家，出身"琅琊王氏"。

⑤索靖：索靖，字幼安，晋代将领，敦煌郡龙勒县（今甘肃敦煌）人，著名书法家。

⑥右军：王羲之，字逸少，号澹斋，东晋书法家。曾为会稽内史，领右将军，人称"王右军"。

【译文】

苏州有个外号叫杨大瓢，名字叫杨宾的人，工于书法。六十岁的时候，患病死去又苏醒过来了，他说：“天上的书府叫我去考试。最近玉帝要编制《紫清烟语》一部，天上书法好的人不够，于是召集凡间擅长书法的人去考试。我不知道考中了没有。如果考中了，就不能再活过来了。”过了三天，空中传来了鸾鸟和仙鹤的声音，杨宾脸色突然变得不好，说：“我没学会像王僧虔那样，用秃笔让自己的字写得差一些，导致寿命受损。”闭上眼睛去世了。有人问天上书法家的排名，他说：“索靖是第一名，而王羲之排在第十名。”

卷三

裘秀才

【原文】

南昌裘秀才某，夏日乘凉，裸卧社公庙，归家大病。其妻以为得罪社公，即具酒食[①]，烧香纸，为秀才请罪，病果愈。妻命秀才往谢社公，秀才怒，反作牒呈，烧向城隍庙[②]，告社公诈渠酒食[③]，凭势为妖。烧十日后寂然，秀才更怒，又烧催呈，并责城隍神纵属员贪赃[④]，难享血食[⑤]。是夜，梦城隍庙墙上贴一批条云："社公诈人酒食，有玷官箴[⑥]，着革职，裘某不敬鬼神，多事好讼，发新建县责三十板。"秀才醒，心怀狐疑，以为己乃南昌县人，纵有责罚，不得在新建地方，梦未必验。未几，天雨，雷击社公庙，秀才心始忧之，不敢出门。月余，江西巡抚阿公，方入庙行香，为仇人持斧斫额[⑦]，众官齐集，查拿凶人。秀才以为奇事，急往观探。新建令见其神色诧异，喝问何人，秀才口吃吃不能道一字，身着长衫，又无顶带[⑧]。令怒，当街责三十板毕，始称："我是秀才，且系裘司农本家。"令亦大悔，为荐丰城县掌教。

【注释】

①具：置办。

②牒（dié）：文书或证件，此指状纸。

③诈：欺诈。渠：指裘秀才自谓。

④纵：放纵。

⑤血食：指供奉的食物。

⑥玷：玷污。官箴：官德，做官的操守。

⑦斫额：砍伤额头。

⑧顶带：官帽。

【译文】

南昌有个裘秀才，夏夜的晚上在土地庙乘凉，觉得土地庙寂静无人，就光着身子裸睡，醒来后，回到家中生了场大病。他的妻子以为得罪了土地公公，就去供奉酒食，焚香烧纸，为秀才请罪，秀才的病果然好了。妻子叫秀才去庙里拜谢土地公公，秀才发怒，不但不拜，反而怪妻子多事，并愤然写了一封书信焚烧，状告土地神欺诈他家贡品酒食，仗势为妖。过了十天，寂静得一点消息也没有，秀才觉得城隍神不理他，更加发怒，又写信烧了一封来催促，并责怪城隍神不负责任，纵容属下贪赃枉法，以后难以得到当地人的敬仰和供奉了。当天夜里，秀才梦见城隍庙的墙上贴着一个纸条，说："社公敲诈别人的酒食，有玷污为官的操守，革职查办。裘某不敬神明，爱多事好告状，交给新建县责打三十板。"秀才醒了以后，心中疑惑，以为自己是南昌县人，纵然受责罚，也不应该在新建县这个地方挨打，梦未必灵验。不久，天上下雨，雷声阵阵，一个炸雷击中了社公庙，秀才心里开始害怕起来，不敢出门。一个多月后，江西巡抚大人刚到庙里进香，就被仇人的斧头砍伤了额头。众官员都聚集到这里，追查凶犯。裘秀才听说这事后，觉得好奇便跑去围观，新建县令见他神色诧异，喝问："你是什么人？"裘秀才一时慌张，结结巴巴说不出一个字，他身穿长衫，也没有顶戴。县令发怒，下令差人当街责打裘秀才三十板。打完后，他才说："我是秀才，而且是户部尚书裘大人的亲戚。"县令听后觉得后悔，就推荐裘秀才做了丰城县的教官。

水仙殿

【原文】

杭州学院临考，诸廪生会集明伦堂①，互保应试童生，号曰保结。廪生程某，在家侵晨起②，肃衣冠出门，行二三里，仍还家，闭户坐，嚅嚅若与人语。家人怪之，不敢问。少顷又出，良久不归。明伦堂待保童生到其家问信，家人愕然。方惊疑间，有箍桶匠扶之而归，则衣服沾湿，面上涂抹青泥，目瞪不语。灌以姜汁，涂以朱砂，始作声曰："我初出门，街上有黑衣人，向我拱手，我便昏迷，随之而行。其人云：'你到家收拾行李，与我同游水仙殿，何如？'我遂拉渠到家[3]，将随身钥匙系腰，同出涌金门，到西湖边。见水面宫殿，金碧辉煌，中有数美女艳妆歌舞。黑衣人指向余曰：'此水仙殿也。在此殿看美女，与到明伦堂保童生，二事孰乐？'余曰：'此间乐。'遂挺身赴水。忽见白头翁在后，喝曰：'恶鬼迷人，勿往勿往！'谛视之[4]，乃亡父也。黑衣人遂与亡父互相殴击，亡父几不胜矣。适箍桶匠走来，如有热风吹入水中者。黑衣人逃，水仙殿与亡父亦不见，故得回家。"

家人厚谢箍桶匠，兼问所以救之之故。匠曰："是日也，涌金门内杨姓家唤我箍桶，行过西湖，天气炎热，望见地上遗伞一柄，欲往取之遮日。至伞边，闻水中有屑索声[5]，方知有人陷水，扶之使起，而君家相公，埋头欲沉，坚持许久，才得脱归。"其妻曰："人乃未死之鬼也，鬼乃已死之人也。人不强鬼以为人，而鬼好强人以为鬼，何耶？"忽空中应声曰："我亦生员，读书者也。书云：'夫仁者，己欲立而立人，己欲达而达人。'我等为鬼者，己欲溺而溺人，己欲缢而缢人，有何不可耶？"言毕大笑而去。

【注释】

①廪（lǐn）生：明清两代称由公家给以膳食的生员。

②侵晨：黎明，天亮。

③渠：指黑衣人。

④谛视：仔细察看。

⑤屑索：象声词，悉悉索索的声音。

【译文】

杭州学院每逢临考时，秀才们都要在明伦堂这里会集，为来此应试的童生作担保，这种做法叫保结。有个姓程的秀才，一大早起身，穿戴好衣冠出门，走了二三里路，又回到家里，关门而坐，嘴里念念叨叨像是在与人说话。家里人奇怪，却又不敢问。过了一会儿，他又出去了，好久没回来。在明伦堂等待程秀才作担保的那个童生跑到程家来询问，家里人一惊。正在惊疑之时，有个箍桶的匠师扶着程秀才回到了家里，只见他衣服湿透透的，脸上满是青泥，两个眼睛瞪着而不说话。家里人给他喂了姜汁，在他脸上涂了朱砂，他开始出声了，说：“我刚出门时，在街上碰到了一个穿黑衣服的人，他向我拱拱手，我就稀里糊涂地跟着他走了。黑衣人对我说：‘你回家收拾一下行李，跟我一同去水仙殿游玩，怎么样？’我就拉着黑衣人一起到家，拿上钥匙系在腰上，一道同出涌金门，来到了西湖边。只见水面上一座座宫殿金碧辉煌，殿上还有美女，浓妆艳抹，唱歌跳舞。黑衣人一边用手指着一边对我说：‘这叫水仙殿。在这殿里看美女，与到明伦堂为童生担保相比，哪个有乐趣？’我说：‘在这里有乐趣。’于是我就挺身跳入水中。这时，忽见有个白发老翁在后面喝道：‘这是恶鬼在迷人，别去别去！’仔细一看，是已过世的父亲。黑衣人就与亡父打斗了起来，亡父几乎已经招架不住。这时箍桶匠走来，立马感到有阵阵热风在向水中吹。黑衣人见了就逃，水仙殿以及亡父也不见了，这才回到了家里！”

家人听后，重谢了箍桶匠，同时问他救人经过。箍桶匠说：“今天，涌金门内有个姓杨的人家叫我去箍桶，路过西湖时，天气很热。看见地上有一把伞，就想去拿来遮太阳。走到伞边，听得水中有悉悉索索的声音，才知道有人掉到水里，我就下水把他拉了上来。当时你家相公定要埋头奔向水深之处，我坚持好长时间，才把他拖到岸上，带了回来。”秀才的妻子说：“人是还没有死的鬼，鬼是已经死了的人。人从不勉强鬼作人，而鬼却专强拉人作鬼，不知这是为什么？”忽听空中传来鬼的回答声，说：“我也是一个秀才，读书人。书上说：‘有仁爱心的人，自己想要有所作为，也会让人有所作为；自己想有所获，也会让人有所收获。’像我等这些做鬼的，自己被淹死在水里，则也希望别人淹死在水里，自己吊死在梁上，也希望别人吊死在梁上，这有什么不行的？”说完后，那鬼大笑而去。

两神相殴

【原文】

孝廉钟悟[1]，常州人，一生行善，晚年无子，且衣食不周，意郁郁不乐。病临危，谓其妻曰："我死，慎毋置我棺中。我有不平事，将诉冥王，或有灵应，亦未可知。"随即气绝，而中心尚温。妻如其言，横尸以待。死三日后果苏，曰："我死后到阴间，所见人民往来与阳世一般。闻有李大王者，司赏善罚恶之事。我求人指引到他衙门，思量具诉。果到一处，宫殿巍峨，中坐尊官。我进见，自陈姓名，将生平修善不报之事，一一诉知，且责神无灵。神笑曰：'汝行善行恶，我所知也。汝穷困无子，非我所知，亦非我所司。'问何神所司，曰：'素大王。'我心知李者，理也；素者，数也。因求神送至素王处一问，神曰：'素王尊严，非如我处无人拦门者。我正有事，要与素王商办，汝可随行。'少顷，闻呼驺声[2]，所从吏役，皆整齐严肃。

行至半途，见相随有沥血者，曰受冤未报[3]；有嚼齿者，曰逆党未除[4]；有美妇人而拉丑男者，曰夫妇错配。最后有一人，衮冕玉带，状若帝王，貌伟然，而衣履尽湿，曰：'我周昭王也。我家祖宗自后稷、公刘，积德累仁；我祖父文、武、成、康，圣贤相继，何以一传至我，而依例南征，无故为楚人溺死？幸有勇士辛游靡，长臂多力，曳我尸起，归葬成周；否则徒为江鱼所吞矣。后虽有齐侯小白借端一问，亦不过虚应故事，草草完结。如此奇冤，二千年来绝无报应，望神替一查。'李王唯唯。余鬼闻之，纷纷然俱有怒色。钟方悟世事不平者，尚有许大冤抑，如我贫困，固是小事，气为之平。

行少顷，闻途中唱道而至曰：'素王来。'李王迎上，各在舆中交谈。

始而絮语，继而忿争，哓哓不可辨[5]，再后两神下车，挥拳相殴。李渐不胜，群鬼从而助之，我亦奋身相救，终不能胜。李神怒云：'汝等从我上奏玉皇，听候处分！'随即腾云而起，二神俱不见。

少顷俱下，云中有霞帔而宫装者二仙女相随来[6]，手持金尊玉杯，传诏曰：'玉帝管三十六天事，无暇听些些小讼。今赐二神天酒一尊，共十杯。有能多饮者，便直其事。'李神大喜，自称我量素佳，踊跃持饮，至三杯便捧腹欲吐。素神饮毕七杯，尚无醉色。仙女曰：'汝等勿行，且俟我复命后再行。'须臾又下，颁玉带诏曰：'理不胜数，自古皆然。观此酒量，汝等便该明晓，要知世上凡一切神鬼、圣贤、英雄、才子、时花、美女、珠玉、锦绣、名画、法书，或得宠逢时，或遭凶受劫，素王掌管七分，李王掌管三分。素王因量大，故往往饮醉，颠倒乱行。我三十六天日食、星陨，尚被素王把持擅权，我不能作主，而况李王乎？然毕竟李王能饮三杯，则人心天理、美恶是非，终有三分公道；直到万古千秋，绵绵不断。钟某阳数虽绝，而此中消息非到世间晓谕一番，则以后告状者愈多，故且开恩，增寿一纪[7]，放他还阳，此后永不为例。'"钟听毕还魂，又十二年乃死。常语人云："李王貌清雅，如世所塑文昌神。素王貌陋，团团浑浑，望去耳目口鼻不甚分明。从者诸人，大概相似。千百人中，亦颇有美秀可爱者，其党亦不甚推尊也。"钟本名护，自此乃改名悟。

【注释】

①孝廉：明清两代对举人的称呼。

②驺（zōu）：指马队车驾。

③沥血：流血。

④嚼齿：咬牙切齿。

⑤哓哓（xiāo）：吵嚷的声音。

⑥霞帔：古代妇女礼服的一部分，类似现代披肩。

⑦一纪：古代以12年为一个周期，称为一纪。

【译文】

常州有个钟悟的举人，一生行善，可到了晚年还没有儿子，而且衣食不足，心中常常郁闷不乐。病危临终前对妻子说："我死了，千万不要将我放进棺材。我心中有不平之事，要找阎王去申诉，也许会有灵验，未必可知。"随后气绝而亡，但心口部位还有余温。妻子照他所说，停放尸体等候。死后三日，钟悟果然醒过来了，他说："我死后到了阴间，看见来来往往的人与阳间没有差别。听说有位李大王，负责赏善罚恶之事，就请人把我带到他的衙门，打算详细申诉。果然到了一处宫殿高大的地方，大殿中坐着一个高官。我进去拜见，自我介绍姓名，将平生行善而没有好报的事都作了陈诉，且抱怨神明并没有显灵。神笑道：'你行善还是作恶，我都知道。你穷困又没有子嗣，我不知道，这也不是我管的事。'我问是由哪位官员掌管，神说：'是素大王。'我明白了几分意思，李，即理，道理也；素，即数，命数也。于是求他将我送到素王那里询问。神说：'素王很威严，不像我这里门口没有人拦你。不过，正好我有事要去找他商议，你可跟着一起去吧。'一会儿，就听见车马声，随行的差役都穿戴整齐，神色肃然。

走在半途中，只见跟在后面的人有流血不止的，说是冤屈未报；有咬牙切齿的，说是奸党未除；有美妇人拉着丑男子，说是错配了夫妻。最后面有一个人，所着龙袍，冠冕玉带，像是帝王的模样，相貌伟岸，但身上都湿透了。他说：'我是周昭王。我家祖宗从后稷、公刘以来，代代德行仁厚，我的祖辈文王、武王、成王、康王，都是圣贤称道于世，为何传到我时，照惯例御驾南巡，却莫名其妙地被楚人淹死？幸亏有勇士辛游靡，臂长力大，将我的尸体捞起来，运回到洛阳城安葬，否则就白白地被江中的鱼吞掉了。后来虽有齐桓公过问过此事，却还是随口说说，草草了事。这样重大的奇冤，两千年来从没有过一点报应，希望神替我查一查。'李王予以承诺，其他众鬼听了周昭王的诉说，都面带怒色。这时，钟某才醒悟，原来世间还有这么大的不平和冤枉，像我这种贫困无子不过是小事而已，于是心气平和了下来。

又走了一阵，只听路上有人传呼：'素王驾到！'李王迎上前去，二人坐在各自车上交谈。开始时轻声细语，渐渐地大声吵了起来，闹得乱哄哄的听不清楚。再后来，两位神下车挥拳殴打起来。李王渐渐招架不住，随行的众鬼上前帮他，我也上前相助，但还是打不过素王。李王怒声说：‘你们等我上天去禀告玉皇，听候处置！’随即腾云而上，两神瞬间都不见了。

不一会儿，又从天上回来了，云中有着两位身披彩衣、宫女打扮的仙女相随，拿着金尊玉杯，传旨说：‘玉帝掌管三十六界的大事，哪有时间听这些区区小事。今天赐两位天神一尊酒，共十杯，谁喝得多，就受理谁的诉求。’李神很高兴，自称酒量一向就好，举杯豪饮起来，喝了三杯便捧着肚子想吐，素神喝到第七杯仍没有醉意。仙女说：‘你们先别走，待我回复玉帝后再走。’一会儿，玉女回来颁布诏书说：‘理不胜数，自古都是如此，看二人酒量，你们便该知晓。要知道世上一切神鬼、圣贤、英雄、才子、鲜花、美女、珠玉、锦绣、名画、法书，有的碰到机会走运，有的遇到厄运遭难。由素王掌管其中的七分，李王掌管其中的三分。素王自恃酒量大，往往容易喝醉，于是颠倒是非，乱下法令。三十六重天的日食、星陨，如果被素王把持擅用，我都做不了主，何况李王呢？然而毕竟李王能饮三杯，人心天理、善恶是非终究有三分公道，以至万古千秋，一直不断。钟某阳寿虽尽，但这些消息如不到阳间传播一番，以后告状的人会越来越多。所以暂且开恩，增加他阳寿十二年，放他回到阳间，但下不为例。’”钟某听完诏书，还过魂来，又活了十二年才死。他常对人说：“李

王相貌清秀，如同世间所塑的文昌神。素王相貌丑陋，既胖又黑，看上去五官也不正，他的随从，大多类似如此，在千百人中也不乏有貌美可爱的，可这些同伙却不大尊重他们。”钟某原来的名字叫钟护，此后改名为钟悟。

李半仙

【原文】

甘肃参将李璇，自称李半仙，能视人一物，便知休咎①。彭芸楣少詹与沈云椒翰林同往占卜②。彭指一砚问之，曰："石质厚重，形有八角，此八座像也，惜是文房之需，非封疆之料。"沈将所挂手巾问之，曰："绢素清白，自是玉堂高品，惜边幅小耳。"正笑语间，云南同知某亦来占卜③，取烟管问之，曰："管有三截，镶合而成，居官亦三起三倒，然否？"曰："然。"曰："君此后为人亦须改过，不可再如烟管。"问何故，曰："烟管是最势利之物，用得着他，浑身火热；用不着他，顷刻冰冷。"其人大笑，惭沮而去。逾三年，彭学差任满回京，李亦入都引见。彭故意再取烟管问之，曰："君又放学差矣。"问何故，曰："烟非吃得饱之物，学院试差非做得富之官。且烟管终日替人呼吸，督学终年为寒士吹嘘④，将必复任。"已而果然。

【注释】

①休咎（xiū jiù）：吉与凶，善与恶。

②少詹：负责太子事务的四品官。

③同知：明清时期的官名，为知府的副职，正五品。

④寒士：指出身低微的读书人。

【译文】

甘肃有位参将叫李璇，自称是李半仙，只要看一看别人所指的东西就能知道是吉还是凶。负责太子事务的四品官彭芸楣和翰林沈云椒一同去占卜。彭随意指了一个砚台问卜，李璇回答：“石头质地厚重，形状方正规矩，可惜是适合文房上的材料，没有封疆大吏的气质。”沈拿着自己挂的手巾问，李璇回答说：“绢素来清白，自然是才高品格也好，只可惜气度小了点。”大家正在谈笑间，云南的一位知府官也来问卜，他指着自己的烟管而问。李璇说：“这个烟管有三截，是镶接起来的，你在做官的仕途上有三落三起，对吗？”回答说：“是的。”李璇又说：“你以后为人也得改改你的行事风格，不能再像这烟管一样。”这位云南的知府官不解，问为什么。李璇说：“烟管最具势利的本质，用得上的时候，火热得很；用不上的时候，立马冷漠如霜。”其人尴尬地大笑，羞愧沮丧地走了。过了三年，彭某学差（管教育）期满后回京，李璇到京城面见皇上。彭某想起以前的事，故意地拿出一根烟管问他，李璇笑着说：“你这次又要接着做学差了。”彭某问为什么？李璇说：“烟，不是能吃饱的东西。做学差的事，不是能发财的位置。而且烟管整天替人呼吸烟气，先生一年到头都是替穷书生评点吹嘘。你将会再任。”后来果然如此。

夜叉偷酒

【原文】

直隶永平府滦州河下，每年龙王造宫，有黄、白二龙，从古北口拔木运来。每木百枝，一夜叉管守之①。其木在水中，皆直立而行，上挂一红灯为号。关外贩木商人，每年待龙发水，然后依附运行。偶失一枝，龙怒遣夜叉寻取，风雨大作，山石皆飞。村中民造酒八缸，一夜被夜叉偷饮立尽。惧其为患，为伐一木置水中，夜始平静。此石埭令郑公首瀛为余言。郑，滦州人。

【注释】

①夜叉：神话传说中一种形象丑恶的鬼。

【译文】

传说直隶永平府滦州河底下，每年龙王建造宫殿时，都有黄色和白色的二条龙，从古北口拔树，通过水路运来。每棵树木有一百根枝条，安排了一个夜叉负责专门看守。树木在水中都是直立起来，顺流而下，上面还挂一盏红灯作为标志。关外贩木材的商人，每年乘龙王发水运木的机会，借机运输木材。一次，龙王发现丢失了一根，大发雷霆，命令夜叉必须把它找回来，顿时狂风呼啸，大雨倾盆，山石乱飞。村中有位村民酿了八缸酒，一夜之间，就被夜叉偷喝光了。村民害怕他成为祸患，赶忙砍伐了一根木材扔到水中，夜里才平安无事。这个故事是石埭县令郑首瀛对我说的，郑县令是滦州人。

李香君荐卷

【原文】

吾友杨潮观，字宏度，无锡人，以孝廉授河南固始县知县。乾隆壬申乡试，杨为同考官，阅卷毕，将发榜矣，搜落卷为加批焉。倦而假寐①，梦有女子年三十许，淡妆，面目疏秀，短身，青绀裙②，乌巾束额，如江南人仪态。揭帐低语曰："拜托使君，'桂花香'一卷，千万留心相助。"杨惊醒，告同考官。皆笑曰："此噩梦也。焉有榜将发而可以荐卷者乎？"杨亦以为然。偶阅一落卷，表联有"杏花时节桂花香"之句，盖壬申二月表题，即谢开科事也。杨大惊，加意翻阅。表颇华赡，五策尤详明，真饱学者；以时艺不甚佳③，故置之孙山外。杨既感梦兆，又难直告主司，欲荐未荐，方徘徊间，适正主试钱少司农东麓先生，嫌进呈策通场未得佳者，命各房搜索。杨喜，即以"桂花香"卷荐上。钱公如得至宝，取中八十三名，拆卷填榜，乃商丘老贡生侯元标，其祖侯朝宗也。方疑女子来托者，即李香君。杨自以得见香君，夸于人前，以为奇事。

【注释】

①假寐：打盹儿，打瞌睡。

②绀（gàn）：稍微带红的黑色。

③时艺：八股文。

【译文】

我的友人杨潮观，字宏度，是无锡人，因为举人身份做了河南固始县的县官。乾隆壬申年乡试，杨潮观被委派为同考官。阅完考卷，将要发榜了，杨潮观把落榜的考卷汇集起来加上批语，一会儿困倦了，他打盹时做了一个梦。梦见有个女子，年龄三十左右，画淡妆，眉清目秀，身材娇小，青衣红裙，黑头巾束在额头上，像是江南人的仪态。她掀开帐子低声说：“拜托先生，有一张写有‘桂花香’之句的卷子，请你千万留心相助。”杨潮观惊醒后，把梦到的事情告诉其他考官。他们都笑着说：“这不过是噩梦罢了，哪有即将发榜还来推荐考卷的呢？”杨潮观也觉得是这样。可是，他却偶然翻阅到一份落榜试卷，上面写有“杏花时节桂花香”的句子。因为壬申年二月乡试的试题，就是感谢恩科开考之事。杨潮观非常惊奇，便用心翻看，见文章写得很美，尤其五道策论观点详明，真是学问广博之士，只是因为八股文写得不太好，所以没有选中。杨潮观已经感到

了梦兆，又难以向主考官直接告明，想推荐又难以推荐。正在犹豫时，恰好主考官钱东麓先生嫌录取的试卷中没有策论写得好的，要各协同考官再加以搜选。杨潮观很高兴，就把“桂花香”的卷子呈送上去，钱主考看后如获至宝，录取为第八十三名。等到拆开卷子填写榜名时，才知是商丘老秀才侯元标，他的祖上是侯朝宗。杨潮观便怀疑那个托梦的女子，就是李香君。杨潮观自以为能见到李香君，常在人前夸说此事，把这当作传奇的故事。

卷四

吕蒙涂脸

【原文】

湖北秀才钟某，唐太史赤子之表戚也①。将赴秋试，梦文昌神召，跪殿下，不发一言，但呼之近前，取笔向砚上蘸极浓墨，涂其脸几满，大惊而醒。虑有污卷之事，意忽忽不乐。随入场，倦，在号檐中假寐②。见有伟丈夫掀其号帘，长髯绿袍，乃关帝也。骂曰："吕蒙老贼！你道涂抹面孔，我便不认得你么？"言毕不见。钟方悟前生是吕蒙，心甚惶悚。是年获隽，后十年选山西解梁知县③。到任三日，往谒武庙，一拜不起。家人视之，业已死矣。

【注释】

①太史：明清时，修史之事由翰林院负责，又称翰林为太史。

②假寐（jiǎ mèi）：打盹儿，打瞌睡。

③选：选派，委派。

【译文】

湖北有个秀才姓钟，是翰林唐赤子的表亲。他在即将参加乡试前，梦见文昌神把他叫了去。到了文昌殿前跪下，可文昌神一言不发，只是示意他靠上前来，随手拿起笔在砚台上饱蘸浓墨，把他的脸几乎涂了个遍。钟某从梦中惊醒，他担心考试中将会出现有污卷的不祥兆头，心里抑郁不快。钟某进考场后，一时困倦，就在自己的号房内打盹。忽然梦见有一个高大威武的汉子掀开号房帘子走进来，飘然长须，身穿绿袍，原来是关帝神。他见了钟某骂道："吕蒙你这个老贼，以为把自己的脸涂抹了，我就认不出你吗？"说完，就没了踪影。钟某此时才知道，自己的前身是吕蒙，心里惶恐不安。这一年，钟某考中了举人。十年后，他被派往山西解梁县任知县。

上任后的第三天，钟某去关帝庙参拜，可跪地一拜却起不来了。家人上前察看，钟某已经死了。

替鬼做媒

【原文】

江浦南乡有女张氏，嫁陈某，七年而寡，日食不周，改适张姓①。张亦丧妻七年，作媒者以为天缘巧合。婚甫半月，张之前夫附魂妻身曰："汝太无良，竟不替我守节，转嫁庸奴。"以手自批其颊②，张家人为烧纸钱，再三劝慰，作厉如故。未几，张之前妻又附魂于其夫之身，骂曰："汝太薄情，但知有新人，不知有旧人。"亦以手自击撞，举家惊惶。适其时，原作媒者秦某在旁，戏曰："我从前既替活人作媒，我今日何妨替死鬼作媒。陈某既在此索妻，汝又在此索夫，何不彼此交配而退，则阴间不寂寞，而两家活夫妻亦平安矣。何必在此吵闹耶？"张面作羞缩状，曰："我亦有此意，但我貌丑，未知陈某肯要我否。我不便自言。先生既有此好意，即求先生一说何如？"秦乃向两处通陈，俱唯唯③。忽又笑曰："此事极好，但我辈虽鬼，不可野合，为群鬼所轻。必须媒人替我剪纸人作舆从④，具锣鼓音乐，摆酒席，送合欢杯，使男女二人成礼而退，我辈才去。"张家如其言，从此，两人之身安然无恙。乡邻哄传某村替鬼做媒，替鬼做亲。

【注释】

①改适：改嫁。

②批：手击打。

③唯唯：连连答应。

④舆从：车马随从。

【译文】

南京江浦县南乡有位张氏女子，嫁给了陈某。七年后，张氏成为了寡妇，因为生活艰难，又改嫁给了张某。张某的妻子也死了有七年，媒人觉得这是天赐巧合的缘分。不料结婚才半月，张氏女前夫的鬼魂附在她身上说："你太没有良德了，竟然不替我守节，改嫁给这种没用的奴才。"说着，边用手自打耳光。家人为陈某烧去纸钱，不停地劝说安慰，但还是闹鬼作怪。没过多长时间，张某前妻的鬼魂也附身在张某身上，骂道："你太薄情了，只知道有新欢，不记得有旧人。"说着，也用手自己打自己。全家人惊慌无措。恰好原来的媒人秦某在场，便开玩笑说："我从前既然替活人做媒，那么今天替死鬼做一桩媒事又何妨呢。陈某既然在这里要妻子，你又在这里要老公。不如你俩彼此结合，这样你俩在阴间不寂寞，两家活人也能平安了。何必在这里吵闹呢？"张某的妻子面露羞怯地说："我也有这个意思，只是我相貌丑陋，不知陈某肯不肯要我？我不方便说，先生既然有此好意，那就请先生替我去说说，怎么样？"秦某于是给所附鬼魂的两头传达消息，双方都表示同意。但二鬼忽然又笑着说："这是件好事，但我们虽然是鬼，也不愿随便结合，被其他鬼类看不起。必须有媒人帮我们剪纸人作为轿夫和随

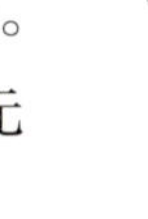

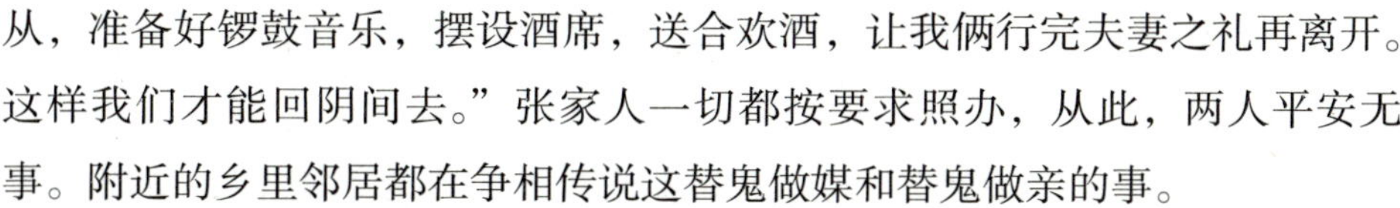

从，准备好锣鼓音乐，摆设酒席，送合欢酒，让我俩行完夫妻之礼再离开。这样我们才能回阴间去。”张家人一切都按要求照办，从此，两人平安无事。附近的乡里邻居都在争相传说这替鬼做媒和替鬼做亲的事。

三斗汉

【原文】

三斗汉者，粤之鄙人也①。其饭须三斗粟乃饱，人故呼为“三斗汉”。身长一丈，围抱不周，须虬面黑，乞食于市，所得莫能果腹。一日，之惠州，戏于提督军门外，双手挈二石狮去②。提督召之，则仍挈石狮而来。提督命五牛曳横木于前，三斗汉挽其后，用鞭鞭牛，牛奋欲奔，终不能移尺寸。提督奇其力，赏食马粮，使入伍学武。乃跪求云：“小人食须三斗粟，愿倍其粮。”提督许之。习武有年，驰马辄坠③，箭发不中，乃改步卒，郁郁不得志而归。游于潮州，值潮之东门修湘子桥，桥梁石长三丈余，宽厚皆尺五，众工构天架，数十人挽之莫能上。三斗汉从旁笑曰：“如许众人，赪面汗背④，犹不能升一条石块耶？”众怒其妄，命试之，遂登架独挽而上，众股栗⑤。桥洞故有百数，辛卯年圮其三⑥，郡丞范公捐俸倡修⑦，见此人能独挽巨石，费省工速，遂命尽挽其余，赏钱数十千。不一月食尽去，莫知所之。或云饿死于澄江 。

【注释】

①鄙人：居住在郊野的人。

②挈（qiè）：举起，提起。

③辄（zhé）：就，总是。

④赪（chēng）面：指用力而涨红脸。

⑤栗（lì）：发抖，哆嗦。

⑥圮（pǐ）：毁坏，倒塌。

⑦郡丞：辅佐郡守的官职，为副职。郡守为行政长官。

【译文】

三斗汉，是广东郊野之人，因为他吃饭要三斗粮食才饱，所以称他为“三斗汉”。他身高有一丈，腰围粗得一个人都抱不过来，络腮胡须，面部乌黑，在市上乞讨，要来的饭食难以填饱肚子。一天，三斗汉到了惠州，在提督军门外戏耍，双手举起一对石狮子而去。提督召见他，他又举着两个石狮子回来了。提督让人将五头牛套在前面一根横木上，让三斗汉拉住横木，然后用鞭子打牛，牛想要向前跑，但始终移动不了半步。三斗汉的力量让提督很惊奇，便赏给他食物，让他入伍学武。三斗汉跪在地下请求说：“小人一顿饭要吃三斗粮食，望双倍给以口粮。”提督答应了，三斗汉学了几年武艺却不行，骑上马就掉下来，射箭也射不中，只好改为步兵。三斗汉郁郁不得志，就退伍回来了，在潮州一带游荡。一天，他恰巧看到潮州的东门在修湘子桥，桥梁的石板长三丈多，宽厚都一尺五，民工们架好天架，可石板几十个人也抬不上去。三斗汉在一旁笑着说：“这么多人，汗流浃背，怎么连一条石块都弄不上去？”众人听后很生气，觉得他只会说风凉话，就让他试试。三斗汉独自一人登上架子，就把石板托上去了，众人瞠目结舌，看得直打哆嗦。湘子桥的桥洞有上百个，在辛卯年又坍塌了其中的三个，地方副长官范公捐了自己的俸银倡议修造，他看三斗汉一个人就能把巨石搬送上去，既省工钱效率又快，于是命令他把其余的都搬上去，赏给了他几万钱。不到一个月，三斗汉就把钱吃完了，离开了潮州，人们也不知道他去往何处。有人说，他在澄江那个地方饿死了。

叶生妻

【原文】

桐城邑西牛栏铺界叶生，笔耕糊口，父兄业农。乾隆癸卯春，佃其族人田于牌门庄，阖室移居于是。其妻年十八，素端重寡言，忽发颠谩骂[1]，其音不一，惟骂李某丧绝天良，毁我辈十人冢，盖造房屋，好生受用，将我等骸骨践踏污秽。叶生不解，询邻老，始知房主李某于康熙时平坟架屋，事实有之。乃诘其妻云："平坟做屋，实李某事，于我何干？"妻答云："当时李某气焰甚高，我等忍气不言，多出游避之。今看尔家运低，故在此泄忿。"骂音中惟此厉声者最恶，其九音偶尔相间，亦略平和。生许以拆屋培冢，答云："屋有主人，尔不能擅拆，盍往商量？"生奔请李姓来，其妻引至堂西两正屋内指示曰："此二椁也。此四坟也，其牖旁乃二女坟[2]，我坟在床后墙下。"李问："尔何人？"答云："我阮姓孚名，年二十二，前明正德间儒生，读书白鹤观，戏习道教，竟成羽士。偶为贪色逾墙，被辱自缢。葬此十人中，惟我受践踏污秽更苦，故我纠合伊等同来。"李云："汝骨在何处？"答曰："正中一冢掘下三尺，见棺黑色者，是我也。"李踌躇不敢掘，鬼骂不息。远近劝者，络绎而至。有问必答，或烧纸钱求之，其九鬼亦从旁劝解，音皆自其妻口中出。缢鬼骂曰："汝等九个赌贼，得受叶家纸钱，彼此赶老羊快活[3]，便来劝我么？"自是九鬼无声，惟缢鬼独闹。

生请羽士禳解[4]，属塾师陈某作荐送文。鬼大笑曰："不通之极，某故事用错，某处文词鄙俗，况送我文当求我，不应以威胁我。"塾师惭赧，唯唯而已。道士诵经略错，必加切责。生之戚有程氏者，家素丰，方到门，鬼曰："富翁来矣，当备好茶。"章孝廉甫与生有姻，将到，鬼曰："文星至矣，求为我作墓志。"章口占一律赠之，曰："当年底事竟投缳，遗体飘零瘗此间。茅屋妄成将拆去，高封误毁已培还。从兹独乐安黄壤，还望垂怜放翠鬟。他日超升藉法力，直排阊阖列仙班[5]。"鬼谢曰："蒙奖太过，孚有风流罪过，安能排阊阖列仙班乎？惟五、六二语，见教极是，吾遵命去矣。"临去，呼叶生字告之曰："吾不受道士忏悔，受文人忏悔，亦未忘结习故也。尔盍镌诗墓石，以光泉壤？"生妻瞑目无言，越一日，乃醒。

【注释】

①谩骂：用轻慢、嘲笑的态度骂人。

②牖（yǒu）：窗户。

③赶老羊：赌输赢、角胜负的一种游戏。

④羽士：道士。禳解：向神佛祈祷，解除灾祸。

⑤阊阖：传说中的天门。

【译文】

桐城县西面牛栏铺地界，有位叶生，靠文书笔墨养家糊口。他的父亲和兄长都务农为生。乾隆四十八年（1783年）春天，他们在牌门庄租了自己族人的田来耕作，于是全家也都搬迁到那里居住。叶生的妻子年方十八，平素端庄自重，沉默寡言。一天，忽然发狂谩骂，听她骂人的声音，不像是一个人，好像夹杂着几个人的声音，但所骂的是李某丧尽天良，毁了他家祖辈十个人的坟墓，建造房屋，你们李家住得舒适，却践踏污浊了我们的骸骨。叶生听得糊里糊涂，询问邻里的老人，才知道他现在住的房子，原来是李某所盖的。康熙年间，李某在此平掉了坟墓来盖房，确实有这回事。于是叶生回家质问他附在妻子身上的鬼说："平坟头盖房子，是李某干的，关我什么事呢？"鬼借叶妻之口答道："当时李某很有财势，气焰嚣张，我们只好忍气吞声，四处游荡去躲避。现在看你家运势低，所以来泄愤出一点怨气。"在骂声中，这个人的口气最凶狠，其他九个人只是偶尔插插嘴，语气也比较平和。叶生承诺拆掉这个房屋，重新培土修坟。附在叶妻身上的鬼魂答道："这个屋子有主人，你不能擅自拆掉的，何不去找主人商量一下呢？"叶生赶忙请来李姓的屋主，叶妻把他们带到了堂屋西边的两间正房里，边指边说："这里本来有两具棺材，这里本有四座坟墩，窗户旁边原来是两个女人的坟头，而我的坟在床后面的墙根下。"屋主李某问："你是何人？"鬼魂答道："我叫阮乎，二十二岁，是明朝正德年间的儒生。在白鹤观读书，起初随便学了一下道术，后来竟真的做了道士。有一次，因贪图美色，爬墙头时被人发现而遭受羞辱，上吊身亡，葬在这里。十座坟中，我这座被践踏和污秽得最厉害，所以我纠集他们一同来讨要说法。"屋主李某问："你的骸骨在什么地方呢？"阮乎回答说："在正中间有一座坟里，往下挖三尺，有一具黑色的棺椁就是我。"屋主犹豫，不敢挖掘。女鬼阮孚见此，不停地叫骂。远近听说的人都纷纷跑来看热闹。凡有人提问，女鬼都给以回答。叶生烧起纸钱，求其他九个鬼劝解阮孚不要再骂。这九个鬼说话也都借叶生妻子的嘴里说出。阮孚骂道：“你们这九个赌鬼，收了叶家的纸钱，贪图一时之用，就好意思想着来劝我？”于是，九个鬼不吭声了，只剩下阮孚在吵闹。

叶生请来道士消灾，又请师塾先生写了一篇送鬼文。阮孚大笑道：“这文章不通到了极点，或者典故用错，或者用词粗俗，更何况送鬼文的语气应该是恳求我，而不该是威胁我。”师塾先生被指责得面红耳赤，连连称是。道士诵经略有小错，阮孚也立刻痛声斥责。叶生有位姓程的亲戚，家境颇丰，刚到叶家门口，女鬼阮孚就说：“富翁来了，赶紧上好茶迎客。”叶生的姻亲章甫孝廉快到叶家时，女鬼阮孚说：“文曲星来了，请他为我作一篇墓志铭。”章孝廉当即作了一首律诗给阮鬼，大意是说：“当年你是为何事，竟要上吊自尽，弄得遗体飘零，埋葬在这里。此处造屋不当，可以拆掉；你的坟头被毁，重新建造就是了。从此你在九黄土之下独享安乐，还望你可怜叶妻让她早日清醒过来。今后定会靠你的法力获得超升，步

步高升地排列在仙班道头。”女鬼阮孚听后，道谢说：“承蒙过奖了，我犯过风流之罪，哪有资格位列仙班呢？第五、六句说得很对，我听从你的建议准备离开。临走时，阮孚对叶生说：“我不接受道士让我忏悔经，而接受文人的忏悔诗，也是因为我不能除去读书人的习气。你何不把章甫的这首诗刻在我的墓碑上，让我在九泉之下也能荣耀？”说到这里，叶生妻子闭目无言，安静了下来。一天之后，她就完全清醒了。

西园女怪

【原文】

杭郡周姓者，与友陈某游邗上①，住某绅家。时初秋，尚有余暑，所居屋颇隘②，主人西园精舍数间，颇幽静，面山临池，二人移榻其中，数夜安然。一夕步月，至二鼓，入室将寝，闻庭外步屟声③，徐徐吟曰：“春花成往事，秋月又今宵。回首巫山远，空将两鬓凋。”两人初疑主人出游，既而语气不类，披衣窃视，见一美女背栏干立。两人私语，未闻主人家有此人，且装束殊不似近时，得毋世所谓鬼魅者此乎？陈少年，情动，曰：“有此丽质，魅亦何妨！”因呼曰：“美人何不入室一谈？”庭外应声曰：“妾可入，君独不可出耶？”陈拉周启户出，不复见人，呼之，随呼随应，而人不可得。寻声以往，若在树间，审视之，则柳枝下倒悬一妇人首。二人骇极，大呼。首坠地，跳跃而来。二人急奔避入室，首已随至。两人关门，尽力抵之，首啮门限，咋咋有声。俄闻鸡鸣④，首跳跃去，至池而没。两人追天明，急移住旧所，各病疟数十日。

【注释】

①邗（hán）：指邗江，在江苏境内。

②隘（ài）：狭小，狭窄。

③屟（xiè）：木鞋，鞋垫，此指脚步。

④俄闻：一会儿听到。

【译文】

杭州有个姓周的人，他与朋友陈某去邗江游玩，晚上住在一位绅士家里。当时正是初秋，天气还较热，他们住在一个屋子，感到房间狭小闷气，而主人家西面花园里有几间很精致的房子，非常幽静，面山临水，于是他两人就把被褥搬到了西园，住了几个晚上，倒也平安无事。一天晚上，他们两人在月下散步，到二更时分，回房间准备睡觉。突然听到院外有脚步声，接着听到有人慢慢地吟诗："春花烂漫已成往事，皎洁的秋月又呈现在今夜。回头看那巫山的云雨，飘渺遥远，时光匆匆，空使两鬓染上了银霜。"他们两人开始以为是主人在游园，却又感到声音不像，于是披上衣服出来察看，只见有一个美女背靠栏杆站着。两个人窃窃私语，说从未见过主人家有这个人啊，她的打扮也不像现在人的装束，难道真像平常说的有鬼吗？姓陈的年少气盛，见了美女有点动心，说："这样美的女子，就算是鬼也没关系。"于是，就招呼她："美女，何不进屋来聊聊。"庭院外的美女回答说："叫我进屋可以的，可你为什么不能出来呢？"陈某听后，拉着周某开了门，走出庭院，却没看到有什么人，陈某呼唤了几声，随之也听见回答，可就是看不见人影。他们两人随着回答声音的方向找去，走到了一处树丛里，再仔细一找，只见柳树上倒挂着一个女子的头。两人非常害怕，吓得惊叫起来。这颗头便落到了地上，朝着他俩跳跃过来。两人急忙跑回屋内躲避，这女子的头也紧追过来。两人赶紧关好房门，用全力抵住，这颗头就用牙齿咬门，发出喳喳喳的声音。不久，听到了鸡叫的声音，女子的头

才跳着离开，到池塘边就不见了。两个人一直折腾到天亮，赶紧搬回到原来的屋子，两人都生病了好多天。

雷诛营卒

【原文】

乾隆三年二月间，雷震死一营卒。卒素无恶迹，人咸怪之。有同营老卒，告于众曰："某顷已改行为善。二十年前披甲时[①]，曾有一事，我因同为班卒，稔知之。某将军猎皋亭山下，某立帐房于路旁。薄暮，有小尼过帐外。见前后无人，拉入行奸。尼再四抵拦，遗其裤而逸。某追半里许，尼避入一田家，某怅怅而返。尼所避之家，仅一少妇，一小儿，其夫外出佣工。见尼入，拒之，尼语之故，哀求假宿。妇怜而许之，借以己裤。尼约以三日后当来归还，未明即去。夫归，脱垢衣欲换，妇启箧，求之不得，而己裤故在，因悟前仓卒中误以夫裤借去。方自咎未言，而小儿在旁曰：'昨夜和尚来穿去耳。'夫疑之，细叩踪迹。儿具告和尚夜来哀求阿娘，如何留宿，如何借裤，如何带黑出门。妇力辩是尼非僧，夫不信，始以詈骂[②]，继加捶楚。妇遍告邻佑，邻佑以事在昏夜，各推不知。妇不胜其冤，竟缢死。次早，其夫启门，见女尼持裤来还，并篮贮糕饵为谢。其子指以告父曰：'此即前夜借宿之和尚也。'夫悔，痛杖其子，毙于妇柩前，己亦自缢。邻里以经官不无多累，相与殡殓，寝其事。次冬，将军又猎其地，土人有言之者。余虽心识为某卒，而事既寝息，遂不复言。曾密语某，某亦心动，自是改行为善，冀以盖愆[③]，而不虞天诛之必不可逭也[④]。"

【注释】

①披甲：穿上铠甲。

②詈（lì）骂：用恶语侮辱人。

③愆（qiān）：罪过，错误。

④逭（huàn）：躲避，逃避。

【译文】

乾隆三年（1738年）二月间，天上打雷震死了一个士兵。这个士兵平常没有什么恶劣的表现，人们都很奇怪。有位与这个士兵同营的老兵，告诉众人说："这个士兵确实已经改恶从善了，不过，二十年前他刚当兵时，曾发生过一件事，我因为和他同在一个班，所以很清楚。有一次，某将军在皋亭山下打猎，他在路边搭建临时帐房。傍晚时，有个小尼姑路过帐外，他见前后无人，就把小尼姑拉进帐房，企图强奸，小尼姑再三抗争，丢下裤子逃跑了。他追了有半里远，见小尼姑躲进了一户农家，才懊丧地返回。小尼姑躲避的这户农家，只有一个农夫和一个小孩，她丈夫在外打工。农妇看见小尼姑跑进屋里，开始拒绝她滞留，小尼姑说明情况，哀求借住一宿，农妇听后对她同情，就答应了，并把自己的裤子借给小尼姑穿。小尼姑约定三天后一定来归还。一夜过来，天不亮小尼姑就离开了。第二天丈夫回家，脱掉了脏衣服要换干净的，农妇打开箱子，找不到丈夫的裤子，而自己的裤子还在，这才想到昨晚仓促之中误把丈夫的裤子借给小尼姑了。正在暗暗自责自己粗心时，小儿子在旁边说：'裤子被昨夜的和尚穿去了。'丈夫不禁怀疑起来，细问详情。儿子就告诉父亲，说和

尚昨夜里来怎么哀求阿娘，如何留宿，如何借裤，如何天不亮就出门。农妇再三说明借宿的是尼姑，不是和尚，丈夫不信，开始怒骂，接着用棍棒打。农妇把事情告诉邻居，求他们帮助证明，邻居觉得事情发生在夜里，根本不了解，便推说不知道。农妇实在受不了冤屈，竟然上吊死了。第二天早上，丈夫开门，见一个小尼姑拿着裤子来还，并且还带来一篮点心表示感谢。小儿子指着小尼姑告诉父亲说：'这个就是前夜借宿的和尚。'丈夫十分悔恨，痛打他的小儿子，当场打死在少妇的灵柩前，这丈夫自己也上吊自尽了。邻里乡亲害怕这事惊动官府会受到牵连，就相互出钱，帮助安葬，悄悄平息了事情。第二年冬天，将军又到皋亭山去打猎。当地有人说起这事，我虽然心里明白是他干的，然而事情既然平息，就不再报告了。我曾经暗地里告诉过这个士兵，他感到愧悔不安，从此以后，改恶为善，希望能遮蔽和抵消罪过，想不到老天一定要处罚，不管怎样，还是躲不过去。"

卷五

影光书楼事

【原文】

苏州史家巷蒋申吉，余年家子也①。有子娶徐氏，年十九，琴瑟颇调。生产弥月，忽置酒，唤郎君共饮，曰："此别酒也。予与君缘满将去，昨日宿冤已到②，势难挽回。谚曰：'夫妻本是同林鸟，大难来时各自飞。'我死后，君亦勿复相念。"言毕大恸，蒋愕然，犹慰以好语。氏忽掷杯起立，竖眉瞋目，非复平日容颜，卧床上，向西大呼曰："汝记万历十二年影光书楼上事乎？两人设计害我，我死何惨！"呼毕，以手批颊，血出未已；又以剪刀自刺。察其音，山东人语也。蒋家人环跪哀求，卒不解，如是者三日。

有某和尚者，素有道行，申吉将遣人召之。徐氏厉声曰："余，汝家祖宗也。汝敢召僧驱我乎？"即作蒋氏之祖父语，口吻宛然，呼奴婢名，一一无爽③；责子孙不肖事某某，亦复似是而非，有中有不中。和尚至门，徐氏喈曰④："秃奴可怖，且去，且去！"和尚甫出，则又詈曰⑤："汝家媳妇房中能朝夕使和尚居乎？"和尚谓申吉曰："此前世冤业，已二百余年，才得寻着。积愈久者报愈深，老僧无能为。"走出不肯复来，徐氏遂死。死时面如裂帛⑥，竟不知是何冤。此乾隆二十九年二月事。

【注释】

①年家：意思是科举时代同年登科者两家之间的互称。

②宿冤：积久的冤屈，前世的冤家。

③爽：差错。

④喈（jiè）：叹息。

⑤詈（lì）：叫骂。

⑥裂帛：像撕帛一样破碎。

【译文】

家住苏州史家巷的蒋申吉，和我是同年登科的。他有个儿子娶妻徐氏，年十九岁，两个人很恩爱。徐氏生了个孩子刚满月，仓促置办家宴，叫丈夫一起共饮，说："这是告别酒啊，我和郎君缘分已尽了，昨天我的冤家已经来了，实在难以挽回。谚语说：'夫妻本是同林鸟，大难来时各自飞。'我死后，请郎君不要记挂我。"说完，哀痛大哭，蒋某听得莫名其妙，用好语来安慰。徐氏突然扔杯而起，横眉怒目，再也不是平日那般温柔的模样，她躺在床上，向西大叫道："你还记得万历十二年（1584年）影光书楼上的事情吗？你们两人设计害我，我死得多么惨啊！"喊了一会，用手就自打耳光，打得满脸是血；接着又用剪刀刺自己。听这鬼的口音，像是山东话。蒋家人都跪着哀求，却无济于事，接连闹了三天。

有个和尚，一向道法高深，蒋申吉让人去请他来帮助驱邪。和尚还没到，徐氏就厉声道："我，是你家的祖宗，你竟敢找僧人来驱赶我么？"说着，就变为了蒋申吉祖父的声音，口吻一模一样；呼叫奴婢的名字，也都不错；又责备子孙们的丑事，有些说得似是而非，对的、错的都有。和尚到了门口，徐氏惊叹地说："这秃驴厉害，我去躲避了。"但和尚刚出门，徐氏又骂道："你家媳妇的房里，怎么能让个和尚天天来？"和尚对蒋申吉说："这是上辈子的冤孽啊，已经过了二百多年了，才找到了仇家。仇恨积压得越久，报复就越凶狠。老衲也无可奈何啊。"说完就走了，不肯再来，徐氏就死了。死的时候，脸都被自己毁得不成样子，但家人最后也不知道究竟是什么冤仇。这是乾隆二十九年（1764年）二月的事。

莺娇

【原文】

扬州妓莺娇，年二十四，矢志从良。有柴姓者，娶为妾，婚期已定。

太学生朱某慕之，以十金求欢。妓受其金，绐曰[①]："某夕来，当与郎同寝。"朱临期往，则花烛盈门，莺娇已登车矣。朱知为所诳，怅然反。逾年，莺娇病瘵卒[②]。朱忽梦见莺娇披黑衫直入朱门，曰："我来还债。"惊而醒。明日，家产一黑牛，向朱依依，若相识者。卖之，竟得十金。狎邪之费[③]，尚且不可苟得也如此。

【注释】

①绐（dài）：欺哄，欺骗。

②瘵（zhài）：痨病。

③狎邪（xiá xié）：行为放荡，品行不端。

【译文】

扬州有个叫莺娇的妓女，在二十四岁时，立志从良。有个姓柴的人想娶她为妾，并定下了婚期。可有一位在太学读书的学生朱某也看上了她，想用十两金子求得两欢。莺娇贪心地收了钱，骗他说："你某天晚上来，我跟你共寝。"朱某按照所说的时间赴约。然而，看到的是花烛盈门，莺娇已经登上车结婚去了。朱某这才知道被骗了，伤心地回到家。第二年，莺娇得了痨病死了。一天，朱某忽然梦见莺娇身披黑衣来到他家，说："我来还债的。"朱某惊吓而醒。第二天，朱某家了养的牛产下了一头黑牛，这黑牛很喜欢与朱某亲近，好像和他熟悉一般。过后，卖这头黑牛时，奇怪的是也卖了十金。欠债就该偿还，即使放荡不端的钱，也是不可贪图的，正如此说。

署雷公

【原文】

婺源董某，弱冠时[①]，暑月昼卧，忽梦奇鬼数辈审视其面，相谓曰："雷公患病，此人嘴尖，可替代也。"授以斧，纳其袖中。引至一处，壮丽如王者居。立良久，召入。冠冕旒者坐殿上，谓曰[②]："乐平某村妇朱氏，不孝于姑，合遭天殛[③]。适雷部两将军俱为行雨过劳，现在患病，一时不得其人。功曹辈荐汝充此任，汝可领符前往。”董拜命出，自视足下云生，闪电环绕，公然一雷公矣。顷刻至乐平界，即有社公导往。董立空中，见妇方诟谇其姑[④]，观者如堵。董取抽中斧一击，毙之，声轰然，万众骇跪。归复命，王者欲留供职，以母老辞，王亦不强。问董何业，曰：“应童子试。”王顾左右，取郡县册阅之，曰：“汝某岁可游庠[⑤]。”遂醒，急语所亲，诣乐平县验之，果然震死一妇，时日悉合。方阅籍时，董窃睨邑试一名为程隽仙[⑥]，二名为王佩葵，次年皆验。

【注释】

①弱冠：古代男子20岁称弱冠。这时行冠礼，戴上表示已成人的帽子，以示成年。

②冠冕：冠帽的总称。旒（liú）：冕冠上悬垂的玉串等饰物。

③天殛（jí）：上天的诛罚。

④诟谇（gòu suì）：辱骂。

⑤游庠（xiáng）：就读于府或州县的学宫。庠，原是周代的乡学，后泛称学校。

⑥窃睨：偷偷地斜视。

【译文】

婺源人董某，刚成年时，在夏季的一个白天睡觉，忽然做梦看到有几个奇鬼在端详着他的脸部，互相说道：“雷公生病了，这个人嘴尖，可以替代。”给他一把斧子，塞到他袖子里。把他领到一个地方，这里壮观华美如同王者居住一般。等了很久，才叫他进去，一个头戴王冠的人坐在殿上说：“乐平某村，有一个妇人叫朱氏，对婆婆不孝，应该遭到上天责罚。刚才雷部的两位将军都因为行雨过度劳累，现在生病了，一时找不到合适的人。值班的功曹神们推荐你完成这个任务，你可以领取符令前往。”董某礼拜接受指令出来，看到脚下云雾生起，闪电环绕，分明就是一雷公了。一会儿就到了乐平地界，就有社公引导。董某立在空中，看到朱妇正在斥骂她婆婆，围观的人像一堵墙一样。董某取出斧子一下子就把朱妇劈死了，发出了

轰然雷霆的响声，万众惊恐地都跪下了。董某回来报告了情况，王者想留董某继续任职。董某以家有老母的原因推辞，王也不再勉强。问董某打算后面干什么，董某说：“准备考秀才。”王叫左右侍从拿来郡县的档案查阅，说：“你某年可以考中秀才。”董某梦中醒来，急忙告诉了亲友，去乐平县验证，果然打雷劈死一妇人，时间地点都对得上。当时王查看档案时，董某偷看到县里考试第一名是程隽仙，第二名是王佩葵，第二年都应验了。

某侍郎异梦

【原文】

乾隆二十年，某侍郎督视黄河[1]，驻扎陶庄。岁除夕矣，侍郎素勤，骑匹马，跟从者四人，持悬火巡河，行冰淖中[2]。一望黄茅白苇，自觉凄然，见草中有支布帐而露烛光者，召问，则主簿某也。侍郎爱其勤，大加夸奖。主簿请曰：“大人除夕至此，夜已三鼓，天寒风紧，回馆尚远。某有度岁酒肴，献上一醉何如？”侍郎笑而受之。饮数觞，仍归公馆。倦，解衣卧，梦中依旧骑马看河，觉所行处便非前境，最后黄沙茫茫。行二里许，有火光出庐舍间，就之，老妪迎门，细视，即其亡母太夫人也。见侍郎，惊曰：“汝何至此？”侍郎告以奉命看河之故。太夫人曰：“此非人间，汝既来，如何能归？”侍郎方悟太夫人已亡，己身已死，遂大哭。太夫人曰：“河西有老和尚，法力甚大，吾带汝往求之。”侍郎随行，至一庙，庄严如王者居，南面坐一老僧，闭目无言。侍郎跪阶下，再拜，僧不为礼。侍郎问：“我奉天子命看河，因何至此？”僧又无言。侍郎怒曰：“我为天子大臣，纵有罪当死，亦须示我，使我心服，何嘿嘿如哑羊耶？”老僧笑曰：“汝杀人多矣，禄折尽矣，尚何问为？”侍郎曰：“我杀人虽多，皆国法应诛之人，非我罪也。”僧曰：“汝当日办案时，果只知有国法乎？抑贪图迎合、固宠迁官乎？”取案上如意，直指其心。侍郎觉冷气一条，直逼五脏，心趌趌然跳不止[③]，汗如雨下，惶悚不能言。良久，曰："某知罪矣，嗣后改过，何如？"僧曰："汝非改过之人，今日恰非汝寿尽之日。"顾左右沙弥云："领他出，放他归！"沙弥同行，昏黑中开其拳，出一小珠，光照黄河，工次一段直至陶庄公馆[④]，历历如白昼。太夫人迎来，泣曰："儿虽归，不久即来，无多时别也。"遂依原路归，及门下马而醒，日已午矣。众河员贺节盈门，疑侍郎最勤，何以元旦不起。侍郎亦不肯明言其故。是年四月，病呕血，竟以不起。此事裘文达公为余言。

【注释】

①侍郎：古代官名，地位次于尚书。

②冰淖（nào）：冰封泥沼。

③趌趌（jié）：跳动的样子。

④公馆：官居的寓所。

【译文】

乾隆二十年（1755年），某侍郎巡视黄河，驻扎在陶庄。临到除夕之日，某侍郎仍然勤勉职守，顾不上休息，骑着马，带着四个随从，拿着火到黄河边上查看。他们在冰封泥沼中前行，四周望去，全是黄茅白苇，眼前的一片，有说不尽的凄凉。忽然，侍郎看见草丛中有一顶支起的帐篷，里面透出隐隐的烛光。上前查看，原来是某主簿在守夜。侍郎对他的勤勉大加夸奖。主簿也邀请侍郎进帐篷小坐，说："已是三更之夜，天寒风紧，大人回公馆的路又远。我这儿正好有过年的酒菜，请你喝上一杯如何？"侍郎笑着答应了。他喝了几杯后告辞，回到公馆后，侍郎顿感倦意很浓，就躺在床上就睡着了。睡梦中，侍郎依旧兢兢业业，骑马巡河，只是觉得所到之处与原先走过的路不一样。走啊走，最后四周竟然黄沙茫茫。大约又走了二里路，终于看见了房舍，里面还有灯光。侍郎走上前问路，开门的是一位老太太，仔细一看，竟然是自己已经去世的母亲。母亲见到侍郎，惊问："你怎么来这儿了？"侍郎说自己正在奉命巡河。母亲说："这儿不是人间，你既然来了，哪能回得去？"侍郎这才醒悟，母亲已经亡故，自己一定也死了，于是大哭起来。母亲说："河西有位老和尚，法力很强，我带你去求他吧！"侍郎就跟着母亲而行，来到了一座庙里。只见庙堂庄严肃穆，像是帝王之居。一位老和尚面南端坐，闭着眼睛不说话。侍郎跪倒在阶下，再三叩拜，老和尚也不回礼。侍郎问：“我奉天子之命巡河，怎么跑到这里了呢？”老和尚还是沉默不语。侍郎忍不住焦躁起来，发怒地说：“我是天子派下来的大臣，纵然有罪当死，也该给我一个说法，让我心服口服吧，怎能一言不语，像个哑巴羊呢？”老和尚笑道：“你杀的人够多了，寿命已经折尽了，还问我干什么？”侍郎说：“我杀人虽多，但都是按国法规定要杀的人，并不是我要杀的呀！”老和尚说：“你当时办案时，真的只知道有国法吗？还是想迎合上司旨意，贪图升官邀宠呢？”老和尚拿起桌上的一柄如意，直指侍郎的心口。侍郎顿觉一股冷气直逼五脏，心咚咚地狂跳不止，汗如雨下，惶恐得说不出话来，也不敢再狡辩了。过了很久，侍郎有气无力地说：“我知罪了，请把我放回阳间，让我改过好吗？”老和尚说：“你不是一个能改过的人，今天也不是你的死期。”转念对左右沙弥说：“领他出去，放他还阳去吧。”沙弥领着侍郎出去了。外面昏天黑地，沙弥张开拳头，掌中露出一颗小珠子，珠光顿时照亮了一段河堤，直到远处的陶庄公馆，都历历在目，像白昼一样清楚。太夫人迎来，哭着说：“儿子啊，你虽然回去了，但不久还是要来，我们分别不会多久。”侍郎于是从原路返回公馆，到门前下马时才梦醒，原来已经睡到正月初一中午了。众多河道官员前来贺岁，挤满了公馆大门。他们等待之中议论纷纷，都奇怪侍郎一向勤勉，怎么大年初一睡到现在还不起来呢？侍郎也不肯说明其中缘故。当年四月，侍郎突然呕血，一病不起，死在了官位上。这个故事是裘文达先生讲给我听的。

卷六

秦毛人

【原文】

湖广郧阳房县有房山①，高险幽远，四面石洞如房。多毛人，长丈余，遍体生毛，往往出山食人鸡犬，拒之者必遭攫搏②。以枪炮击之，铅子皆落地，不能伤。相传制之之法③，只须以手合拍，叫曰："筑长城，筑长城。"则毛人仓皇逃去④。余有世好张君名敔者，曾官其地，试之果然。土人曰："秦时筑长城人，避入山中，岁久不死，遂成此怪，见人必问城修完否。以故知其所怯而吓之。"数千年后犹畏秦法，可想见始皇之威。

【注释】

①湖广：指湖广行省。元代初置湖广行省，辖湖南、湖北、广东、广西以及贵州大部和四川的一部分。明清两代，只辖湖南、湖北，但仍沿用湖广这一称呼。

②攫博：搏击，殴打。

③制：制约，对付。

④仓皇：惊恐害怕。

【译文】

湖广郧阳房县房山这个地方，地势高峻，险深幽远，四面的石洞像房间一样。有许多毛人，高有一丈多，通体长的都是毛，经常跑出山来到村子里吃人家养的鸡犬，阻碍的人就会遭到殴打。猎手们用火枪炮药射击也打不中它们，子弹都落到了地上。据说对付毛人的办法就是手掌合拍，并大喊"修长城了，修长城了！"这些毛人就会慌忙逃窜。我有一个世交不错的张君，曾在这个地方为官，他通过尝试，果真如此。当地人说："秦代修长城时，人们都躲避到山里，好多年都不死，变成了这种怪人。见人就问长城修好了吗？由此知道他们害怕修长城，所以用这种方法来吓唬。”已经数千年了，他们仍然害怕秦法，可以想象，秦始皇的威力之大。

人同

【原文】

喀尔喀有兽，似猴非猴，中国人呼为“人同”①，番人呼为噶里②。往往窥探穹庐③，乞人饮食，或乞取小刀烟具之属，被人呼喝，即弃而走。有某将军畜养之，唤使堇豆樵汲等事，颇能服役。居一年，将军任满归，人同立马前，泪下如雨，相从十余里，麾之不去④。将军曰：“汝之不能从我至中国，犹我之不能从汝居此土也。汝送我可止矣。”人同悲鸣而去，犹屡回头仰视云。

【注释】

①中国：中原。

②番人：当地的少数民族。

③穹庐（qióng lú）：古代游牧民族居住的毡帐。

④麾（huī）：挥手，此指示意离开。

【译文】

在内蒙古喀尔喀这个地方有种野兽，它像猴之也不是猴子，中原人把它叫做“人同”，当地人称它为“噶里”。这种野兽常常到帐篷里探看，向人讨东西吃，或者讨要小刀、烟具之类的东西，被人大喝一声，就会立马放下东西逃走。有个将军饲养了一头人同，使唤它做摘豆、坎柴、打水等事，它很能吃苦耐劳。一年后，将军任期已满，准备回老家，人同立在将军的马前，泪如雨下，跟着将军走了有十多里路，将军赶它回去都不肯。将军便对“人同”说：“你不能跟我到中原地方去，就好比我不能跟你久住在这个地方一样。你送我到这里可以了，回去吧。人同听后，悲啼而去，还不时转头，回望将军的背影。

缚山魈

【原文】

湖州孙叶飞先生，掌教云南，素豪于饮。中秋夕，招诸生饮于乐志堂，月色大明。忽几上有声，如大石崩压之状。正愕视间①，门外有怪，头戴红纬帽，黑瘦如猴，颈下绿毛茸茸然，以一足跳跃而至。见诸客方饮，大笑去，声如裂竹。人皆指为山魈②，不敢近前。伺其所往，则闯入右首厨房。厨者醉卧床上，山魈揭帐视之，又笑不止。众大呼，厨人惊醒，见怪，即持木棍殴击，山魈亦伸臂作攫搏状。厨夫素勇，手抱怪腰，同滚地上。众人各持刀棍来助，斫之不入，棍击良久，渐渐缩小，面目模糊，变一肉团。乃以绳捆于柱，拟天明将投之江。至鸡鸣时，又复几上有极大声响。急往视之，怪已不见。地上遗纬帽一顶③，乃书院生徒朱某之物，方知院中秀才往往失帽，皆此怪所窃。而此怪好戴纬帽，亦不可解。

【注释】

①愕（è）：惊愕，惊奇。

②山魈（xiāo）：古代传说中是山里的独脚鬼怪。

③纬帽：清代的一种凉帽，无帽檐。

【译文】

湖州人孙叶飞先生，在云南做教官，平日酒量很大。中秋节的晚上，月色明亮，他叫来班级的学生，在乐志堂饮酒赏月。忽然，听见旁边的茶几发出一声巨响，好像巨大的石块砸在上面。众人正在惊奇地察看时，只见门外有个妖怪，头戴红草帽，又黑又瘦地像只猴子，脖子下长着绵密的绿毛，用一只脚跳跃进屋来。妖怪看见众人正在喝酒，就大笑着离开了，笑声如同竹子裂开时的响声。众人都说这妖怪是山魈，没有一人敢靠近它，偷偷跟踪观察妖怪的去处，看见它走进了右边的厨房。厨师喝醉酒了，在床上沉沉入睡，山魈把他的帐子揭开，看着他笑个不停。众人在房外大声呼喊，厨师被惊醒了，睁眼看见妖怪，拿起木棍就打，山魈也伸出双臂搏斗。这厨师胆子很大，双手把山魈的腰紧紧抱住，在地上滚斗。大家纷纷拿着刀和棍前来相助，可怪物不怕刀砍。于是用棍棒打了很长时间，怪物的身子才渐渐缩小，面部五官也模糊不清，最后变成一个肉团。众人就用绳子将怪物捆在屋子的柱子上，打算到天亮后把它投进河里。在天快亮鸡叫之时，众人又听见茶几发出一声巨响，众人赶忙起床观察情形，不料那怪物不见了，地上仅留下一顶草帽，经查问，这帽子原来是书院里学生朱某的。这时众人才明白，平日书院里常常有秀才丢失帽子，都是这个怪物偷的。可山魈这种怪物如此爱戴草帽，一直让人难以理解。

祭雷文

【原文】

黄湘舟云：渠田邻某有子①，生十五岁，被雷震死。其父作文祭雷云：“雷之神，谁敢侮。雷之击，谁敢阻。虽然，我有一言问雷祖：说是我儿今生孽②，我儿今年才十五。说是我儿前世孽，何不使他今生不出土？雷公雷公作何语！”祭毕，写其文于黄纸焚之，忽又霹雳一声，其子活矣。

【注释】

①渠田：水田。渠指水道。

②孽（niè）：邪恶，罪恶。

【译文】

黄湘舟说，有一户人家与他家的田地相邻，这户人家的儿子，在十五岁那年被雷打死了。父亲写了一篇祭雷文章，说：“雷公神灵，谁敢侮辱。雷公之击，谁敢拦阻。尽管这样，我还是有一句话要问雷祖：如果说我儿子今生作孽，他才只有十五岁。如果说他前世作孽，为什么不让他不出生？雷公啊雷公，你能给我讲清楚吗？”他祭完雷公，又把祭文写在黄纸上烧掉。忽听得又是一声巨雷，他儿子竟然活了过来。

怪风

【原文】

凉州大靖营有松山者，在沙碛中[①]，古战场也。将军塔思哈因公领兵过其处，白草黄云，一望无际。忽见一山高千仞，中有火星万点，蔽日而来，声若雷霆，人马失色。哈大惊，谓是山移。俄而渐近[②]，不及回避，乃同下马闭目据地，互相抱持。顷之，天地如墨，人人滚地，马亦翻倒，良久始定。麾下三十六人，满面皆血，石子嵌入面皮，深者半寸。回望高山，已在数十里之外。日暮抵大靖营，告总兵马成龙。马笑曰：“此风怪，非山移也；若山移，公等死矣。此等风，塞外至冬常常有之，不伤性命。但公等为沙石所击，从此尽成麻面，年貌册又须另造矣。”

【注释】

①沙碛（shā qì）：指沙滩、沙洲，此指沙石地。

②俄而：很快，一会儿。

【译文】

凉州大靖营的附近，有座松山，在一片沙石地中，是古时候的战场。有位塔思哈的将军因公事领兵路过这里，一眼望去，白草黄云，漫无天际。忽然看见前面有座山，高有千丈，山中有万点火星，遮天蔽日地移动过来，声响如雷，这个情景，使人和马都大惊失色。塔思哈也非常吃惊，以为是山在移动。一会儿就到跟前了，来不及躲避，于是所有人都下马，闭着眼睛坐在地上，互相抓牢。顷刻间，天地如泼墨一般地黑，人都滚翻在地上，马也翻倒一片。好久才恢复过来。塔思哈的属下有三十六人，个个满脸是血，有的人石头子都嵌入了脸皮，深的有半寸。回头再望高山，已经到了数十里外。傍晚时，部队到达大靖营，报告给总兵马成龙。马成龙笑着说："这是风怪，不是山在移动。如果山移动，你们就全死了。这样的风，塞外的冬天常常会遇到，不伤性命。但你们被沙石袭击了面部，都会成为麻脸，原先的年纪和相貌记录簿又要重新造册登记了。"

冷秋江

【原文】

乾隆十年，镇江程姓者，抱布为业[1]，夜从象山归，过山脚，荒冢累累，有小儿从草中出，牵其衣。程知为鬼，呵之不去。未几，又一小儿出，执其手。前小儿牵往西，西皆墙也，墙上簇簇然黑影成群，以泥掷之[2]。后小儿牵往东，东亦墙也，墙上啾啾然鬼声成群[3]，以沙撒之。程无可奈何，听其牵曳。东鬼西鬼，始而嘲笑，继而喧争。程不胜其苦，仆于泥中，自分必死。

忽群鬼呼曰："冷相公至矣！此人读书，迂腐可憎，须避之。"果见一丈夫魋肩昂背[4]，高步阔视，持大扇击手作拍板，口唱《大江东》，于于然来。群鬼尽散。其人俯视程，笑曰："汝为邪鬼弄耶？吾救汝，汝可随吾而行。"程起从之。其人高唱不绝，行数里，天渐明，谓程曰："近汝家矣，吾去矣。"程叩谢，问姓名，曰："吾冷秋江也。住东门十字街。"程还家，口鼻窍青泥俱满，家人为薰沐毕，即往东门谢冷姓者，杳无其人。至十字街，问左右邻，曰："冷姓有祠堂，其中供一木主，名嵋，乃顺治初年秀才。秋江者，其号也。"

【注释】

①抱布：贩卖布匹。

②掷（zhì）：扔，投，抛。

③啾啾（jiū jiū）：象声词，鬼怪的叫声。

④魋（tuí）肩：宽阔的肩膀。

【译文】

乾隆十年（1745年），镇江有个姓程的人，以做布匹生意为生计。一天夜里，从象山回家。在经过象山脚下一片荒坟地段时，忽然有个小儿从草丛里出来，扯住他的衣裳。程某知道碰上鬼了，大声呵斥，但小鬼就是不离开。一会儿，又出来一个小儿，拉着他的手。前一个小儿扯着他往西走，西边都是墙，墙上成群的黑影摇摇晃晃，同时用泥块投向程某。后一小儿牵住他手向东走，东边也是高墙，墙上是成群结队的鬼，啾啾叫着，用沙子撒向程某。程某没办法，听任两个小鬼牵来牵去。东西两边墙上的鬼，开始是嘲笑程某，接着又相互喧闹、争论起来。程某受尽折磨之苦，倒在泥中，心想必死无疑了。

忽然程某听见群鬼大声喊道："冷相公来了！他是个读书人，迂腐而又可恶，不好惹，必须躲避他。"这时，果然出现了一个阔肩厚背的高大男子，昂着头，迈着大步。他用一把大扇子，击着掌心打拍子，口中吟唱着苏轼的《大江东去》，悠悠荡荡地走来。群鬼看到冷相公走近，全都逃散了。冷相公俯身看着程某，笑着说："你被恶鬼捉弄了吗？我来救你，你可跟着我走。"程某赶紧从地上爬起来，紧随着冷相公的后面。冷相公一路上不停地高声唱着，走了几里路，天色渐渐亮了。冷相公对程某说："快到你家了，我走了。"程某叩谢冷相公，并问他姓名，冷相公说："我叫冷秋江。住在东门十字街。"程某回到家里，嘴巴和鼻孔里全被青泥塞满了，家里人为他熏香清洗。然后程某去往东门拜谢冷秋江，结果根本没有这个人。走到十字街，向左邻右舍打听，邻舍告诉他说："冷家有个祠堂，其中供着一个牌位，叫冷嵋，是顺治初年的秀才。秋江，是他的号。"

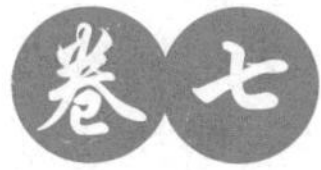
卷七

鬼差贪酒

【原文】

杭州袁观澜，年四十未婚，邻人女有色，袁慕之，两情属矣。女之父嫌袁贫，拒之，女思慕成瘵[①]，卒。袁愈悲悼，月夜无以自解，持酒尊独酌。见墙角有蓬首人手持绳，若有所牵，睨而微笑[②]。袁疑为邻之仆役，招曰："公欲饮乎？"其人点头，斟一杯与之，嗅而不饮。曰："嫌寒乎？"其人再点头，热一杯奉之，亦嗅而不饮。然屡嗅则面渐赤，口大张，不能复合。袁以酒浇入其口，每酒一滴，则面一缩，尽一壶则身面俱小，若婴儿然，痴迷不动。牵其绳，所缚者邻氏女也。袁大喜，具酒罂，取蓬首人投而封之，画八卦镇厌之[③]。解女子缚，与入室为夫妇，夜有形交接，昼则闻声而已。

逾年，女子喜告曰："吾可以生矣，且为君作美妻矣。明日某村女气数已尽，吾借其尸可活，君以为功，兼可得资财作奁费。"袁翌日往访某村，果有女气绝方殓，父母号哭。袁呼曰："许为吾妻，吾有药能使还魂。"其家大喜，许之。袁附女耳低语片时，女即跃起，合村惊以为神，遂为合卺[④]。女所记忆，皆非本家之事，逾年渐能晓悉。貌较美于前女。

【注释】

①瘵（zhài）：病。此指相思病。

②睨（nì）：斜着眼看。

③镇厌：镇压。

④合卺（jǐn）：婚礼仪式。

【译文】

杭州有个叫袁观澜的人，四十岁还没有结婚。邻居家有个女儿，长得漂亮，袁观澜十分爱慕，两人互相钟情。可女儿的父亲嫌袁观澜贫穷，不同意这门婚事；女儿相思成疾，死了。袁观澜更加悲痛，在一个月光明亮的夜晚，他悲伤难解，举杯独自喝着闷酒。这时，他看见墙角有一个蓬头散发的人，手里拿根绳子，像是牵着什么，眼睛斜视着向他微笑。袁观澜以为是邻居家的仆人，就招呼说："你想喝酒吗？"那人点点头，袁观澜倒了一杯酒给他，可他闻了闻，却没喝。袁观澜问："你嫌酒太凉吗？"那人又点了点头，袁观澜就热了一杯酒递给他，他还是闻了闻，没喝。可闻了几次后，他的脸色渐渐发红，嘴巴张开却闭不上了。袁观澜把酒灌到他嘴里，每灌一滴酒，那人的面部就缩小一次，灌完一壶酒，那人的身体和面部已缩得像个婴儿，神情痴呆而动弹不得。袁观澜随手拿过那人的绳子，看见绳子上绑着的正是邻居的女儿。袁观澜非常惊喜，拿来空酒瓶，将蓬头鬼塞了进去，将酒瓶口封死，画上八卦来镇压。接着，袁观澜解开这个女子身上的绳子，两个人进屋，结成了夫妻。夜里同房时，她是实实在在的身体；白天，只听到她的声音，却不见她人形。

过了一年，邻家女高兴地对袁观澜说："我可以复生了，会成为你真正美丽的妻子！明天，某村有个女子阳寿已尽，我可借她的尸体复活。你凭着让她复活的功劳，可以得到她家的资财作为我的嫁妆。"第二天，袁观澜去某村打听，果然有个女子断了气，正要入殓，她父母悲伤恸哭。袁观澜就对他们说："如果你们把她许配给我做妻子，我能用药使她复活！"那家人非常高兴，答应了。袁观澜附着这女子的耳朵，低声说了一阵话，女子立马站起身来。全村人都惊讶地认为遇上

了神仙，于是给他们举行了婚礼。这个女子开始所记忆的，都不是她自己家的事，过了一年，渐渐熟悉起来，她的相貌比原来女子更美。

李倬

【原文】

李倬者福建人，乾隆庚午贡生，赴京乡试，路过仪征。有并舟行者，自称姓王名经，河南洛阳县人，赴试京师，资费不足，求李挈带[①]，李许之。同舟言笑甚欢，出所作制艺，亦颇清雅，惟篇幅稍短耳。与共食，必撒饭于地，每举碗，但嗅其气，无一粒纳喉者。李疑而憎之，王似解意，谢曰[②]："某染膈症，致有此累，幸毋相恶。"既至京师，将赁寓所。王长跪请曰："公毋畏，我非人也。乃河南洛阳生员，有才学，当拔贡，为督学某受赃黜落[③]，愤激而亡。今将报仇于京师，非公不能带往。入京城时，恐城门神阻我，需公低声三呼我名，方能入。"其所称督学某，即李之座师。李大骇，拒之。鬼曰："公党师拒我，我行且祟公。"李无奈何，如其言。

舍馆定，即往谒座主。其家方环泣，声达户外。座主出曰："老夫有爱子，生十九年矣，聪明美貌，为吾宗之秀。前夜忽得疯疾，疾尤奇，持刀不杀他人，专杀老夫，医者莫名其病，奈何？"李心知其故，请曰："待门生入视郎君。"言未毕，其子在内笑曰："吾恩人至矣，吾当谢之，然亦不能解我事也。"李入室，握郎君手，语移时。旁人不解，更骇愕，都来问李，李告之故。于是举家跪李前，求为关说。李谓其子曰："君过矣！君以被黜之故，气忿身死，毕竟非吾师杀君也。今若杀其郎君，绝其血食，殊非以直报怨之道[④]；况吾与君有香火情，独不为我地乎？"其子语塞，瞋目曰[⑤]："公语诚是，然汝师当日得赃三千，岂能安享？吾败之而去足矣。"手指曰："某室有玉瓶，价值若干，为我取来！"至则掷而碎之。又手指曰："某箱内有貂裘数领，价值若干，为我取来！"至则举火焚之。事毕，大笑曰："吾无恨矣！为汝赦老奴。"拱手作去状，其子霍然病已。

李是年登第，行至德州，见王君复至，则前驱巍峨，冠带尊严，曰："上帝以我报仇甚直，命我为德州城隍。尚有求于吾子者，德州城隍为妖所凭，篡位血食垂二十年⑥。我到任时，彼必抗拒，吾已选神兵三千，与妖决战。公今夜闻刀剑声，切勿谛视，恐有所伤。邪不胜正，彼自败去。但非公作一碑记晓谕居民，恐四方未必崇奉我也。公将来爵禄，亦自非凡，与公诀矣。"言毕拜谢，垂泪而去。是夜，闻城内外兵马喧然，至五鼓始寂。李诘朝往城隍庙焚香作记⑦，其道士已磨墨相待，云："昨夜大王到任，托梦贫道，教相迎也。"李为镌石立碑，今犹存德州大东门外。

【注释】

①挈（qiè）带：携带，带领。

②谢：道歉。

③黜（chù）落：旧指科场除名落第，落榜。

④以直报怨：用正直之道对待有怨恨的人。

⑤瞋目：瞪大眼睛表示愤怒。

⑥垂：快要，将近。

⑦诘朝：清晨。

【译文】

李倬，是福建人，乾隆十五年（1750年）的贡生，他上京城参加乡试时，路过仪征。有另一条船上自称叫王经的人，说是河南洛阳人，因为上京赶考的路费不足，请求李倬带着他同船而行，李倬答应了。两人一路谈笑风生，十分投机。王经拿出他所写的文章，李倬看了，觉得很有几分清雅，只是篇幅有些短小。一起吃饭时，他常常把饭撒到地上，每次捧起饭碗，只是闻闻味道，并没吃下一粒米到肚里。李倬不禁疑惑起来，开始讨厌他。王经好像察觉到了李倬的意思，带着歉意地说："我隔膜染病，才有这些麻烦，千万不要因此嫌弃。"到了京师后，两人准备找一个旅馆住下，王经突然跪下，请求原谅地说："相公你不要害怕，其实我不是人，我是河南洛阳的生员，算是有些才学，按理应该被选为贡生，结果却因为督学某某收了赃款让我落榜，我激愤而死。现在便准备来京师报仇，除了你，没人能带我前往了。等入城时，怕守在城门的神灵会阻挡我，到时需要你低声叫我姓名三次，我才能够进城。”他所说的督学某某，就是李倬的恩师。李倬大惊，拒绝了他。王经道：“你如果袒护你的老师而拒绝我，我就会跟着祸害你。”李倬没办法，只能照做。

客店找好后，李倬便去拜访老师，老师家人正围在一起哭泣，哭声传出户外。老师出来告诉李倬说：“老夫有一爱子，今年十九岁。人既聪明又漂亮，是家里一个好苗子。前天夜里忽然发了疯病，病得很奇怪，他拿刀子不杀别人，就是要杀我。医生也不知是什么病，该怎么办呢？”李倬心知原由，说：“待学生我进去看看令郎。”话未说完，老师的儿子在里面笑着说：“我的恩人来了，我要谢谢他，但也不能解决我的事情。”李倬进入房间握住老师儿子的手，两人谈了好久。旁人不明其故，很是吃惊，都来询问李倬是咋回事。李倬如实相告，于是全家人齐齐跪倒在他面前，请他代为劝说。李倬告诉老师儿子说：“你做得也太过了，你是因为落榜而气死，毕竟不是我老师杀了你。如今你若是害死他儿子，让其绝后，这也实在不是‘以直报怨’的办法。何况我和你有结义之情，你就不能为我想想吗？”公子一时语塞，瞪着眼睛说：“你的话没错，但你的老师收过三千两赃款，怎能安心享用呢？我要毁了这些东西再走，以解心头之恨。”他用手指着说：“某某房间有玉瓶，价值多少，帮我拿来。”把它在地上摔碎。又用手比划着说：“某个箱子里有几件貂皮大衣，价值多少多少，也帮我取来。”拿来立刻用火烧掉。按如此所说，做完后，他大笑着说：“我没有什么可恨的了，就为你赦免这个老奴才吧。”他拱手告别离开了，老师儿子的病立马好了。

李倬这一年中举，途经德州，见到王经又来找他。王经穿戴尊贵，身前有不少威风的手下开道，说：“上天因为我以正直的方法报仇，命我来做德州的城隍。我有一事要请兄弟帮忙，德州城隍一职被妖怪占据，受人祭祀供奉快二十年了。我来上任，他一定会抵抗，我已经选好三千神兵，与妖怪决战。今夜你听到刀剑之声，千万不要察看，我怕会伤到你。邪不胜正，它一定会失败逃走。但如果你不做一块碑来记载此事，让百姓都知道，

我怕周围的人未必会尊敬和供奉我。做一块碑，将来你的官位俸禄必定非凡，我要和你诀别了。”说完后，王经拜谢李倬，洒泪而去。当夜，李倬听到城内外兵马一片喧哗，直到五更才安静下来。一大早，李倬就赶往城隍庙进香并作文记载，庙里面的道士已经磨好墨在等他，道士说：“昨夜城隍大王到任，托梦给贫道，叫我在这里迎接相公。”李倬把这些事都刻在了石碑上，直到今天还保存在德州的大东门外。

陈姓父幼子壮

【原文】

扬州陈山农，世业骡马行，年五十余，病卧。见少年骑马自外入，掌其颈，遂昏迷，被少年提至马上，疾驰出门，陈号呼，莫有救者。至郊外，少年掷之于地曰：“速来，吾先行候汝。”复以掌击其股，乃驰去。陈心迟疑，而两足不觉前进。其行如飞，亦不甚倦，惟所穿履觉易败①，败则道旁有织履者为易之，易毕即行，了不通问，问亦不答。腹馁甚②，见市中肴馔，试取食之，亦无禁。约行三昼夜，见道旁去思碑题名③，知已入陕西咸阳城矣。及郭门，少年在焉，叱曰：“来何迟，累人三日痛楚！”即导入城，止一家门外。

少年入复出，曳其裾至户内④。见妇人辗转床上，若甚痛迫者。少年挈其领足，投妇人身。陈昏昏若入深岩中，腥秽满鼻，目不见天光，心窘甚。逾时见小隙微明，并力踊跃，豁然而堕，闻耳边多作贺声，曰：“得一佳儿。”陈更骇异，亟欲言而口已噤，因大呼。男妇满前，都无所闻。徐自审其声若甚小者，更摩视其耳目四肢，无不小矣，悟曰：“吾其投胎复生乎？”乃张目四顾，有老妪曰：“是儿目光焰焰，岂妖耶？再视当杀之！”陈惧，即瞑其目⑤。自是沉沉若愚，胸中一切哀愁愤惋之心，叫呼啼哭，旁人便抱乳之，全不解其意。渐久习惯，亦不复作前世想矣。

至六岁，稍稍能言。其父行贾江南归[⑥]，以绢绐其母曰[⑦]："此物不易得，在江南值数十金。"母珍之，置枕函间。陈偶取玩视，母以父言禁之。陈笑曰："父妄耳。此濮院紬[⑧]，不数金可得。"父大惊，固问之。陈垂涕，具道所以，且曰："吾来时，生儿方十数岁，今当成人，名某，家住某里。父至江南可访也。"父颔之。明年至扬州，果得其子，语以故。子亦以贸易故，欣然偕来。相见之下，略不相识。子鬑鬑有须[⑨]，而父犹孩也。道家事如平生，且言某某欠债未还；某处有积金三百，存为汝婚，宜归取之。言讫唏嘘。子不胜悲，归访之，其言皆验。后十余年，陈年壮，继父业，来江南访其故居。前生子已死，家事凋落，皤然老妻，抚孤孙独存。陈不胜感慨，留三百金为前生妻治后事，具杯酒浇其前世墓而去。

【注释】

①履（lǚ）：鞋子。

②馁：饥饿。

③去思碑：旧时官吏离任时，地方士民著文勒碑，表示留思和怀念之意。

④曳（yè）：拖，拉。裾（jū）：衣服的前后部分。

⑤瞑：闭眼。

⑥行贾：在外地做生意。

⑦绐（dài）：欺哄，欺骗。

⑧紬（chóu）：粗绸。

⑨鬑鬑（lián）：须发稀疏。

【译文】

扬州有个叫陈山农的人，世世代代以经营骡马为业。五十多岁时，他病在床上，看见有一位少年骑马从门外进来，用手掌击打自己的脖子，他就昏迷了，被少年提到马上，飞驰而去。他有点清醒时大声呼叫，却没人来救他。到了郊外，少年把他扔到地上说："你赶紧跟上，我先行一步，在前面等你。"又拍打了几下他的大腿，然后骑马飞奔而去。陈山农心中疑惑，两条腿却不知不觉在往前行进，速度飞快，但丝毫不觉得疲倦。只是所穿的鞋子很容易破，但破了后，路边有织草鞋的人马上会给他换上新的，换完又立刻赶路。那些人也不打招呼，即使和他们打招呼，也不会作答。陈山农觉得肚子很饿，看见街市有饭菜食物，试着去拿来吃，也没有人阻止。大约走了三天三夜，陈山农见路边有块去思碑上的题字，才知道已到了陕西咸阳城。到了城门口，少年已在那里，责备他说："怎么走得这么慢，让我受了三天的罪！"说完带着他进城，在一户人家的门外停了下来。

少年独自进去一会儿又出来，拽着陈山农的衣服进了屋内，只见一位妇人在床上挣扎，好像非常痛苦。少年抓住陈山农的脖子和脚，便往妇人身上投去。陈山农昏昏沉沉，仿佛掉进了一个很深的岩洞中，四周腥气难闻，眼睛看不见一点光亮，心里十分紧张。过了一会儿，他见到一条缝隙，稍微有点亮光，就拼命往前赶，忽地一下，他掉了下来，然后耳边只听得有许多道贺的声音，说："得了个好儿子！"陈山农更觉惊异，想开口说话，却发不出声音，只能大喊大叫。眼前虽然有不少许多男男女女围在面前，可都听不见。陈山农细细辨听自己的声音，觉得很小，再摸摸自己的耳朵，看看自己的四肢，没有一样不细小如婴孩。他恍然大悟地说："难道我投胎重生了吗？"他睁眼四周观察，见有个老妇说："这个小孩眼神很凶，难道是妖怪吗？再这样看，就弄死他。"陈山农吓得赶紧闭上眼睛。自此，便昏沉沉，像一个傻瓜。他心中满是哀愁苦恨，不停地叫喊啼哭。旁人不明白为什么哭，就抱他去喂奶。时间一长，他也渐渐习惯了，不再去想前世的事情。

陈山农六岁时，学会了讲一些话。他的父亲到江南经商回家，拿绢骗他母亲说："这个东西得来不容易，在江南值几十两呢。"母亲非常珍视，把它放在枕套中。有一次，陈山农取出来玩，母亲拿父亲的话来禁止他玩。他笑着说："父亲骗你的，这不过是濮院的粗绸，用不了几两银子就能买到。"父亲听说后大惊，再三问他。他流泪把事情的原委说了出来，还说："我来投胎时，儿子才刚刚十几岁，现在应该成年了，他叫陈某，家住在某处。父亲你若是去江南，可以去打听一下。"父亲答应了。第二年，父亲到扬州，果然找到了陈山农前世的儿子，并告诉了他实情。儿子也借经商的

机会，欣然和陈父一起来到咸阳。陈山农和儿子见了面，但互相都认不出来。儿子已长出稀疏的胡须，而父亲却还像个小孩子。陈山农和他说了些生平和家事，又说："某人欠我们家钱还没还，某个地方我储存了三百两银子，准备给你今后结婚用的，你回去后可以取出来。"说完，陈山农唏嘘不已。儿子也不胜悲伤，回到家中按照嘱咐去查访，果然都是真的。十多年后，陈山农长大了，继承父业来到江南，他探访自己的故居，而前世的儿子已经去世了，家业也逐渐衰落，只有他白发苍苍的妻子抚养着孙子。陈山农感慨万千，留下三百两银子，给前生的妻子将来办理后事之用，又用酒浇在自己前世的坟上后黯然地离开了。

吴生手软

【原文】

乾隆二十四年五月，丰县宰卢世昌修邑志，聘苏州吴生为誊录，与同事者同住一楼。忽具衣冠揖同事友曰："吾死矣，以后事累公。"友问故，吴愀然云："我初赴丰时，至沛县，道上遇一妇人，求与共载，我以车小不许，妇随车行二十里。心窃讶之，问舆夫，皆不见，始知为鬼。晚投旅店，人静后，妇来坐榻上，语我曰：'君与我年俱廿九，合为夫妇。'我大骇，以枕投之，随响而没，自此不复见形。时闻耳边嚅嚅作语[①]，求作夫妇，呼我为写字人，嗓聒不已[②]。问：'如何酬汝，汝方去？'曰：'与我钱二百，置楼板上，我即去。'如其言，既而钱仍在，妇来缠扰如初。奈何奈何？"友人咸相解慰，令二僮守之。

越数日，楼上大呼，众奔上，见吴倒地，腹右刀戳一洞，肠半溃出，喉下食颡已断。扶起之，绝无痛楚。卢公往视，吴手招之近前，作一"冤"字，卢曰："是何冤？"曰："欢喜冤家也。今早妇人来逼我死，以便作夫妻。我问作何死法，妇指案上刀曰：'此物佳。'余取刺右腹，痛不可忍。

妇人亟以手按摩之，曰：‘此无济也。’所摩处遂不觉痛。我问：‘然则如何？’妇人自摩其颈作刎势，曰：‘如此方可。’我复以刀断左喉，妇人跌足叹曰[3]：‘此亦无济，徒多痛苦耳。’又以手按摩之，亦不觉痛。指右喉下曰：‘此处佳。’余曰：‘我手软矣，无能为也，卿来刺之。’妇遂披发摇首，持刀直前，而楼下诸公已走上矣。彼闻人来，掷刀奔去。”卢公诧异，为延医纳其肠。吴始不能饮食，用药敷治，亦遂平复。妇人不复再至，吴生至今尚存。

【注释】

①嚅嚅：言语吞吐貌。

②噪聒：嘈杂刺耳。

③跌足：意思为跺脚。

【译文】

乾隆二十四年（1759年）五月，丰县的县令卢世昌修写县志，请苏州的一个书生吴生来抄录，吴生与同事们同住一幢楼。一天，吴生忽然穿戴好衣帽，告别同事友人说：“我要死了，我的后事要麻烦诸位了。”友人问他什么原故，吴生悲凉地说：“我当初来丰县时，路过沛县，遇到一位妇人，要求搭乘车子，我因为车小而没同意她的要求。那妇人就跟在车子后面，走了二十里，我心里暗自惊讶，就问车夫，他们说没看见什么妇人，我这才知道那妇人是鬼。晚上，我住进旅店，夜深人静后，那妇人跑来坐在我床上说：‘先生与我都是二十九岁，应该结为夫妻。’我很害怕，拿起枕头打她，随着一声响，那妇人就不见了。从此，我不再见到她的形体，但经常在耳边听到她细细地说话声，要求和我做夫妻，还称我为写字人，吵闹不休。我问她：‘怎样酬谢你，你才能离开呢？’她说：‘给我二百钱，放在楼板上，我马上就走。’我按照她说的做了，但后来看，钱还在楼板上，那妇人依然来纠缠，我该怎么办呢？”朋友们都安慰吴生，还叫了二个仆人守护他。

过了几天，只听楼上发出了大叫的声音，众人急忙跑上楼去，只见吴生倒在地上，右腹部被刀戳了一个洞，肠子流出一半，咽喉下面的食管也被割断了。大家把他扶起来，他完全没有感到疼痛。卢县令前来探视，吴生用手招乎他上前，并写了一个“冤”字，卢县令问：“有什么冤情？”吴生回答说：“是欢喜冤家。今天早上那个妇人来逼迫我死，这样她才好与我结为夫妻。我问她：‘怎么死法？’妇人指着案板上的刀说：‘这东西最好。’我拿起刀刺右腹，痛不可忍，妇人忙用手按摩伤口，说：‘这样没用。’她按摩的地方就不觉痛了。我问：‘那怎么办？’妇人抚摩她的脖子，作出自刎的动作说：‘这样才可以。’我又用刀割断左喉，妇人跺着脚叹气说：‘这样也没用，只能增加痛苦罢了。’她又用手替我按摩伤口，也不觉得痛了。然后，她又指着我的右喉下面说：‘这里最好。’我说：‘我手软了不能动了，你来刺吧。’那妇人披着头发，摇着脑袋，拿刀直上前来。这时，你们从楼下都跑上来了。她听到你们跑上楼的动静，扔下刀，就跑走了。”卢县令听后，十分惊讶，为吴生请来了医生，将他的肠子放回肚里。起初，吴生不能吃东西，用药敷治以后，伤口也就平复了。那个妇人再也不来了，至今吴生还活着。

九夫坟

【原文】

句容南门外有九夫坟[①]。相传昔有妇人甚美，夫死，止一幼子，家赀甚厚[②]。乃招一夫，生一子，夫又死，即葬于前夫之侧。而又赘一夫[③]，复死如前。凡嫁九夫，生九子，环列九坟。妇人死，葬于九坟之中。每日落时，其地即起阴风，夜有呼啸争斗之声，若相娼而夺此妇者[④]。行路不敢过，邻村为之不安，相率诉于邑令赵天爵。随至其地，排衙呼皂隶，于各坟头持大杖重责三十，自此寂然。

【注释】

①句容：古县城。位于江苏镇江市境内。

②赀（zī）：同“资”。

③赘（zhuì）：入赘，招女婿。

④媢（mào）：嫉妒。

【译文】

句容城的南门外，有九夫坟。相传过去有个妇人很漂亮，年纪轻轻丈夫就死了，她只有一个幼子，家资很丰厚。于是招了一个小伙子上门为夫，不久，生一儿子，丈夫又死了，就葬在前夫的墓旁。后来，她又招了一个丈夫，没过几年，又死了，埋葬如先前一样。这样一共嫁了九个丈夫，生了九个儿子，环列了九座坟。这个妇人死后，葬在了九坟当中。每天太阳刚落山，九坟这里就刮起阴风，夜里有呼啸争斗的声音，好像这些男鬼为了这个女鬼，在争风吃醋而打斗。行路人不敢从九坟经过，邻村都感到惶恐不安，一起投诉到县衙。县令赵天爵随后来到九坟，呼叫差役排开队列，拿大棒在各个坟头重打了三十下，从此一切平静了。

误学武松

【原文】

杭州马观澜家，每四时必祭其门。予问：“古礼：门为五祀之一，今此礼久不行，君家独行之，何也？”马曰：“余家奴陈公祚好酒，每晚必醉，敲门归。一日，闻户外喧呶声①，往视之，奴仆地，曰：‘奴归，见门外一男一妇俱无头，头持在手。妇呼曰：“吾汝嫂也。吾淫属实，吾夫杀我可也；汝为小叔，不当杀我。夫杀我时，心软手噤齘不下②，汝夺刀代杀，此事岂汝所宜与耶？吾每来相寻，为汝主人家门神呵禁。今故伺汝于门外③。”因大骂唾奴面。其男鬼掷头撞奴，奴倒地。闻人声，二鬼才散。’马氏众家人扶至床，自言少年曾有此事。当时看小说，慕武松之为人，不意遭此冤孽。或告之曰：‘小说都无实事，何得妄学？且武松杀嫂，为嫂杀兄故也；

若寻常犯奸，王法只杖决耳。汝何得代兄杀嫂？’言未终，奴张目作女声曰：‘公道自在人心，何如，何如！’向言者三叩头而死。”马氏以鬼言故，祭门神甚敬，世其家。

【注释】

①喧呶（náo）：声音嘈杂。

②齘（xiè）：意思为牙齿相磨切，比喻物体相接的地方参差不密合。

③伺：守候，探察。

【译文】

杭州的马观澜家，一年四季都必定会祭祀他家的门。我问道：“古礼说：门是为五祀之一，后来这个礼早就不用了，现在唯独只有先生家还在用，这是为什么呢？”马观澜说：“我的家奴陈公祚非常好酒，每晚喝醉后都会回来敲门。一天，听到户外一片喧闹的声音，出来看看，见家奴趴在地上说：‘我回来，看见门外有一男一女，都没有头颅，把头拿在手上。女人呼喊说：“吾是你的嫂子。我的确有奸淫之过，我的丈夫杀我，我没什么话可说，可你是小叔子，不应该杀我。丈夫杀我时，心软手抖下不了狠手，可你夺过刀子来代杀，这个是你应该做的事吗？我每次来寻找机会报仇，都被你家的门神呵斥阻止，所以今天在门外守候你。”因此对我大加唾骂。那个男鬼抛头击打和撞击我，使我倒在地上。听到人声后，二鬼才离开。’马观澜的家人把他扶到床上，他说少年时候曾有过这个事，当时是看小说，崇拜武松的为人，没想到结下了这样的冤仇。有人告诉他说：‘小说都不是真实的事，怎能盲目地学呢？况且武松杀他嫂子，是因为嫂子杀了他的哥哥。如果是寻常私通作奸，按王法只是棍棒惩罚罢了，怎么能代兄杀嫂呢？’话没说完，家奴瞪大眼睛发出女人的声音，说：‘公道自在人心，怎样怎样。’向那说话的人叩了三个头后而死。”马观澜因为鬼的话，所以恭敬地祭祀门神，并世代相传。

卷八

鬼乖乖

【原文】

金陵葛某，嗜酒而豪，逢人必狎侮之。清明与友四五人游雨花台，台旁有败棺，露见红裙，同人戏曰："汝逢人必狎[①]，敢狎此棺中物乎？"葛笑曰："何妨！"往棺前，以手招曰："乖乖吃酒！"如是者再，群客服其胆大，笑而散。

葛暮归家，背有黑影尾之，声啾啾曰："乖乖来吃酒！"葛知为鬼，虑避之则气先馁[②]，乃向后招呼曰："鬼乖乖，随我来！"径往酒店，上楼，置一酒壶、两杯，向黑影酬劝。旁人无所见，疑有痴疾，听其所为。共饮良久，乃脱帽置几上，谓黑影曰："我下楼小便，即来奉陪。"黑影者首肯之，葛急趋出归家。酒保见客去遗帽，遂窃取之，是夕为鬼缠绕，口喃喃不绝，天明自缢。店主人笑曰："认帽不认貌，乖乖不乖。"

【注释】

①狎（xiá）：亲昵而不庄重，指爱开玩笑。

②馁：气馁，丧失勇气。

【译文】

南京人葛某，非常喜欢喝酒，为人性格豪放，遇到人经常喜欢开开玩笑，戏弄一番。有一年，在清明节的时候，葛某与四五个好友一同去雨花台游玩，只见雨花台旁边有一具腐烂的棺材，从中露出了一点红裙。同行的好友与葛某开玩笑说："你逢人就喜欢戏弄，敢不敢和这棺材里的东西开开玩笑呢？"葛某笑道："这有什么！"就走到棺材前，用手招呼说："乖乖，请吃酒。"一连说了好几遍。同行的朋友都佩服他的胆量，大笑着而散。

傍晚时，葛某回到家，觉得背后有一个黑影尾随着他，并听见用凄厉的声音说：“乖乖，来吃酒。”葛某知道是鬼，考虑到如果躲避它的话，则自己就先输了胆量和勇气，于是向后打招呼说：“鬼乖乖随我来。”然后径直走向一家酒店，上楼后，他买了一壶酒，要了两个杯子，向黑影殷勤劝酒。周围的人什么也看不见，以为他患有精神病，也就不管他了。葛某喝了很久，然后脱下帽子放在桌上，对黑影说：“我下楼小解后，再来陪你。”黑影点头同意，葛某急忙走出酒楼，跑回了家。酒店的伙计见客人丢下帽子走了，就偷偷地拿走。当夜，这个伙计被鬼缠住身，嘴里一直自言自语，说个不停，天亮时，便自缢身亡了。后来，店主人知道此事后，苦笑着说：“黑影只认帽子不认样貌，说是鬼乖乖，也并不乖嘛。”

凤凰山崩

【原文】

同年沈永之任云南驿道时，奉制府璋公之命[①]，开凤凰山八十里，通摆夷苗路[②]。山径险峭，自汉唐来，人迹未到处也。每斫一树[③]，有白气自其根出，如匹练升天。蟆虾大如车轮，见人辄瞪目怒视，当之者，登时仆地。土人醉烧酒，以雄黄塞鼻，持巨斧砍杀之，烹食可疗三日饥。忽一日，有美女艳装从山洞奔出，役夫数千人皆出洞追而观之，老成者不动心，操作如故。俄而山崩[④]，不出洞者压死矣。沈公为余述其事，且戏曰：“人之不可不好色也，有如是夫。”

【注释】

①制府：指制置司衙门，掌军务。

②摆夷苗路：指少数民族的边远之路。

③斫（zhuó）：用刀斧砍。

④俄而：不久，一会儿。

【译文】

和我同一年中举的沈永之先生，在担任云南驿道的长官时，奉上司知府璋公的命令，在凤凰山中开辟八十里山路，以方便通往边远山寨的交通。这里的山路陡峭险峻，自从汉代、唐代以来，就是一直没有人走过的地方。每砍伐一棵树，都有白气从树根处冒出来，就像一条白色的绸带缓缓飘上天空。路边的蛤蟆有车轮一般大，遇到人就瞪大眼睛，怒目而视，谁面对它，就会立马倒在地上。当地土人都先痛饮一些烧酒，再用雄黄把鼻子塞住，用大斧头把蛤蟆砍死，然后把它煮熟了吃，吃下以后，三天都不饿。一天，忽然有个打扮艳丽的美女从山洞跑出来，几千名干活的工人都出了山洞，追着观看，只有一些老成持重的人不为所动，依然低头干活。不一会儿，山洞发生塌方，没出洞的人都压死在里面了。沈永之先生对我说了这个故事，并且开玩笑地说："看来，人不可不好色呀，这就是个例子。"

蒋厨

【原文】

常州蒋用庵御史家厨李贵取水灶下①，忽中恶仆地，召巫视之，曰："此人夜行冲犯城隍仪仗，故被鬼卒擒去。须用三牲纸钱祷求城隍庙中西廊之黑面皂隶②，便可释放。"如其言，李果苏。家人问之，曰："我方汲水③，忽被两个武进县黑面皂头来拿去，说我冲犯他老爷仪仗，缚我衙门外树上，听候发落。我实不知原委，今日听他二人私地说：'李某业已尽孝敬之礼，可以放他回去，不必禀官。'将我解去索子④，推入水中，我便惊醒。"御史公闻之，笑曰："看此光景，拿时城隍不知，放时城隍不知，都是黑面皂隶诈钱作祟耳！谁谓阴间官清于阳间官乎？"

【注释】

①御史：古代执掌监察的官员。

②三牲：用于祭祀的牛、羊、猪。皂隶：指旧时衙门里的差役。此指鬼差。

③汲水：从下往上打水。

④索：绳索。

【译文】

常州蒋用庵御史家，有个厨师叫李贵，某天，他在灶下取水，忽然中邪，倒在了地上。蒋家人急忙找巫师来看，巫师说："这个人晚上出去的时候，冲撞了城隍神的仪仗队，所以被鬼差抓去了。必须用猪、牛、羊祭供，再焚烧纸钱，祈求城隍庙西走廊的黑脸鬼差，李贵就会被释放了。"他们听从巫师的话照办，李贵果然醒过来了。蒋家人问他情况，他说："我正在打水，忽然有两个武进县黑脸鬼差来捉拿我，说我冲撞了他们老爷的仪仗队，把我绑在门外的树上，听候老爷处置。我实在不知道什么原因。今天，我听见那两个鬼差私下说：'李某人已经给我们行了孝敬礼，就把他放回去，不必禀告老爷了。'他们就把绳子解开，将我推入水中，我就惊醒了。"御史蒋用庵听后笑着说："按照这种说法来看，他们抓人时，城隍老爷并不知道；他们放人时，城隍老爷还是不知道，这都是黑脸鬼差敲诈钱财、从中作怪罢了。谁说阴间的官比阳间的官清廉呢？"

吕城无关庙

【原文】

吕城五十里内无关庙[①]，相传城为吕蒙所筑[②]，至今蒙为土地。一造关庙，每夜必有兵戈角斗声，以故相戒勿立关庙也。有以卜卦行道者[③]，借宿土神庙中，夜间雷雨作闹，屋瓦皆飞，及旦[④]，不解其故。里人来观，则卜者所肩一布旗上画帝君像也，乃逐之，不许其再宿吕侯庙中。

【注释】

①吕城：即吕城镇，地处长江中下游南岸，为江苏丹阳四大古镇之一。

因三国时期吕蒙在此屯兵筑城而得名。

②吕蒙：三国时期东吴名将。

③卜卦：占卜，算命。

④及旦：直到天亮。

【译文】

吕城的五十里之内，没有关帝庙。据传说，吕城是三国时期东吴的名将吕蒙构筑修造的，一直到现在，吕蒙都是这里的土地神。只要一建关帝庙，那么每天夜里就会听到有兵器打斗的声音。正因如此，所以当地人互相告诫，不再建造关帝庙了。有一次有位算卦的人路过，借宿在土地庙里。当夜，雷电交加，暴雨倾盆，房子上的瓦片都飞了起来，一直到天亮这个人都不知道什么原因。当地人赶来察看，原来是算命先生肩上的插有一面布旗，布旗上画的正是关帝的像。于是，将他驱逐出去，不许他再在吕侯庙里借宿。

姚剑仙

【原文】

边桂岩为山盱通判，构屋洪泽堤畔，集宾客觞咏其中。一夕，觥筹正开，有客闯然入，冠履垢敝，辫发毵毵然披拂于耳[①]，叉手揖坐诸客上，饮啖无怍[②]。诸客问名姓，曰："姓姚，号穆云，浙之萧山人。"问何能，笑曰："能戏剑。"口吐铅子一丸，滚掌中成剑，长寸许，火光自剑端出，熠熠如蛇吐舌。诸客悚息莫敢声，主人虑惊客，再三请收。客谓主人曰："剑不出则已，既出则杀气甚盛，必斩一生物而后能敛。"通判曰："除人外皆可。"姚顾阶下桃树，手指之，白光飞树下，环绕一匝，树仆地无声。口中复吐一丸，如前状，与桃树下白光相击，双虬攫挐，直上青天，满堂灯烛尽灭。姚且弄丸且视诸客，客愈惊惧，有长跪者。姚微笑起曰："毕矣。"以手招两光奔掌内，仍作双丸吞口中，了无他物，引满大嚼。群客请受业为弟子，姚曰："太平之世，用此何为？吾有剑术，无点金术，故来。"通判赠以百金，居三日去。

【注释】

①毵毵（sān）：散乱的样子。

②怍：惭愧。

【译文】

边桂岩是山盱县的通判，他在洪泽湖堤岸旁，修建了一所房屋，经常聚集宾客喝酒吟诗。一天晚上，宾客们喝得正起劲，忽然有个人闯进来，鞋帽又脏又破，毛发稀疏，飘拂在耳边，他拱手行了个礼后，就坐到了客人们的上首，又吃又喝，很是随意，一点也不觉得难为情。众客问他名姓，他说："我姓姚，别号穆云，浙江萧山人。"问他有什么本事，姚笑着说："我能玩剑。"说着，他从口中吐出一只铁丸，滚落到手掌上，变成了一把剑，长有一寸左右，火光自剑头喷出来，光芒闪动，好像蛇在吐舌。众客看到这番情景，吓得屏住呼吸，不敢出声。边通判害怕惊吓到其他客人，再三请姚某收起宝剑。姚某对边通判说："剑不出来就罢了，一旦出来，就杀气太盛，必须斩杀一个生物，然后才能把它收起来。"边通判说："除不能杀人外，其他都可以。"姚某看到台阶下有一棵桃树，就用手一指，白光飞到了树下，环绕一圈，这棵桃树就无声地

倒在地上了。接着，姚某又从口中吐出一只铁丸，发出的白光与桃树下的白光互相撞击，双龙相斗，直上青天，满屋子的灯烛都熄灭了。姚某一边摆弄铁丸，一边看着在座的客人。客人们更加惊恐，有的竟长跪在地上，半天爬不起来。姚某微笑着说："结束了。"就用手招引两道白光，白光被迅速地收回到掌内，仍然变成两个铁丸，他把铁丸吞进肚里后，就什么东西也没有了。然后他又斟满酒，大吃大喝起来。众宾客请求做姚某的弟子，学习法术，姚某说："太平之世，学这个神术有什么用？我有剑术，却没有点金术，所以才来这儿。"边通判赠送给姚某百两银子，姚某逗留三天，然后离开了。

项王显灵

【原文】

无锡张宏九者，贩布芜湖，路过乌江，天起暴风，舟冲石上破矣，水灌舟中，舟人泣呼项王求救。忽有银光如一匹布，斜塞船底，水竟停涌，而人得登岸。次早视之，舱底已穿，有大白鱼以身横塞其穿处，故水竟不得入。舟人举船摇橹[①]，则洋洋然去矣。自此，项王香火倍盛于往时。此乾隆四十年事。

【注释】

①举船：指开船。

【译文】

无锡人张宏九，到芜湖去做布匹生意，中途路过乌江时，天上刮起了狂风，船被狂风刮到礁石上而撞坏，江水灌进到了船舱中。船夫哭喊着向项王求救性命。忽然，有一道银光像布那样长而宽，斜插到船底下，江水竟然不再进入船舱了，船上的人这才能够上岸。第二天早上查看，舱底已经撞破了，有一条大白鱼横着身子，塞在舱底下被撞破的地方，所以江水被堵住了。随后，船夫摇橹开船，船就稳当地走了。从此，项王的香火比过去更加旺盛。这是乾隆四十年（1775 年）的事。

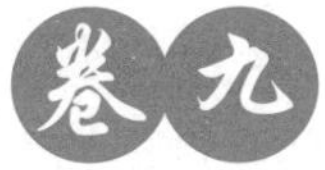
卷九

真龙图变假龙图

【原文】

嘉兴宋某为仙游令，平素峭洁[①]，以包老自命。某村有王监生者，奸佃户之妻，两情相得。嫌其本夫在家，乃贿算命者，告其夫以在家流年不利，必远游他方才免于难。本夫信之，告王监生，王遂借本钱令贸易四川，三年不归。村人相传某佃户被王监生谋死矣。宋素闻此事，欲雪其冤。一日过某村，有旋风起于轿前，迹之[②]，风从井中出。差人撩井[③]，得男子腐尸，信为某佃，遂拘王监生与佃妻，严刑拷讯。俱自认谋害本夫，置之于法。邑人称为宋龙图，演成戏本，沿村弹唱。

又一年，其夫从四川归，甫入城，见戏台上演王监生事，就观之，方知己妻业已冤死，登时大恸，号控于省城，臬司某为之申理[④]。宋令以故勘平人致死抵罪。仙游人为之歌曰："瞎说奸夫害本夫，真龙图变假龙图。寄言人世司民者，莫恃官清胆气粗。"

【注释】

①峭洁：严峻高洁。

②迹：踪迹。指随风向追寻。

③撩：用手舀水由下往上甩出去。此指打捞。

④臬司：古代官名，一般指按察使。

【译文】

浙江嘉兴人宋某，任福建仙游县知县，他平常执法严正，廉洁自爱，以包公自居。某村有个王监生，和佃户的妻子暗有奸情，两个人情意相好。佃户的妻子嫌丈夫在家，多有不便，就买通了算命先生，让他对丈夫说："你今年待在家里，全年的运气都不会好，必须跑到远远的地方，才可消灾免祸。”佃户相信了，就告诉了王监生，王监生就借给他本钱，让他到四川去做生意，佃户走后三年没有回家，也没有音信。村里有人传说佃户被王监生害死了。宋某早就听说了这件事，想要替佃户报仇伸冤。有一天，宋某路过这个村子，忽然一阵旋风从轿前卷过，宋某随着风向追寻，风出自于一口井中。宋某派人下水井里打捞，发现一具腐烂的男尸，他认为这是佃户的尸体，就逮捕了王监生及佃户的妻子。经过严刑拷打和审讯，二人都招供谋杀了佃户，宋县令就按刑律将他们绳之以法，给处死了，全县百姓称赞宋某是“宋龙图”，并将这事编成剧本，沿着村子到处演唱。

又过了一年，佃户从四川回来了。刚进城，看见戏台上正演着王监生的事，走近一看，才知道自己的妻子已经受冤而死，顿时悲痛万分，哭着到省城去告状。有位按察使重新审理此案，宋某以无端推测判决，导致冤案，被处死抵罪。仙游县的人又编成一首民谣，说：“胡乱说奸夫害了本夫，真龙图变作了假龙图。告知世上的父母官，不要仗着官清就胆气粗。”

治鬼二妙

【原文】

娄真人劝人遇鬼勿惧①，总以气吹之，以无形敌无形，鬼最畏气，转胜刀棍也。张岂石先生云：“见鬼勿惧，但与之斗，斗胜固佳②，斗败我不过同他一样。”

【注释】

①劝：拿道理说服人，使人听从。

②固：固然。

【译文】

娄真人告诉人们遇到鬼不要害怕，可以用气来吹他，以无形的气来对抗无形的鬼。鬼最怕人的气，这种办法比刀棍还厉害。张岂石先生说：“见

到鬼不要怕，和他打斗就是了，打赢了固然好，打败了，我也不过变得和他一样。”

狐读时文

【原文】

四川临邛县李生①，年少家贫。偶闲坐，一老叟至，揖而言曰：“小女与君有缘，知君未娶，愿偕秦晋之婚②。”李曰：“我贫，无以为娶。”叟曰：“郎但许我，娶妻之费郎勿忧。”生方疑且惊。俄而香车拥一美人至，年十七八，妆奁甚华，几案桰椸之物③，无不携来。叟具花烛，呼婿及女行交拜撒帐之礼④，曰：“婚事毕，吾去矣。”

生挽女解衣就床，女不可，曰：“我家无白衣女婿，须汝得科名，吾才与汝成婚。”生曰：“考期尚远，卿何能待？”曰：“非也，只须看君所作文章，可以决科⑤，便可成婚，不必俟异日。”李大喜，尽出其平时所作《四书》文付女。女翻视良久，曰：“郎君平日读袁太史稿乎⑥？”曰：“然。”女曰：“袁太史文雄奇，原利科名，宜读；然其人天分高，非郎所能学也。”因取笔为改数句曰：“如我所作，像太史乎？”曰：“然。”曰：“汝此后为文，先向我问作意再落笔，勿草草也。”李从此文思日进，壬午举于乡。此女在其家事姑孝，理家务当，至今犹存，人亦忘其为狐矣。此事临邛知州杨潮观为予言。

【注释】

①临邛县：今四川邛崃市临邛镇，为巴蜀四大古城之一。

②秦晋之婚：春秋时，秦晋两国不止一代互相婚嫁。泛指两家联姻。

③桰椸（huī yí）：挂衣用的竿架。

④撒帐：民间婚姻习俗。指新婚之夜，新人对拜坐床后，众妇人向床帐内抛撒同心金钱等风俗。

⑤决科：决定科第情况。

⑥袁太史稿：该书为清代著名才子袁枚所著。

【译文】

四川临邛县有个姓李的书生，年少家贫。一天，偶尔闲坐时，有一个老翁走来，拱手说："我家有个小女儿与你有缘分，知道你还没有娶妻，愿与你结为秦晋之好。"李书生说："我家里很贫困，没有条件娶妻。"老翁说："只要你答应的话，娶妻的费用，你不要担心。"李书生既生疑又吃惊。一会儿，只见香车上载着一位美女来了，年龄十七八岁，豪华的嫁妆，包括读书的桌案家具和墙上的挂具等，都齐备地带来了。老翁拿着花烛，叫女婿和女儿行结拜和入洞房的礼仪，结束后，说："婚礼仪式已办完，我走了。"

李书生挽着女子的手臂走到床前，准备解衣而睡，女子拒绝，说："我家没有什么都不会的上门女婿。你必须科举中榜后，我才会与你成就婚姻好事。"李书生说："考期还有很长时间，怎么能这样等待呢？"女子说："无妨。只需要看看你所写的文章，就可以断定，也就可以决定是否婚配，不需要等待那么长时间的。"李书生很高兴，拿出平时所写的八股文章交给女子。女子翻阅，看了好久后说："你平时读袁太史的文章吗？"李书生回答说："当然会读。"女子说："袁太史的文章写得雄健奇伟，有气魄，对你求取功名有好处，应该多读。不过这个人的天分很高，不是你轻易能学到的。"由此，拿起笔在李书生的文章中改了一些句子，然后说："看我所写的，像袁太史的风格吗？"李书生说："很像。"女子说："你以后写文章，先向我征询一下文章的立意，然后再动笔，不要草草地了事。"从此以后，李书生的文思一天比一天进步，终于在壬午年通过了乡试。这个女子在李书生家孝顺婆婆，治家得当，至今还在，人们也忘记她是狐怪了。这件事是在临邛县的县令杨潮观对我说的。

吕道人驱龙

【原文】

河南归德府吕道人①，年百余岁，鼻息雷鸣。或十余日不食，或一日食鸡子五百。吹气人身如火炙痛，或戏以生饼覆其背，须臾焦熟可食矣。冬夏一布袄，日行三百里。

雍正间，王朝恩为北总河，筑张家口石坝不成，糜帑数万②，忧懑不食。适吕至，曰："此下有毒龙为祟。"王问："汝能驱之否？"曰："此龙修炼二千年，魄力甚大。梁武帝筑浮山堰崩③，伤生灵数万，此龙孽也。公欲坝成，须贫道亲下河与斗，庶几逐龙去而坝可成。然贫道福命薄，虑为所伤，必须仗圣天子威灵、大人福力护持之。"曰："若何而可？"曰："请王命牌，油纸裹缚贫道背上，用河道总督印钤封，大人手书姓名加封之，乃可。"如其言，道士遂仗剑入水。顷刻黑风起，雷电大作，波浪掀天。至明日夜半，道士来署④，提血剑，腥涎满身，背伛偻，曰："贫道胁骨为龙尾击断矣。然贫道亦斩龙一臂，臂坠水，仅留一爪献公。龙受伤奔东海去，明日坝可成也。"王大喜，呼酒劳之，欲延蒙古医为之接骨，曰："不必。

贫道运真气养之，半年后可平复也。”次日，王公上工下扫，石坝果成。所藏龙爪，大如水牛角，嗅作龙涎香[5]，悬之，蚊蝇远避。

吕自言与李自成交好[6]，曾为系草鞋带。又与贾士芳同受业于王先生某[7]。先生常言：“汝愿，故道可成。贾好利，又自作聪明，必不善终，然亦须名动天子。”嵇文敏公为总河，入都陛见。家人不得家信，问吕，吕曰：“汝家大人已被大木撑入眼矣。”举家惊，恐有目疾。已而授东阁大学士，方知目旁木，乃相字耳。乾隆四年，吕入都，诸王公延之治疾，脱手愈。徐文穆公第六子，虚阳不闭。吕一见曰：“公子面上血不华色，不过梦遗耳。”令闭目卧地，袒胸，手一铁针，长尺余，直刺其心；拔之，血随针出，如一条红丝。取口唾拭其创处，旁人骇绝，而公子不知，是夕病痊。王太守孟亭，患腰痛，求道人。道人曰：“俟天晴日来治[8]。”至期，手撮日光揉之，热透五脏而愈。问导引之术，不肯言，乃引其僮私问之，曰：“无他异也，每早至旷野，红日始出，见道人向日作虎跳状，手招日光纳口中，且吸且咽，如是者再。

【注释】

①归德府：治所位于河南商丘县。

②縻帑（mí tǎng）：花费国库钱财。

③浮山堰：南北朝时期淮河上修建的拦河大坝。崩：坍塌。

④署：官署。

⑤龙涎香：又名龙腹香，呈不透明的固态腊状胶块，焚之有持久香气。

⑥李自成：明末农民起义领袖。

⑦贾士芳：清代人，为北京白云观道士，后受浙江总督李卫之荐，入宫为世宗治病，后来因世宗怀疑他操纵病情，被处死。

⑧俟（sì）：等待。

【译文】

清朝，河南归德府有个姓吕的道人，传说他有一百多岁了，睡觉时呼声如雷鸣。有时候十几天不吃东西，有时候一天就要吃五百个鸡蛋。他往人身上吹气，就感觉像火烧一样疼，有人开玩笑用生饼贴在他的背上，一会儿生饼就变焦黄烤熟可以吃了。吕道长一年到头就一件布袄，一天能走三百里。

雍正年间，有个叫王朝恩的官员被任命为总管北方河道，负责建造张家口的堤坝，但总是不能完成，花费了几万两国库的银子，所以发愁得吃不下饭。恰好吕道长云游到这里，他跟王朝恩说："这水下有毒龙作怪。"王朝恩问："你能驱走毒龙吗？"吕道长说："这条龙修炼有二千年，能量很大。梁武帝时期筑造浮山堰崩塌，殃及了数万生灵，就是这条龙造的孽。如果要想筑成堤坝，须要贫道亲自下河斗法，差不多能把龙赶走，这样堤坝才可以筑成。但是贫道福命太薄，担心会被它伤害，必须借助天子的威灵和大人的福德之力来护持。"王朝恩说："那要怎样做呢？"吕道长说："可请来一面皇上的命牌，用油纸包裹绑在贫道的背上，用河道总督的官印盖上封好，大人您亲手写上姓名封好，这样就可以了！"王总督就按照吕道士所说，一切照办，于是，吕道长身带宝剑就下水了。顷刻间，黑风狂起，雷电交加，水面波浪滔天。直到第二天的半夜，吕道士才回到了官署，提着带血的宝剑，腥气满身，弓着背说："贫道的的肋骨被那龙的尾巴打断了，但贫道也斩掉了一条龙臂，龙臂掉在了水里，只带回来一个龙爪献给大人。 那龙受伤后已逃往东海，明天堤坝就能建成了！"王总督很高兴，叫人安排酒宴犒劳，又想请蒙古的医生给道士接骨。吕道长说："不必了。我运真气来调养，半年之后就能恢复了。"过了一天，王总督命令施工，上下指挥，石坝果然建成了。他收藏的那个龙爪，大小跟水牛角差不多，闻上去味道像龙涎香，把它挂起来，苍蝇蚊虫远远地就避开了。

吕道长说他与李自成交情好，曾给李自成系过草鞋带，又与贾士芳一同跟某王先生学习过。王先生常说："你有愿力，所以学道可成。贾好名利，又自作小聪明，不会得以善终，但也会影响到天子。"嵇文敏大人任河道总督时到京城面见圣上。家人得不到他的消息，去找吕道长询问，吕道长说："你家大人，已被大木头撑入眼中了。"全家惊愕担心，怕嵇文敏患有眼病。不久，被升任为东阁大学士，这才知道"目"旁"木"是一个"相"字罢了。乾隆四年（1739 年），吕道长去京城，所有王公请他治病，他一出手就好。徐文穆大人的第六子，虚阳不敛，吕道长见面一看，说："公子面上苍白，不过是梦里遗精罢了。"他让公子闭上眼睛，躺在地上，撩起衣服袒露着胸部，他用一根有一尺多长的铁针，直刺公子的心部。拔出来时，血随着针涌出，像一条红丝线。他又用口水擦拭公子伤口，站在旁边的人十分惊恐，而公子却不知道，当天晚上病就好了。还有王孟亭太守患腰痛病，请道长帮助治疗。道长说："等天气晴朗时来治。"到了时候，只见道长手抓日光搓揉王太守的腰，热气透过五脏而病症痊愈。问吕道长的修炼之术，却不肯说。于是把吕道长的僮仆拉到一旁悄悄询问，说："没有什么，每天早上到某处旷野的地方，太阳刚出来时，会看见道人向着太阳作老虎跳跃的样子，手招日光放到嘴里，又吸又咽，来回反复地做。"

盘古以前天

【原文】

相传阴沉木为开辟以前之树[①]，沉沙浪中，过天地翻覆劫数[②]，重出世上，以故再入土中，万年不坏。其色深绿，纹如织锦，置一片于地，百步以外，蝇蚋不飞[③]。康熙三十年，天台山崩，沙中涌出一棺，形制诡异：头尖而尾阔，高六尺余。识者曰："此阴沉木棺也，必有异。"启其前和[④]，中有人，眉目口鼻与木同色，臂腿与木同纹理，恰不腐坏。忽开眼仰视空中，问曰："此青青者何物耶？"众曰："天也。"惊曰："我当初在世时，天不若是高也。"语毕，目仍瞑。人争扶起之，合邑男女群来看盘古以前人。忽然风起，变为石人。棺为邑宰某所得，转献制府。予疑此人是前古天地将混沌时人也。纬书云[⑤]："万年之后，天可倚杵。"此人言天不若今之高，信矣。

【注释】

①阴沉木：被誉为植物界的"木乃伊"，绿色环保、密度较高、物理力

学性能稳定且耐腐性极强，具有极高的价值。

②劫数：厄运，大难。

③蝇蚋（yíng ruì）：苍蝇和蚊子。

④前和：指棺的前额。

⑤纬书：上古谶纬思想学说的辑录。

【译文】

传说阴沉木是开天辟地时期的树木，这种树沉积在沙土中或是水底，历经天地翻转的大难之后，重新出现在世间，被再次埋入土壤中后，万年都不会朽坏。阴沉木的色泽是深绿色，纹路像是丝织品的锦缎，放一片在空地上，百步之外，苍蝇和蚊子都不敢飞过来。康熙三十年（1691年），天台山崩塌，沙土中出现一口棺材，外形和制式都很奇特：头部尖削而尾部宽阔，高有六尺多。有懂得的人说："这是一具阴沉木的棺材，必定不同寻常！"有人打开了棺材前端，看见里面有个人，五官和木头的颜色一样，手臂和腿上也有和木头一样的纹路，一点都没有腐坏。忽然这个睡在棺材中的人睁开眼睛仰望天空，问："这青碧湛蓝的是什么东西？"众人说："是天空！"这人惊讶地说："我当初活在世间的时候，天没有这么高啊！"话说完，他又闭上了眼睛。人们争着上前去把他扶起来，整个乡里的男女老少都来观看这个盘古开天之前的人。忽然刮起了一阵风，这个人变成了石头人。后来，这口阴沉木的棺材就被当地某县令所得，转手献给了知府。我怀疑这个人就是盘古开天辟地之前、混沌时期的人类。纬书中记载："万年之后，天的高度才只能倚着放下一根类似洗衣服用的长木"。这个人说过去的天空没有现在高，是可以相信的。

卷十

禹王碑吞蛇

【原文】

屠赤文任陕西两当县尉，有厨人张某者，善啖多力[①]，身体修伟，面无左耳。询其故，自言：四川人，三世业猎，家传异书，能抓风嗅鼻，即知所来者为何兽，某幼亦业此。曾猎于邛崃山[②]。其地号阴阳界，阳界尚平敞，阴界尤险峻，人迹罕至。一日，往猎阳界，无所得，遂裹粮入阴界。行五十里许，天已暮，远望十里外高山上有火光烧来，烛林谷如赤日，怪风狂吹而至。某不知何物，抓风再嗅，书所未载，心大惶恐，急登高树顶上觇之[③]。

俄而火光渐近，乃一大石碑，碑首凿猛虎形，光如万炬，燃照数里。碑能踯躅自行[④]，至树下见有人，忽跃起三四丈，似欲吞啮者，几及我身。我屏息不敢动，碑亦缓缓向西南去。某方幸脱险，俟其去远，将下树矣。忽望见巨蛇千万条，大者身如车轮，小者亦粗如斗，蔽空而来。某自念此身必死于蛇腹，惊惶更甚，不料诸蛇皆腾空冲云而行，离树甚远，我蹲树上，竟无所损。惟一小蛇行少低，向我耳旁擦过，觉痛不可忍，摸之，耳已去矣，血涔涔流下。但见碑尚在前，蹲立火光中不动，凡蛇从碑旁过者，空中辄有脱壳堕下，乱落如万条白练，但闻呿吸噏然有声[⑤]。少顷，蛇尽不见，碑亦行远。

某待至次日方敢下树，急觅归路，迷不可得。途遇一老人，自称："此山民也。子所见者为禹王碑。当年禹王治水至邛崃山，毒蛇阻道，禹王大怒，命庚辰杀蛇，立二碑镇压，誓曰：'汝他日成神，世世杀蛇，为民除害。'今四千年矣，碑果成神。碑有一大一小，君幸遇其小者，得不死；其大者出，则火燃五里，林木皆灰。二碑俱以蛇为粮，所到处挈以随行，故蛇俯首待食，不暇伤人⑥。子耳际已中蛇毒，出阳界见日则死。”因于衣襟下出药治之，示以归路而别。

【注释】

①善啖：喜欢吃喝。

②邛崃（qióng lái）山：位于四川省邛崃县西南。

③觇（chān）：窥视，观测。

④踟躅（chí chú）：缓慢前行。

⑤呿吸（qù xī）：张口吮食。嗿（tǎn）然：吃东西的声音。

⑥不暇：没有空闲。

【译文】

屠赤文任职陕西两当县的县令时，衙府中有个厨子姓张，好吃好喝，力气很大，身形高大魁梧，面部却没有左耳。屠县令就问厨子原因，他说：我是四川人，祖上三代都以打猎为生，家里传下了一本奇书，按书中所说的去做，抓一把风往鼻子闻一闻，就知道跑过来的是什么野兽，我从小也喜欢练习这个，以此为业。曾经我在邛崃山打猎，这个地方有一处号叫阴阳界，阳界还算平坦宽阔，阴界就非常险峻了，人迹罕至。一天，我

去阳界打猎，没有什么收获，就带着干粮去了阴界。走了约五十多里路，天快黑了，向远处望去，十里外的高山上火光冲天，燃烧而来，像太阳一般照得山谷树林透明，接着一阵怪风呼啸而至。我闻不出是什么野兽，抓一把风再次使劲地嗅了嗅，还是嗅不出来，想了想，书上没有记载，心中非常害怕，于是急忙爬上附近高树的树顶静静观察。

一会儿，火光渐渐到了跟前，一看竟然是一个大石碑，石碑上首雕刻的是猛虎形状，光芒犹如上万把火炬，燃照着四周好几里。石碑能左右摇摆自动前行，到了树下发现有人，忽然跳起来有三四丈高，像是要吞吃什么，差一点触及到了我的身体。我屏住呼吸，不敢乱动，石碑才缓缓地向西南方向而去。我正庆幸脱离危险，等石碑再去远一些时，从高树上下来。忽然又看见有千万条大蛇游动过来，大的身围如同车轮，小的也跟斗具粗细差不多，遮天蔽日而来。我心想自己这次肯定要葬送在蛇腹之中了，更加害怕，没想到这些蛇都腾空而行，冲着云端游走，离着树还很远，我蹲在树上，竟然没有受到损伤。只有一条小蛇飞得较低，从我耳朵边擦过，顿时觉得疼痛难忍，一摸才发现，耳朵已经没了，血不断地往下流。只见那石碑还在前方，蹲在那一片火光中不动，凡是从石碑旁经过的那些蛇，空中就有空壳掉落，散落的情景如同数万条白绸带，还隐隐听到像是从容吃食物的声音。不久，那些蛇都不见了，石碑也走远了。

我在树上待到第二天，才敢从树上爬下来，赶忙找回归的路，可迷失了方向。途中遇到一个老人，老人说："我是这里的山民，你所见的石碑是禹王碑。当年大禹治水的时候，走到了邛崃山，遇到了毒蛇阻碍道路，禹王大怒，就派庚辰（帮助大禹治水的神）去斩杀这些蛇，立了两个石碑镇压，还发誓说：'你以后要是成了神，就世世代代斩杀毒蛇，为民除害。'到现在四千年了，石碑果然成了神。石碑有一大一小，幸亏你遇到的是小碑，这才侥幸不死。要是那个大石碑出来，它的火能燃烧五里方圆，草木都会化成灰烬。两个石碑都把蛇当做食物，跟着蛇的后边走，所以蛇只能低头等着被吃，没时间伤人。你的耳朵边已经中了蛇毒，到了阳界，见到太阳就会死。”老者从衣服里取出药，给我治疗，然后指明了道路，这才道别而去。

黑柱

【原文】

绍兴严姓，为王氏赘婿[1]。严归家，岳翁遣人走报其妻急病，严奔视之。天已昏黑，秉烛行路，见黑气如庭柱一条，时遮其烛。烛东则黑柱亦东，烛西则黑柱亦西，拦截其路，不容前往。严大骇[2]，乃到相识家借一奴添二烛而行，黑柱渐隐不见。到妻家，岳翁迎出曰：“婿来已久，何以又从外入？”严曰：“婿实未来。”举家大惊，奔入妻房，见一人坐床上与其妻执手，若将同行者。严急向前握妻手，而其人始去，妻亦气绝。

【注释】

①赘：招女婿。

②骇：惊吓；震惊。

【译文】

绍兴一位姓严的，是王氏招赘的女婿。一天，严回到父母家看看，岳父就派人来告诉他妻子患急病，严听说后，立马往岳父家奔。天色已一片昏黑，点着烛灯行路，只见眼前有股黑气如一根柱子一样，不时地遮挡着他的灯烛。灯烛向东时黑柱也向东，灯烛向西时黑柱也向西，总是拦截他的路，不让他前行。严很震惊，于是到熟识的人家借一奴仆增添为二个灯烛前行，黑柱渐渐消失不见了。到了妻子家，岳父迎出来说：“女婿你来了已经很久，怎么又从外面进来呢？”严说：“我根本没来过呀。”全家大惊，奔入妻子房间，见一人坐在床上与他的妻子拉着手，好像要一起走。严急忙向前握住妻子的手，而当那人离开时，妻子也气绝而亡了。

凯明府

【原文】

全椒令凯公音布①，能诗倜傥，与余交好。庚寅分校南闱②，疽发背卒。公母怀孕时，将至期，祖某为内务府总管，晚见庭下有巨人，长过屋脊。叱之，渐缩小，每叱一声，辄短数尺，拔剑追之，化作短人，奔树下而灭。取火烛之，乃一土偶人，长尺许，面扁阔，耸右肩，左手少一小指。因拾置几上，而婢报某娘子房生一男矣。三日后，抱视之，左手少一小指，状貌酷肖土偶。举家大惊，乃取土偶供祖庙中，礼事甚虔③。及凯卒后，送神主入庙，见土偶为屋漏故雨滴其背，穿成三孔，仆于座下。凯死时，背疮三孔皆穿。家人悔奉祀不虔，已无及矣。

【注释】

①全椒：全椒县，西汉始置。现为安徽省滁州市辖县。

②南闱（wéi）：明清科举考试，称江南乡试为南闱。

③虔：虔诚，虔敬。

【译文】

全椒县的县令凯音布，擅长作诗，风流倜傥，跟我有很好的交情。庚寅年那年，负责江南一带的科举乡试，背部因发疮毒病死亡了。凯公的母亲怀孕，快到临产期时，祖上某人为内务府总管，晚上见到庭院中有个巨人，个子比屋脊还高，祖上呵叱它，巨人的身体就渐渐缩小。每呵叱一声，就矮了数尺。拔出佩身的宝剑追赶它，它化作了小矮人，跑到一颗树下就消失了。取来火烛查看，原来是一土偶人，高有一尺多，是个大扁脸，耸着右肩，左手少一个小指。把它拾起来放到桌子上，这时丫环禀报说某娘子生了一个男孩。三日后，抱来一看，发现左手上少一小指，样貌与土偶酷像，全家都很惊讶，便把土偶供放在祖庙中，虔诚地奉行礼事。后来凯公死后，将其神主牌位送入家庙，看到土偶因为屋漏的缘故，被雨水滴湿后背，穿成三个洞，倒在了座下。凯公死时，背疮也穿透了三个孔。家人都后悔奉祀不虔诚，却来不及了。

羞疾

【原文】

湖州沈秀才，少年入泮①，才思颇美。年三十余，忽得羞疾，每食，必举手搔其面曰："羞羞！"如厕，必举手搔其臀曰："羞羞！"见客亦然。家人以为癫，不甚经意。后渐尪羸②，医治无效。有时清楚，问其故，曰："疾发时，有黑衣女子，捉我手如此，迟则鞭扑交下，故不得不然。"家人以为妖，适张真人过杭州，乃具牒焉③。张批："仰归安县城隍查报。"后十余日，天师遣法官来曰："昨据城隍详称沈秀才前世为双林镇叶生妻，黑衣女子者，其小姑也。叶饶于财，小姑许配李氏，家贫。叶生爱妹，延李郎在家读书④，须李入泮方议婚期。一日者，小姑步月，见李郎方夜读，私遣婢送茶与郎，婢以告嫂。嫂次日向人前手戏小姑面曰：'羞羞！'小姑忿，遂自缢，诉城隍神，求报仇索命。神批其牒云：'闺门处女，步月送茶，本涉嫌疑，何得以戏谑微词，索人性命。不准。'小姑不肯已，又诉东岳。东岳批云：'城隍批词甚明，汝须自省；但沈某前身既为长嫂，理宜含容，况姑娘小过，亦可暗中规戒，何得人前恶谑⑤。今若勾取对质，势必伤其性命，罪不至此。姑准汝自行报仇，俾他烦恼可也。所查沈某冤业事，须至牒者。'天师曰：'此业尚小，可延高僧替小姑超度，俾其早投人身，便可了案。'"如其言，沈病遂痊。

【注释】

①入泮：古代学官前有泮水，故称学校为泮宫。科举时代学童入学为

生员称为入泮。

②尪羸（wāng léi）：消瘦，瘦弱。

③牒：文书，书信。

④延：聘请，邀请。

⑤恶谑：令人难堪的嘲弄。

【译文】

湖州有个沈秀才，少年入学为生员，文思才情很不错。到三十多岁时，忽然得了一个奇怪的害羞病，每次吃饭，都会用手指挠脸说："羞，羞。"上厕所时，就用手指挠臀部说："羞，羞。"见到客人来也是如此，家人以为他发了疯癫病，也就没太在意。后来看他一天天地瘦弱，医治也没有效果。有时他头脑清醒时，问他为什么如此，他说："发病时，有个黑衣女子，抓住我的手这样做，动作慢了就打我，所以不得不如此。"家人以为是妖，这时，张真人路过杭州，家人就撰写了文书呈上秉明。张真人批示说："交给安县城隍神查报。"十多天后，天师派法官来说："昨天根据城隍神所说，沈秀才前世是双林镇叶生的妻子，黑衣女子，是叶妻的小姑。叶家财富很厚实，小姑许配的李氏，家里贫穷，叶生疼爱这个妹妹，就请李郎在家读书，要求李考入官学，再议定婚期。有一天，小姑在月下散步，看见李郎正在夜读，就私下派丫环送一杯茶水给李郎。丫环告诉了嫂子，嫂子第二天在人前用手戏弄小姑的脸说：'羞，羞。'小姑很气愤，于是上吊自杀，并投诉到城隍神那里，要求报仇索命。城隍神判决说：'闺门中的处女，月夜下送茶，本来就有嫌疑，怎么能因为开玩笑戏要了一下就要人的性命呢？不可以的。'小姑不罢休，又投诉到东岳。东岳批示说：'城隍神的判词很明白，你自己应该考虑和反省。但沈某前身既然是长嫂，理应含蓄容纳，何况姑娘的小过失，完全可以可以暗中规劝，怎么能不顾场合地嘲弄而令人难堪呢？现今如果勾取来对质，势必会伤到他的性命，罪不该如此的。就让你自己去报仇，让他受到一些烦恼就可以了。关于沈某的冤业事，须呈文书报告。'"天师说："这个业还算小，可以请高僧替小姑超度，使她早点转为人身，就可以结案了。"一切依照天师所说，沈的病果然好了。

卷十一

红衣娘

【原文】

刘介石太守，少事乩仙[①]。自言任泰州分司时，每日祈请来者，或称“仙女”，或称“司花女”，或称“海外瑶姬”，或称“瑶台侍者”，吟诗鄙俚[②]，不成章句；说休咎[③]，一无所应。署后藕花洲上有楼，相传为秦少游故迹[④]。一夕，登楼书符，乩忽判“红衣娘”三字，问以事，不答，但书云：“眼如鱼目彻宵悬，心似酒旗终日挂。月光照破十三楼，独自上来独自下。”太守见诗觉异，请退。次夕复请，又书：“红衣娘来也。”太守问：“仙属何籍？诗似有怨。且十三楼非此地有也，何以见咏？”又书曰：“十三楼爱十三时，楼是楼非那得知。寄语藕花洲上客，今宵灯下是佳期。”书毕，乩动不止。太守惧，弃盘，奔就寐榻，见二婢持绿纱灯，引红衣娘冉冉至矣[⑤]。拔剑挥之，随手而灭。自是每夕必至，不能安寝。数月后迁居始绝。

【注释】

①乩仙（jī xiān）：指扶乩时请托的神灵。

②鄙俚：粗俗，浅陋。

③休咎（jiù）：吉与凶，善与恶。

④秦少游：秦观，字少游，宋朝文学家，被尊为婉约派一代词宗。

⑤冉冉：渐进，缓慢。

【译文】

刘介石太守，年少时就喜欢扶乩求仙，他说在任泰州分司时，每天都会祈请，前来的有的叫“仙女”，有的叫“司花女”，有的叫“海外瑶姬”，有的叫“瑶台侍者”。所吟诗句都很浅陋、粗俗，不成像样的句子，说吉凶祸福，根本没有应验的。官署后面的藕花洲上有楼阁，相传是宋朝文学家秦少游的故居。一天晚上，上楼去写符咒，乩仙忽然判“红衣娘”三字。问其中的事情，不回答，只写道：“眼如鱼目彻宵悬，心似酒旗终日挂。月光照破十三楼，独自上来独自下。”太守看诗后，觉得异常，请仙退去。第二天晚上再次请仙前来，乩仙又写道：“红衣娘来了。”太守问：“仙是哪里的？诗好像有哀怨。而且这里并没有十三楼，怎么吟诵这样的诗呢？”又写道：“十三楼爱十三时，楼是楼非那得知。寄语藕花洲上客，今宵灯下是佳期。”写完后，乩仙不停地动。太守很害怕，扔下乩盘就跑着上床去睡觉，看见二个丫环拎着绿纱灯，引着红衣娘缓缓而来。太守拔出宝剑挥去，一出手怪物就不见了。从此每天晚上都会来，不得安睡。几个月后搬迁离开，怪物才绝迹。

秀民册

【原文】

丹阳荆某，应童子试[①]，梦至一庙，上坐王者，阶前诸吏捧册立，仪状甚伟。荆指册询吏何物，答曰：“科甲册。”荆欣然曰：“为我一查。”吏曰：“可。”荆生平以鼎元自负[②]，首请鼎甲册，遍阅无名；复查进士、孝廉册，皆无名，不觉变色。一吏曰：“或在明经秀才册乎！”遍查亦无。荆大笑曰：“此妄耳。以某文学，可魁天下，何患不得一秀才！”欲碎其册，吏曰：“勿怒，尚有秀民册可查。秀民者，皆有文而无禄者也。人间以鼎甲为第一，天上以秀民为第一。此册为宣明王所掌，君可向王请之。”

如其言，王于案上出一册，黄金丝穿白玉牒，启第一页，第一名即丹阳荆某。荆大哭。王笑曰：“汝何痴也！汝试数从古有几个名状元、名主试乎？韩文公孙衮中状元，人但知韩文公[③]，不知有衮[④]。罗隐终身不第[⑤]，至今人知有罗隐。汝当归而求之实学可耳。”荆问：“科第中皆无实学乎？”王曰：“既有文才，又有文福，一代不过数人，如韩、白、欧、苏是也。此其姓名，别在紫琼宫上，与汝尤无分也。”荆未对，王拂衣起，高吟曰：“一第区区何足羡，贵人传者古无多。”荆惊醒，怏怏⑥，卒不第以终。

【注释】

①童子试：亦称童试，即科举时代参加科考的资格考试。

②鼎元：状元的别称之一。

③韩文公：韩愈，字退之，唐代著名文学家。

④衮：指韩衮，为韩愈之孙，韩昶次子，生性狂放，嗜酒如命。

⑤罗隐：字昭谏，杭州新城人，唐代文学家。

⑥怏怏：闷闷不乐的神情。

【译文】

丹阳的荆某，参加科考的资格考试，梦中到了一座庙，上面坐着王者，台阶前的吏员们都捧着账册站立，仪式很隆重。荆某指着册子问吏员是什么，回答说：“科甲名次的册子。”荆某高兴地说：“帮我查一查。”吏说：“可以。”荆某向来以状元自负，首先请查鼎甲册，翻阅后没有名字；又查进士孝廉册，都没查到名字，不觉变了脸色。一吏说：“或许在明经秀才册吧！”可查看后，也没有。荆某大笑说：“这是虚假的了。以我的文学，可以夺魁天下，哪里怕一个秀才都得不到！”要把账册撕

掉，吏说："别生气，还有秀民册可以查。秀民的意思，都是有文才而没有官运的人。人间以科甲状元为第一，天上以秀民为第一。这个册子是宣明王所掌管，你可以找宣明王问问。"

荆某按照所说去找宣明王查查，宣明王在桌案上取出一册，是黄金丝穿白玉牒的样子，翻开第一页，第一名就是"丹阳荆某"。荆某大哭起来，宣明王笑说："你太痴心了！你数数看从古到今有几个名状元、名主考官呢？韩愈的孙子韩衮中过状元，可是人们只知道韩文公，不知有韩衮；晚唐道家诗人罗隐终身科考无名，至今人们都知道有罗隐其人。你应当回去追求真实学问就可以了。"荆某问："科举中都没有真实学问吗？"宣明王说："既有文才，又有文福，一代人中不过几个而已，如韩愈、白居易、欧阳修、苏轼罢了。他们的姓名，另外记在紫琼宫上，与你更加没份了。"荆某还没有回答，宣明王拂衣起身，高声吟唱道："考中一个科举有什么值得羡慕的，达官贵人古来流名的并不多。"荆某惊醒后神色不悦，最终也没考上科举。

官癖

【原文】

相传南阳府有明季太守某，殁于署中①。自后其灵不散，每至黎明发点时，必乌纱束带上堂南向坐，有吏役叩头，犹能颔之作受拜状。日光大明，始不复见。雍正间，太守乔公到任，闻其事，笑曰："此有官癖者也，身虽死，不自知其死故耳。我当有以晓之。"乃未黎明即朝衣冠，先上堂南向坐。至发点时，乌纱者远远来，见堂上已有人占坐，不觉趑趄不前②，长吁一声而逝，自此怪绝。

【注释】

①殁（mò）：死亡。

②趑趄（zī jū）：比喻犹豫徘徊，不再向前。

【译文】

相传明朝末年，南阳府有个太守死于官署。从那以后，他的灵魂不散，每到黎明点卯之时，就会头戴乌纱帽，腰束官带上堂面南而坐，如果有差役向他叩头，他还会点头做出受礼拜的样子。到天光大亮后，才消失不见。到雍正年间时，太守乔大人到任，听说这事后，笑着说："这是个有官癖的人，躯体虽然死了，自己还不知道。我会有办法让他明白。"于是，乔太守天不亮乔就穿戴好衣冠，先上大堂面朝南坐到了位置上。到点卯时，只见那位头戴乌纱帽的鬼魂远远而来，见堂上已经有人占了坐位，不觉犹豫起来，止步不前。接着，他长叹一声消失不见。从此，这种怪事便绝迹了。

龙阵风

【原文】

乾隆辛酉秋，海风拔木①，海滨人见龙斗空中。广陵城内外，风过处，民间窗棂帘箔及所晒衣物，吹上半天。有宴客者，八盘十六碟，随风而去。少顷，落于数十里外李姓家，肴果摆没，丝毫不动。尤奇者，南街上"清白流芳"牌楼之左一妇人，沐浴后，簪花傅粉②，抱一孩，移竹榻坐于门外，被风吹起，冉冉而升，万目观望，如虎丘泥偶一座。少顷，没入云中。明日，妇人至自邵伯镇，镇去城四十余里，安然无恙，云："初上时，耳听风响甚怕，愈上愈凉爽，俯视城市，但见云雾，不知高低；落地时，亦徐徐而坠，稳如乘舆③，但心中茫然耳。"

【注释】

①海风：从海上刮起的风。

②簪花：妇女的头饰。

③舆：古代特指天子和诸侯所乘坐的车子。此指轿子。

【译文】

乾隆辛酉年（1741 年）秋天，从海上刮起的风拔起树木，靠近海边的人看到了龙在空中相斗。广陵城内外大风经过的地方，民间窗棂布帘以及所晒的衣物都吹上了半空之中。有摆席宴请的人家，八盘十六碟，满桌的菜肴都被风刮走。不一会儿，落在数十里外一个姓李的人家，酒菜水果的摆设，丝毫没变。尤为奇怪的是，南街上“清白流芳”牌楼的旁边，有一位妇人沐浴后浓妆艳抹，抱一个孩子搬竹榻坐在门外，被狂风吹了起来，冉冉而升，很多人观望，就好像虎丘的一座泥偶。不大一会儿，消失在云中。第二天，妇人飘落在邵伯镇。这个镇距离被风刮走的小城有四十多里，一切安然无恙。她说：“最初上升时，耳边听到呼呼的风声很害怕，越升高越凉爽，俯看下面城市，只见云雾，不知高低。落地时，也是缓缓而降，平稳地如同坐轿子一般，但心中很茫然罢了。”

冤鬼戏台告状

【原文】

乾隆年间，广东三水县前搭台演戏。一日，演《包孝肃断乌盆》。净方扮孝肃上台坐①，见有披发带伤人，跪台间作申冤状。净惊起避之，台下人相与哗然，其声达于县署。县令某着役查问，净以所见对。县令传净至，嘱净仍如前装上台，如再有所见，可引至县堂。净领命行事。其鬼果又现，净云：“我系伪作龙图，不若我带汝赴县堂，求官申冤。”鬼首肯之。净起，鬼随之至堂。令询净：“鬼何在？”净答：“鬼已跪墀下②。”令大声唤之，毫无见闻。令怒，欲责净。净见鬼起立外走，以手作招势。净禀令，令即着净同皂役二名尾之，视往何处灭，即志其处。净随鬼野行数里，见入一冢中。冢乃邑中富室王监生葬母处。净与皂将竹枝插地志之，回县覆令。令乘舆往观，传王监生严讯。

监生不认，请开墓以明己冤。令从之。至墓开未二三尺，即见一尸，颜色如生。令大喜，问监生。监生呼冤云："其时送葬人数百，共观下土，并无此尸；即有此尸，必不能尽掩众口。数年来，何默默无闻，必待此净方白耶？"令韪其言③，复问："汝视封土毕归家否？"监生曰："视母棺下土后即返家，以后事皆土工为之。"令笑曰："得之矣。"速唤众土工来，见其状貌凶恶，喝曰："汝等杀人事发觉矣，毋庸再隐！"众土工大骇，叩头曰："王监生归家后，某等皆歇茅蓬下。有孤客负囊来乞火，一伙伴觉其囊中有银，与众共谋，杀而瓜分之，即举铁锄碎其首，埋王母棺上，加土填之，竟夜而成冢。王监生喜其速成，复厚赏之，并无知者。"令乃尽致之法。相传众工埋尸时，自夸云："此事难明白，如要得申冤，除非龙图再世。"鬼闻此言，故借净扮龙图时便来申冤云。

【注释】

①净：此指戏剧中的角色，俗称花脸。

②墀（chí）：台阶。

③韪（wěi）：同意。

【译文】

乾隆年间，广东三水县的县衙前搭了个戏台演戏。有一天，演《包孝肃断乌盆》，扮演花脸的包公在戏台上坐着，只见有个头发蓬乱并带着伤的人跪在戏台中间作出申冤的样子，花脸吓得站起来躲避，台下人一片哗然，声音传到县衙里。县令派衙役查问，花脸把他所见情形进行了说明。县令传唤花脸过来，嘱咐他仍然如先前的装束上台，如果再见到有鬼，就把带到县衙里来。花脸尊命行事，果然，那鬼又出现了。花脸说："我是假装的包龙图，不如我带你去县大堂，求县官帮助申冤。"鬼点头同意。花脸起身带路，鬼随后到大堂。县令问花脸："鬼在哪里？"花脸说："鬼已经跪在台阶下。"县令大声呼唤，毫无动静。县令发怒，要责罚花脸。这时，花脸见鬼爬起立向外走，还招手叫他同去。花脸赶紧禀告县令，县令就让花脸与二位差役尾随在后，看鬼去哪里，一旦消失不见，就记下那个地方。花脸等人随鬼在野外走了数里，见鬼进入一个坟墓中。这坟墓是县里富户王监生母亲安葬的地方，花脸与差役将竹枝插在地上做标志，回县禀报。县令随即坐轿前往观看，并传唤王监生严厉审讯。

王监生不承认，请求打开坟墓来表明自己的冤枉。县令同意，到坟墓那里，挖开不到二三尺深，就看到一具尸体，面色像活人一样。县令大喜，问王监生如何解释。王监生大喊冤枉，说："当时送葬的有几百人，一起看着下葬的，并没有这具尸体。如果有这具尸体，是肯定堵不住众人之口的。为什么几年来一直平安无事，怎么等到这个花脸演戏，鬼才来喊冤呢？"县令觉得有道理，又问道："你当时是看着封土后回家的吗？"王监生说："我看到母亲的棺材下葬后就回家了，以后的事都是民工做的。"县令笑着说："明白了。快传唤所有民工到公堂上来。"县令见这些民工样子凶恶，大声喝道："你们杀人的事已经暴露，不用再隐瞒了。"这些民工大惊失色，叩头供认说："王监生回家后，我们都在茅蓬下休息，有个单身行人路过，背着个布袋来借火，我们其中一人发现他的布袋中有银子，就与众人一起谋害他，瓜分了钱财。然后我们举起铁锄，砸碎了他的头，埋在王监生母亲的棺材上，再加土封上，连夜堆成了坟。王监生见我们干得快，非常高兴，又赏赐了我们，

当时并没有人知道杀人之事。”县令将他们都依法处置。相传，当时这些民工埋尸时，自夸地说：“这件事是弄不清楚了，如果要申冤，除非是包公再世。”鬼听到了这句话，所以借花脸扮演包龙图时，便来申冤了。

卷十二

驱云使者

【原文】

宣化把总张仁[1]，奉缉私盐，过一古庙，将投宿焉。僧不可，曰："此中有怪。"张恃其勇，竟往设帐，吹烛卧。至二鼓，满室尽明。张起怒喝，灯光外移；追之，见神灯万盏，投松下而灭。明早往探松下，有大石洞，张命里人持锄掘之，得大锦被，中裹一尸，口吐白烟，三目四臂，似僵非僵。张知为怪，聚薪焚之。后三日，白昼坐，有美少年盛服而至曰："我天上驱云使者，以行雨太多，违上帝令，谪下凡间，藏形石洞中，待限满后，依旧上天。偶于某夜出游，略露神怪，是我不知韬晦，原有不是。然汝烧我原身，亦太狠矣。我现在栖神无所，不得已，借王子晋侍者形躯来与汝索吵[2]。汝作速召道士持诵《灵飞经》四十九日，我之原身犹可从火中完聚。汝本命应做提督一品官，以此事不良，上帝削籍，只可终于把总矣。"张唯唯听命，少年腾空而去。后张果以把总终。

【注释】

①把总：明代及清代前中期陆军基层军官名。

②王子晋：即王子乔，是东周灵王的太子，人称太子晋，生性好道。

【译文】

宣化有个带兵的小官叫张仁，他奉命捉拿贩卖私盐的人，路过一座古庙，想在庙里投宿借住一晚。僧人不同意，说："这里有妖怪。"张仁仗着自己胆子大，坚持住下来，晚上吹灯睡觉。到二更时，满屋通明，张仁起来怒喝，灯光就向外移动，张仁朝着灯光追了出去，看见神灯万盏，可到一处松树下就熄灭了。第二天早上，他去松树下面探看，发现有个大石洞。张仁叫乡里人拿锄头挖掘，发现有大锦被，裹着一具尸体，口吐白烟，三只眼睛四条臂膀，好像僵化又没有僵化。张仁知道是怪物，堆起柴禾把尸体烧掉了。三天后，张仁白天坐在屋里，有个穿戴华丽的美少年来说："我是天上的驱云使者，因为行雨太多，违背上帝的指令，被贬谪到凡间，藏在石洞中，等到被贬的期限满后，还是要回到天上。偶然在某夜出游，略微显露了一点神怪，是我不知道隐藏，本来是有不对之处。但你把我的原身烧掉，也太狠了。我现在神灵没有安住的地方，没办法，只好借王子晋侍者形体来与你论理。你赶紧召道士来持诵《灵飞经》四十九天，我的原身还可以从火中完聚。你本命应该能做到提督一品官，因为这个事做得不好，上帝削减你的福禄，只能一辈子做把总了。"张连连地答应听命，少年腾空而去。后来张仁果然在把总的职位上告终。

石言

【原文】

吕著，建宁人，读书武夷山北麓古寺中。方昼阴晦[①]，见阶砌上石尽人立。寒风一过，窗纸树叶飞脱着石，粘挂不下，檐瓦亦飞着石上。石皆旋转化为人，窗纸树叶化为衣服，瓦化冠帻，颀然丈夫十余人，坐踞佛殿间，清淡雅论，娓娓可听。吕怖骇，掩窗而睡。明日起视，毫无踪迹。午后，石又立如昨。数日以后，竟成泛常，了不为害，吕遂出与接谈，问其姓氏，多复姓。自言皆汉、魏人，有二老者则秦时人也。所谈事，与汉、魏史书所载颇有异同。吕甚以为乐，午食后，静待其来。询以托物幻形之故，不答；问何以不常住寺中，亦不答；但答语曰："吕君雅士，今夕月明，我共来角武，以广君所未见。"

是夜，各携刀剑来，有古兵器，不似戈戟，而不能强加名者。就月起舞，或只或双，飘瞥神妙[②]，吕再拜而谢。又一日，告吕曰："我辈与君周旋日久，情不忍别，今夕我辈皆托生海外，完前生未了之事，当与君别矣。”吕送出户，从此阒寂③，吕凄然如丧良友。取所谈古事，笔之于书，号曰《石言》，欲梓以传世，贫不能办，至今犹藏其子大延处。

【注释】

①阴晦：阴沉昏暗。

②飘瞥：迅速飘落或飘过。

③阒（qù）寂：沉寂，幽静。

【译文】

吕萫是福建建宁人，在武夷山北麓古寺中读书。一天，天气忽然变得阴沉起来，吕萫看见台阶上的石头像人一样全都站了起来。一阵寒风吹过，窗纸树叶被吹起落在石头上，牢牢地粘住不掉，屋檐上的瓦片也飞落在石头上。石头转眼间都化为人，窗纸树叶化为他们的衣服，瓦片化为他们的帽子和头巾。最终有十多个瘦高的男子出现，他们盘坐在佛殿间，清雅地谈论着，娓娓动听。吕萫很害怕，赶紧关窗躲进了被窝里。第二天早上起来一看，踪迹全无。午后，石头又站立起来像昨天一样。一连几天，竟然成了常态，

也没什么危害。于是，吕蓍出去与他们交谈，问他们姓氏，大多都是复姓。自我介绍说是汉、魏时期的人，还有二位老者说是秦时期的人。他们谈论的事，跟现在汉、魏史书的记载颇有些不同。吕蓍觉得很有趣，午饭过后，又静静地等待他们到来。这些石人来后，吕蓍询问他们为什么要借物体幻化成形。他们皆不回答。又问他们为什么不常住寺中。他们也不回答。只是说："吕先生是雅士，今晚月色清明，我们会一起来练武，让你开开眼界。"

当晚，他们各自带着刀剑而来，其中有一件古兵器，不像戈，也不想戟，叫不上名字。他们在月下挥舞刀剑，或一人或两人，飘忽不定，神妙不已。吕蓍看了不断拜谢。又有一天，他们告诉吕说："我们与先生相处很久，感情上实在不忍分别。不过，今晚我们都要托生海外，完成前世未了的事情，所以要与先生告辞了。"吕蓍把他们送到门外，从此庙里寂静下来。吕蓍伤感地像是失去良友，就把平日里石人所谈论的古事，写成笔记，取名为《石言》，他打算把此书刊印留传世间，但因贫穷而不能完成，至今书稿还藏在他儿子吕大延手里。

人熊

【原文】

浙商某，贩洋为生，同伴二十余人，被风吹至一海岛，因结伴上岛闲步。走里许，遇一人熊，长丈余，以两手围其伴，愈围愈逼。至一大树下，熊取长藤将人耳逐个穿通，缚树上，乃跳去。诸人俟其去远①，各解所佩小刀割断其藤，趋奔回船。俄见四熊抬一大石板，板上又坐一熊，比前熊更大。前熊仍跳跃而来，状若甚乐者。至树侧，见空藤委地，怅然如有所失②。石板上熊大怒，叱四熊群起殴之，立毙而去。众在舟中望之，各惊喜，以为再生。山阴吴某耳孔有一洞，沈君萍如戚也。问其故，历历言之如此。

【注释】

①俟（sì）：等待，等到。

②怅然：因失意或失望而伤感、懊恼。

【译文】

浙江有个某商人，以贩洋为生，他与二十多个同伴，被风吹到了一个海岛上，因此结伴在岛上散步。走了约一里路时，遇到一个人熊，有一丈多高，用两只手围住同伴，边围边逼迫。围到一颗大树下，熊用长藤将每个人的耳朵都穿通，绑在树上，然后跳走了。这些人等熊走远了，各自解下佩带的小刀割断长藤，赶快奔回到船上。不一会儿，看见有四只熊抬着一大石板，板上还坐着一只熊，比先前的熊更大。先前那只熊仍是跳跃而来，样子好像很高兴。到了树旁，见空藤都散落在地上，神情显得沮丧。石板上的熊大怒，喝叱四只熊群起殴打先前的熊，很快把这只熊打死而去了。众人在船里看见，都很惊喜，以为是再获新生。山阴的吴某耳孔有一个洞，沈萍如先生是他的亲戚，问他耳孔有洞的缘故，他就详细讲述了这件事。

烧狼筋

【原文】

蓝府有狼筋一条①，凡家中失物，烧之则偷者手足皆颤。有女公子失金钗一只，不知谁偷，乃齐奴婢妯姆数十人，取筋烧之。数十人神气平善，了无他异，但见房门布帘闪颤不已，揭视之，钗挂其上，盖女公子走过时，钗为帘所勾留耳。

【注释】

①狼筋：狼大腿中的筋，状如织络袋子。传说可用以测盗。

【译文】

蓝府有一条狼筋，凡是家里东西不见了，就烧狼筋，那个偷东西的人手脚都会颤抖起来。有个女孩子丢了一只金钗，不知被谁偷走，就把奴仆保姆数十人都聚在一齐，用狼筋来烧。数十人神情自若，没有异常，只见房门的布帘闪动不停。揭开查看，那只钗挂在上面，原来是女孩子从房门走过时，钗被门帘勾住了。

雷震蟆妖

【原文】

严陵宋淡山，于乾隆丁亥夏，见遂安县民家雷震其屋，须臾天霁[①]，一无所损，惟室中恒有臭气。旬日后，诸亲友以樗蒲之戏，环聚于庭[②]，天花板内，忽有血水下滴。启板视之，见一死虾蟆，长三尺许，头戴鬃缨帽，脚穿乌缎靴，身着玄纱褶褡，宛如人形。方知雷击者，即此虾蟆也。

【注释】

①须臾：一会儿。天霁：天空晴朗。

②樗蒲（chū pú）：古代一种博戏，后世亦以指赌博。

【译文】

乾隆丁亥年（1767年）夏天，严陵的宋淡山看到遂安县的居民被雷击房屋，一会儿天气又转晴朗，房屋一点没有受损，只是屋里总有臭气。十天后，亲友们聚在这个屋里赌博和游戏，天花板上忽然有血水滴下来。打开板后，看到了一只死虾蟆，有三尺多长，头戴综缨帽，脚穿乌缎靴，身穿黑色的背心，打扮成像人的样子。才知道那天雷击的，就是这个虾蟆。

梦中破案

【原文】

曹州刘姓，以典当为业，虞城张某，为经理其事已二载矣。少有蓄积，岁暮欲归，主人留至元旦，乘一青骡去，相订上元日返曹州①。至期不至，刘因遣人促之来，至其家，则云："未尝归也。"两家致讼，控至抚按②，勒限饬县捕拿，延至六月矣。公差惶遽无措。一夕，访于城南，见有老人偕一年少相谓曰："月色甚佳，何不向凉亭一行？"曹州南城十数里，旧有凉亭。公差私议："二人于此时往，倘城门闭，何由而入？"心异之，遂先至彼相伺。未几，二人果至，听所言，皆邻里间琐事。有顷，少年忽云："城内刘姓事，至今未明。余心窃计，乃西门外卖饼孙姓，利其财物，因而害之也。"翁问故，少年云："饼店在此已数载，今春倏闭，是以疑之。"翁叱云："此事大有干系，何得妄语？"意甚拂然③。旋云："夜深可归矣。"

公差尾其后，行甚速，至南城，门已闭，见二人从门隙入。差亟呼司阍启钥④，入城则两人尚在前行。至小弄，少年与翁别，入门，门亦未启也。复随翁行二十余家，亦未启扉而入。差大惊，叩其户，半晌翁出，持纸拈，披衣，极困惫之状。差曰："适间与少年凉亭看月，何遽睡耶⑤？"翁神色迟疑，曰："看月有之，乃梦中事也。"差复胁之往诣少年，少年出亦如翁状，乃拘入县署，述梦中语。次早遣二人至某村，迹孙姓所居，则青骡宛系门首也。因锁拿到县，一讯而服。遂起赃，问抵偿焉。此乙巳夏间事。曹州守吴忠诰，向为绥德州牧，与严道甫善，告道甫也。

【注释】

①上元日：正月十五，即元宵节。

②抚按：明清巡抚和巡按的合称。

③拂然：气愤，不悦。

④司阍（hūn）：指看门的人。

⑤遽（jù）：匆忙，快速。

【译文】

曹州有个刘某，以开当铺为业。虞城的张某帮刘某管理当铺已有二年了。稍微余下了一些积蓄，年底要回家探亲，主人留他到元旦，后来张某骑着一头青骡回家了，约定好正月十五日返回曹州。可到期没有回来，刘某就派人去催促，到他家后，他家人却说："一直没回来呀。"两家打官司，告到巡抚和巡按大人那里，巡抚勒令县官限期捉拿。一直拖到六月份，差役还是找不到人，惊慌地不知所措。一天晚上，公差在城南查访，见有个老人和一少年相互交谈说："月色这么好，何不到凉亭去走走？"原来，曹州城南门外十多里的地方，有个凉亭。差役们私下议论说："这二个人此时去凉亭，如果回来时城门关闭，他们怎么进城呢？"差役觉得有些异常，便先赶到凉亭那里等候。不久，老少二人果然来了，听他们谈论的，都是邻里间的琐事。一会儿，年轻人忽然说："城内那个刘家当铺的事至今还没有查明，我心里估计，是西门外卖饼的孙某贪图他财物，把他害死了。"老人问有什么迹象，年轻人说："孙家饼店在这里已经开设多年，今年一开春就突然关张，所以我怀疑有问题。"老人呵叱说："这种事十分重大，怎么能乱猜测呢？"神情很不高兴。接着说："夜深了，我们回去吧。"

于是，差役们跟随其后。老少二人走得很快，到了南城时，城门已经关闭，差役看见二人从门缝中进去了，急忙叫守门的开门。进城后，差役们看见两人还在前面走着，到了小胡同时，年轻人与老人告别，没开门就进屋了。又跟随老人走过二十多家，只见也没开门就进去了，差役们很吃惊，就敲老人家的门。好一会儿老人才出来，点着照明的纸捻，披着衣服，样子极困乏。差役们问："刚才你还与一个年轻人在凉亭观月，怎么睡得这

么快？”老人神色迟疑，说：“的确有观月这个事，可那是梦中的情形。”差役又强拉老人去年轻人家，年轻人出来后，与老人讲的一样。于是差役们把他们抓到了县衙，二人向县令叙述了梦中情景。第二天早上，县令叫老少二人带路到某村，找到孙某的住处后，发现青骡还拴在门口。于是立马下令将孙某捉拿到县衙，审了一回就服罪了，随后就是追赃和判处。 这件事发生在乾隆五十年（1785 年）夏秋之间。曹州知府吴忠诰，曾经做过绥德知州，与严道甫关系亲近，这个事就是他对严道甫说的。

卷十三

杨妃见梦

【原文】

康熙间，苏州汪山樵先生讳俊[1]，选陕西兴平县，宿马嵬驿中。梦一女子，容貌绝世，明珰翠羽，投牒而言曰："妾有墓地，为人所侵，幸明府哀而察之。"汪惊醒，询土人，曰："此间惟有杨娘娘墓道，唐时改葬后，墓址原有数十亩宽，自宋、明以来，为樵牧所侵[2]，渐无余地。"汪为清理，果有旧碑记存墓侧土中，题"大唐贵妃杨氏墓"。乃为别置界石，兼买树百株植其上，春秋设二祭焉。

【注释】

①讳：用于对某人名字的敬称。

②樵牧：樵夫和牧民。

【译文】

康熙年间，苏州的汪山樵先生被选派到陕西兴平县任县令，他住宿在马嵬驿中。当夜梦见一女子，容貌绝美，装饰华贵，递上诉状说："我的墓地被人侵占，希望大人怜悯并过问一下此事。"汪县令惊醒过来，向当地人询问，回答说："这里只有杨娘娘的墓道，唐朝时改葬后，墓地原有几十亩宽，自从宋朝、明朝以来，被打柴的樵夫和放牧的山民侵占，渐渐地没有空地了。"汪县令让人清理墓地，果然在墓地旁边的土中发现了一块旧碑，碑名是"大唐贵妃杨氏墓"。于是，重新设置界石，并买了上百颗树进行种植，春秋两季都来祭祀。

江南客寓

【原文】

涤斋先生为诸生时，在京师贾家胡同①，有店号“江南客寓”，厅屋三间，中一间甚洁，住者绝少，先生居之，了无他异。一日外出，托所亲某管其衣物。夜睡至三鼓，忽室中尽明，时并无灯烛，所亲骇，揭帐视之。见一长人，黑色，手提其头，血淋漓，对面直立不动，呼曰：“尔何得居此？”所亲狂奔，出告店主。主人曰：“此屋素不安静，尔乃必欲居之，奈何？”次日，先生归，告之故，先生曰：“此必有鬼欲申冤耳，我在此，何不现形耶？”大书一状，向空焚之，以为尔果有冤，当于今晚赴诉。是夕，先生复睡，未一更，所见果如所说，但持一血头，跪而不立。先生问：“何人？何冤？”持头者以手指口，竟无一语。次日亦不复见。先生又常于园中月下，见黑物一团，大如浴盆。追奔树下，以脚蹋之②，随脚而灭。次日视其靴袜，黑如烟煤，并足皆黑。

【注释】

①胡同（tònɡ）：北方对小街小巷的通称。

②蹋（tà）：踏，踩。

【译文】

涤斋先生还是秀才时，他说在京城的贾家胡同这儿，有个客店叫做“江南客寓”，厅里有房屋三间，正中一间很洁净，平时住的人很少，先生住进去，没有什么异常。有一天外出，委托某亲戚暂住进去帮助看管衣物。夜里睡到三更时，忽然满屋明亮，然而并没有点灯烛，亲戚震惊害怕，揭开床帐看去，见有一位黑黑的个子很高的人，手上提着头，鲜血淋漓，面对他直立不动，呼叫他说：“你怎么能住在这里？”亲戚吓得狂跑，出去告诉店主。主人说：“这间屋子一向不安静，你们却非要住，有什么办法？”第二天，先生回来，亲戚告诉他昨夜发生的事，先生说：“这必定是有鬼要申冤罢了，我住在这里，为何不现形呢？”他大写了一张文书，向空中焚烧，如果你认为真有冤，应当在今晚来投诉。当晚，先生还是睡在原处，不到一更天，果然就见到了如亲戚所说的情形，那人提着一带血的头，跪而不起。先生问：“你是什么人？有什么冤？”提着头的人用手指口，没有说一句话。过了一天，也没看见再来。先生又曾经在月下的园中见到一团黑物，有洗澡盆一般大。追奔到树下，用脚踩上去，黑物随着脚踩而灭。第二天，看他的靴袜，黑得像煤炭一样，并且连脚都是黑的。

荆波宛在

【原文】

本朝佟国相，巡抚甘肃，按站行至伏羌县，梦神呼云：“速走！速走！”佟不以为意。次晚，梦如初，且云：“欲报我恩，但记‘荆波宛在’可耳。”佟惊起，亟走三日①，而伏羌县沉为湖，卒不解救者为何神。后出巡，至建昌野渡，有关公庙上书“荆波宛在”四字。佟入拜谒，大为修葺②，今焕然犹存。

【注释】

①亟：急迫。

②修葺：修理，修复，装修。

【译文】

本朝的佟国相，到甘肃任巡抚，按计划行程到伏羌县住宿，晚上，梦到神呼喊：“快走！快走！”佟国相并没在意。第二天晚上，又做了一个和先前一样的梦，并且说：“你要报我的恩，只要记住‘荆波宛在’就可以了。”佟国相惊醒后起身，急忙走了三天，而伏羌县沉到湖底了，一直不知道救他的是什么神。后来出外巡视，到建昌的野外渡口，看见在关公庙上面写着“荆波宛在”四字。佟国相进去敬拜，工程较大地装修了一番，如今焕然一新，保存得还很好。

庄秀才

【原文】

通州庄孝廉成[①]，戊午举人，少年貌美。其佃户有女悦之，竟以成疾。临卒谓其父曰：“吾为庄秀才死也。吾思嫁庄秀才，自念门户寒贱，事必不成，故郁郁成病。今虽死，此意当为致之秀才，则瞑目矣。”其父急告庄，庄往视而气已绝。庄赴秋闱[②]，遇女子于淮新桥，宛然如生。入闱，一切炊饭烹茶之事，见女子身为执役。是年登第[③]，每有远行，则女子必至。庄怖之，为置神主，祭于家，书“亡妾某氏”，见女子来拜谢，自此绝矣。

【注释】

①孝廉：明朝、清朝对举人的雅称。

②秋闱：秋季举行的乡试，乡试考中者称举人。

③登第：意为登科。指科举考试录取列榜的甲乙次第。

【译文】

通州有个孝廉叫做庄成，是戊午年的举人，年少貌美。他家的一个佃户，家里有个女儿，暗恋着他，并思念成疾。临死前，这个女孩对父亲说：“我是因为庄秀才而死的。我想嫁给他，却又觉得自己门第贫寒，这桩姻缘肯定不可能成，所以郁郁寡欢而致病。今天虽然要死了，但请你把这个意思告诉他，我死也瞑目了。”她的父亲赶紧告诉庄秀才，庄秀才听说后急忙去看她，但到的时候女孩已经咽气了。庄秀才后来参加乡试科考，在途中的淮新桥上遇到一个女孩子，竟然跟这个死去的女孩长得一模一样。参加

科举考试的几天，在做饭、烧茶这些事情上，都看到一个女子帮助他操持，就是这一年，他列入榜上之名。后来，每当他出外远行的时候，都会有女孩的身影出现。庄生惊恐害怕，就在家里祭供了一个神主牌位，上书“亡妾某某之位”。后来看到这个女孩子过来拜谢，此后便不再出现了。

冯侍御

【原文】

冯侍御静山①，居京师永光寺西街，改造书屋，掘地得黑漆棺，为改迁之。夜梦人投牒诉冤，冯时巡西城，梦中取牒阅之，告势宦掘棺事，即己之姓名也，惊醒得疾。疾革时，夫人闻房中笑语声，以为病有起色，往视之，见黑衣人素不相识者坐床上，一闪而灭。侍御谓夫人曰：“此人吾邻也，曾作运粮守备。运饷至京师卒，棺厝于永光寺前街僧寺中②，迫近吾家，而吾不知。今闻我亦有行期，故来相约耳。可烧纸钱，助其冥资。”夫人遣人至前街踪迹，棺识宛然，知先生之终不起也。

【注释】

①侍御：侍奉君王的人。

②棺厝（cuò）：棺材放置。

【译文】

冯静山侍御，在京城永光寺西街居住。他改造书房时，挖地发现了黑漆棺材，就把棺材改迁安葬了。夜里，他梦见有人投送诉状伸冤，冯当时去西城巡游，梦中取出状纸阅读，状纸上告的是有权势的官员挖掘棺材之事，这个官员的名字就是自己，冯惊醒就得病了。病情危重时，夫人听到房中有笑语之声，以为是冯的病情有好转，进去一看，见有个素不相识的黑衣人坐在床上，一闪就消失了。冯侍御对夫人说：“这人是我的邻居，曾经做过运粮守备。粮饷运到京城后死了，棺材停放在永光寺前街的僧寺中，靠近我家而我不知道。现今听说我也有行期，所以来相约罢了，可以烧一些纸钱帮助他的冥间费用。”夫人派人到前街查看踪迹，棺材果然在那里，于是知道先生的病好不起来了。

江秀才寄话

【原文】

婺源江秀才①，号慎修，名永，能制奇器：取猪尿脬置黄豆，以气吹满，而缚其口，豆浮正中。益信地如鸡子黄之说②。有愿为弟子者，便令先对此胞坐视七日，不厌不倦，方可教也。家中耕田，悉用木牛。行城外，骑一木驴，不食不鸣，人以为妖。笑曰：“此武侯成法，不过中用机关耳，非妖也。”置一竹筒，中用玻璃为盖，有钥开之，开则向筒说数千言，言毕即闭。传千里内，人开筒侧耳，其音宛在，如面谈也；过千里，则音渐渐散不全矣。忽一日，自投于水，乡人惊救之，半溺而起③，大恨曰：“吾今而知数之难逃也。吾二子外游于楚，今日未时三刻，理应同溺洞庭。吾欲以老身代之，今诸公救我，必无人救二子矣。”不半月，凶问果至。此其弟子戴震为余言。

【注释】

①婺源：江西省上饶市下辖县，位于江西省东北部。

②益信：更加相信。

③溺（nì）：溺水，淹没。

【译文】

江西婺源有个江秀才，叫做江永，号慎修，他能制作多种奇怪的器具。他曾经用一个猪尿泡，在里面放粒黄豆，然后吹满气鼓起来，把口扎紧，黄豆就悬浮在正中。因此他更相信大地就像是鸡蛋黄一样的说法。如果有人想做他学生，先要对着这个猪尿泡静坐看上七天，不厌倦的话，才会被答应接收为弟子。他家里耕田，都用木制的牛。如果去城外走走，他会骑一头木驴，这驴不吃也不叫。旁人都怀疑木驴是妖怪。他笑着说："这是诸葛亮的制作办法，只不过是利用了精巧的机关而已，不是什么妖怪。"他还拿来一个竹筒，上面用一片玻璃当盖子，盖子上还有锁，用钥匙来打开。打开盖子后，对着竹筒说上好半天的话，说完再关上盖子。把竹筒送到千里之内的地方，别人打开竹筒盖子，侧耳一听，原先说的话都还在，就像是当面说话一样。如果超出一千里外，竹筒内的声音就渐渐消散不全了。忽然有一天，江秀才跳水自杀，乡里人大惊，赶紧去救他，把淹得半死的江秀才捞上来，他却气愤含恨地说道："我现在才知道劫数难逃啊。我两个儿子，出行在楚地游玩，今天未时三刻，命中都会淹死在洞庭湖。我想用我的身体去替他们消灾，现在你们救了我，一定没人救我两个儿子了！"不出半个月，他两个儿子的噩耗果然传来。这些事是江永的学生戴震告诉我的。

卷十四

赵西席

【原文】

山东按察司白映棠家延一西席[①]，姓赵名康友，康熙丁卯孝廉，宾主师弟俱各相得。元宵张灯，彼此宴饮，散，孝廉就寝书斋。次日薄午不起，有小僮户外窥之，见孝廉头上插纸花双枝，两手反接，口微笑而目斜瞪，赤身僵立。僮大惊，唤主人蹋户入[②]，则已死矣。当胸一圆洞，通于背，大如碗，中无心肝，不知被何物探去。插花反缚剥衣者，像牲牢之形以戏之也。

【注释】

①西席：意为宾师之位。

②蹋（tà）：踏入。

【译文】

山东按察司白映棠，家里聘了一位幕僚，名叫赵康友，是康熙丁卯年（1687年）的孝廉，宾主师弟俱各相得。有一年元宵节，按察司府内张灯结彩，一番宴饮之后，各自散去，赵康友因多喝可几杯，就在书斋入睡了。第二天快到中午时，赵康友还是没有起床，小书童在外面悄悄地从窗户往里瞧，只见赵康友头上插着两枝纸花，两手被反绑在一起，嘴角微笑但眼睛斜瞪，裸着身体直僵僵地站在屋里。书童大惊，呼喊主人前来，白映棠进入屋子一看，赵康友已经死了。胸口处有一圆洞，贯通到后背，有碗口大，肚子里没有心肝，不知被什么东西掏空了。插花、反绑、剥衣，就像是祭祀中祭品的样子，以这种戏弄为快。

蒙化太守

【原文】

无锡曹五辑，为云南蒙化太守，其子某，庚午举人，江苏巡抚庄滋圃之门生。乾隆二十一年，无锡大疫，华剑光之子某，素好行善，出古画数幅，托孝廉售之，嘱曰："得八百金，为本邑埋葬死人之费。"曹带往苏州，以画呈庄公。庄念曹本义举，画亦佳，竟与八百金。曹归，以八十金付华曰："价只此。"华无奈何，勉力补凑，得数棺，为瘗其暴骨者①，余棺犹有待也。未几，孝廉病卒。太守哀悼不已，焚牒于东岳神，自称："居官清正，子无罪，不宜得此报。"归而假寐，见青衣人持东岳神帖请往。至大殿外，神迎于阶下曰："公见责良是，但尔子近为不肖之行，屯人之膏，令千百人骨暴原野。公不信，可归至尔子书斋启笥视之。"言毕，命人拥一囚至，枷锁锒铛，即其子也，太守抱之哭。惊醒，急往其子书斋启笥，尚余七百余金。询其仆，方知鬻画匿价之事②，其子媳亦未知也。太守自此哀子之思为之少衰。

【注释】

①瘗（yì）：埋葬。

②鬻（yù）：售卖。

【译文】

无锡的曹五辑，任云南蒙化太守，他儿子为乾隆十五年（1750年）举人，是江苏巡抚庄滋圃的学生。乾隆二十一年（1756年），无锡流行大的瘟疫，华剑光的儿子某，一向喜欢做善事，他拿出几幅古画，委托曹举人出售，嘱咐说："要卖八百两银子，作为本县埋葬死人的费用。"曹把画带到苏州，拿给庄大人看。庄大人觉得曹有义举之心，画也很好，就付了八百两银子。曹举人回来后，却拿出其中的八十两给华剑光的儿子，说："就卖了这个价。"华看事情如此，也无可奈何，勉强又补凑银子，买了数口棺材，可安葬暴露野外的尸骨不够，还需要更多的棺材。不久，曹举人病死了，曹太守悲痛不已，焚烧文书给东岳神，自认为："为官清正廉洁，儿子又没有罪过，不应该得到这样的果报。"回家后休息打盹儿，看见有个青衣人拿着东岳神的帖子来请。曹太守到了大殿外，神下台阶来迎接说："大人责怪的道理不错，但你儿子近来行为不端，贪图别人的利益，使千百人的尸骨暴露在原野。大人如果不信，就回去把你儿子书房里的书箱打开看看吧。"说完，叫人押来一个囚犯，身着枷锁，就是他的儿子，太守抱头痛哭。当太守惊醒后，急忙去他儿子的书房打开书箱查看，里面还有七百多两银子。询问仆人后，才知道卖画藏匿钱财的事，他儿媳也不知内情。太守从此思念儿子的悲伤之情逐渐减少。

中山王

【原文】

江宁布政司署，为徐中山王故府①。中有宁安殿，供奉中山王像。一几一椅，灰高数寸，例不敢拭，拭者有灾。帐幕桌帏②，俱以黄绫为之。乾隆四十年，方伯某上任之日，即往行香，心念中山王爵虽贵，亦人臣也，帷幔黄色，似乎太僭③，命以红绫易之。是夕，火光照耀，急往视之，则一帐一帷，俱已焚尽，而几案丝毫无伤，细查并无引火之物。于是悚然怖惧，仍以黄色绫易之。

【注释】

①徐中山王：徐达，字天德，明朝开国第一功臣。

②桌帏：桌子四周做遮挡用的布或缎子。

③僭（jiàn）：超越本分。

【译文】

江宁布政司官署，以前是明朝中山王徐家的府邸，中间有宁安殿，是供奉中山王徐达塑像的。殿中一张茶几、一把椅子，灰灰尘积有几寸厚，人都不敢擦拭，擦拭的人会有灾难。殿中的帐幕与桌布，都是黄绫绸做的。乾隆四十年（1775 年），某布政使上任之日，到殿里去烧香，心里念着说中山王徐达虽然地位尊贵，但还是人臣，用这黄色的帷幔，觉得太过了，就命令人换上红色的布。当天晚上，殿中便起火，某布政使急忙跑去一看，一帐一帷的红布，都化为灰烬，而其它家具案物品都没有损伤。细查原因，并没发现燃火之物，便惶恐不安，叫人还是换上了黄色绫布。

状元不能拔贡

【原文】

状元黄轩自言作秀才时，屡试高等。乙酉年，上江学使梁瑶峰爱其才，以拔贡许之[①]。临试之日，头晕目眩，握笔一字不能下。梁不得已，以休宁县生员吴鹤龄代之[②]，及榜出后，病乃霍然[③]。从此灰心于功名，自望得一县佐州判官心足矣。后三年，竟连捷以至廷试第一。而吴鹤龄远馆溧水，以伤寒病终，终于贡生[④]。

【注释】

①拔贡：在科举制度中，由地方贡入国子监的生员之一种。一般是由各省学政从生员中考选，保送入京，作为拔贡。

②休宁县：位于安徽省最南端，隶属于安徽省黄山市。

③霍然：疾病迅速消除。

④贡生：科举时代，经过挑选府、州、县生员（秀才）选取成绩或资格优异者，升入京师的国子监读书的人。

【译文】

状元黄轩自己说，他还是秀才时，多次想参加晋级考试。乙酉年，上江学使梁瑶峰认为他是有才学的人，答应给他有拔贡考试的机会。可临考试那天，头晕眼花，手上握着的笔一个字都写不了。学使梁瑶峰在不得已的情况下，以休宁县的生员吴鹤龄来代替，等到榜发布后，他的病很快就好了。从此以后，我对功名已灰心，心想能在一个县做一个行政判官就满足了。可后来三年，他竟然连连告捷，并获得了殿试第一。而那次替代的生员吴鹤龄被远派到了溧水，后来得伤寒病而死，最后为贡生。

拘忌

【原文】

塞侍郎某，性多拘忌，每遇人谈有“死丧”二字，必作喷嚏以啐散之①。路逢殡柩，则急往亲友家，解下衣帽，扑散数次，以为将晦气撒在人家，与己无与矣。又薛生白，常往李侍郎家看病②，清晨往待，至日午始出。侍郎以面向内，以背向外，两公子扶之而行。坐定诊脉，口答病源，终不回顾。薛大骇，疑其面有恶疾，故不向客。问其家人，家人云：“主人貌甚丰满，并无恶疾，所以然者，以某日喜神方在东，故不肯背之而出；又是日辰巳有冲③，故必正午方出耳。”

【注释】

①啐：吐唾沫。

②常：通“尝”，曾经，过去。

③辰：即辰时，指7时至9时。巳：即巳时，指9时至11时。

【译文】

在边塞之地有位侍郎某，生性有不少忌讳，每当听到别人谈论“死丧”二字，就会打喷嚏，吐唾沫，以驱散所谓的晦气。路上如遇到出殡送葬的灵柩，会急忙地跑到亲友家，脱下外衣和帽子，多次地抖落，认为这样会把晦气撒在别人家里，而与自己没关系了。还有一次，薛生白曾到李侍郎家帮他看病，一早上就去他家了，可等到中午他才出来。出来时，李侍郎面部朝内，背部向外，两个公子扶着他，他是倒着走，退步而行。坐好之后，薛生白为他号脉和询问病情，他回答时，头始终不转过来。薛生白大感惊异，怀疑他面部患有什么恶病，所以不敢面向客人。询问他家人，家人说：“主人容貌丰满有致，并没有病症的，他之所以这样，是认为这天喜

神正在东方的位置，所以不肯让背部对着喜神走出来。而且，他认为这天辰时与巳时不吉利，因此一定要等到正午时才肯走出来。”

袁州府署大树

【原文】

江西袁州府署后园有大树，高十余丈，每夜有两红灯悬其巅。或近视之，必有泥沙抛掷，春夏则蜈蚣蛇蝎下焉，人以故不敢狎亵[①]。乾隆年间，有敏姓者来为太守，恶其为妖，召匠数人，持刀斧伐树，宾僚妻子，无不谏者。太守不为动，自坐胡床[②]，督匠伐树。树上飞下白纸一张，上有字数行，坠太守怀中。太守视之，色变而起，趣挥匠散。至今大树犹存，然终不知纸上作何语，太守亦终不为人言。

【注释】

①狎亵（xiá xiè）：轻慢。

②胡床：古时一种可以折叠的轻便坐具。

【译文】

江西袁州府的公署后面园子里有一棵大树，树的高度有十几丈，每天夜里都看到有两盏红灯挂在树梢上。有人靠近观看时，就会有泥沙抛打下来，如果是春夏之季，就会有蜈蚣蛇蝎等毒物掉落下来，所以人们不敢轻慢。乾隆年间，有个姓敏的人来做太守，对这种妖异的现象感到生厌，就召集了几个人用刀斧来坎伐树木，太守的幕僚与妻子都劝说与阻止。可太守执意而听不进去，亲自坐在椅子上，监督着伐树。忽然，从树上飘下一张白纸，上面写着几行字，直接落入太守的怀中。太守看后，脸上立马变色，赶快站了起来，挥手让伐树的人都离开了。直到今天大树依然还在，然而一直不知道上面写了什么，太守也始终不肯对人说。

卖蒜叟

【原文】

南阳县有杨二相公者，精于拳勇，能以两肩负粮船而起。旗丁数百以篙刺之①，篙所触处，寸寸折裂，以此名重一时。率其徒行教常州，每至演武场，传授枪棒，观者如堵。忽一日，有卖蒜叟，龙钟伛偻，咳嗽不绝声，旁睨而揶揄之②。众大骇，走告杨。杨大怒，招叟至前，以拳打砖墙，陷入尺许，傲之曰："叟能如是乎！"叟曰："君能打墙，不能打人。"杨愈怒，骂曰："老奴能受我打乎？打死勿怨！"叟笑曰："老人垂死之年，能以一死成君之名，死亦何怨！"乃广约众人，写立誓券，令杨养息三日，老人自缚于树，解衣露腹。杨故取势于十步外，奋拳击之，老人寂然无声。但见杨双膝跪地，叩头曰："晚生知罪了。"拔其拳，已夹入老人腹中，坚不可出，哀求良久，老人鼓腹纵之，已跌出一石桥外矣。老人徐徐负蒜而归，卒不肯告人姓氏。

【注释】

①旗丁：漕运的兵丁。

②揶揄：耍笑，嘲弄。

【译文】

南阳县有个叫杨二的人，擅长拳脚功夫，并能用两个肩膀扛起粮船。几百名漕运兵丁用竹篙刺他，竹篙碰到他后，就寸寸断裂了，因此名重一时。他率领徒弟在常州教授武艺，每次到演武场教习枪棒，围观的人都很多。一日，忽然有个卖蒜的老头，弯腰弓背，看上去老态龙钟，咳嗽不停，在一旁斜着眼看而嘲笑这演武的场面。众人大惊，跑去告诉杨二。杨二大怒，把老头之招到前面，伸出拳击打砖墙，拳头陷进去有一尺深，神情傲然地说："老头，你能这样吗！"老人说："你能打墙，但不能打人。"杨二更加震怒，骂道："你这个老头子能经得住我打吗？打死你不要埋怨！"老人笑着说："我已快到命终之年，如果能以一死成全你的名声，死了有什么可埋怨的！"于是约了很多证人，立下生死状，老人还让杨二调养休息三天。三天后，老人把自己绑在树上，解开上衣，袒露腹部。杨二特意从十步之外摆开架势，挥拳冲击老人，老人一点声音都没有。只见杨二双膝跪在地上，向老人叩头说："后生知到错了。"想拔回自己的拳头，可拳头已被夹在老人的腹部，始终拔不出来，哀求了好久后，老人才鼓起腹部弹开杨二，杨二一下子被弹出到一个石桥之外。老人慢慢地挑起蒜筐走了，始终不肯告诉他的姓名。

卷十五

姚端恪公遇剑仙

【原文】

国初桐城姚端恪公为司寇时①，有山西某，以谋杀案将定罪。某以十万金赂公弟文燕求宽，文燕允之，而惮公方正②，不敢向公言，希冀得宽，将私取之。一夕者，公于灯下判案，忽梁上男子持匕首下，公问："汝刺客耶，来何为？"曰："为山西某来。"公曰："某法不当宽。如欲宽某，则国法大坏，我无颜立于朝矣，不如死。"指其颈曰："取！"客曰："公不可，何为公弟受金？"曰："我不知。"曰："某亦料公之不知也。"腾身而出，但闻屋瓦上如风扫叶之声。时文燕方出京赴知州任，公急遣人告之，到德州，已丧首于车中矣。据家人云："主人在店，早饭毕，上车行数里，忽大呼好冷风。我辈急送绵衣，往视，头不见，但血淋漓而已。"端恪题刑部白云亭云："常觉胸中生意满，须知世上苦人多。"

【注释】

①司寇：古代主管刑狱的官员。习惯上以大司寇为刑部尚书的别称，刑部侍郎则称为少司寇。

②惮：忌惮，害怕。

【译文】

清朝初年，安徽桐城人姚端恪公在任刑部官员时，有个山西人，因为谋杀罪，即将被定案判刑。罪犯以十万两银子贿赂姚公的弟弟姚文燕，求他帮忙从轻处理。文燕答应了，却又害怕姚公清廉严明，所以不敢跟他说这个事，只侥幸希望罪犯能得到从宽处理，自己就可悄悄地私吞这笔钱了。一天晚上，姚公正在灯下审阅案卷，忽然从房梁上跳下来一个持匕首的男子。姚公不慌不忙地问："你是刺客吧，为什么而来？"男子回答："为山西某人的事情。”姚公说：“某人的罪很大，依法国法，不可能从宽。如果要从宽处理他，那么国法的威严就会遭到极大的损害。我也就没脸再站在朝堂之上了，不如死了拉倒。”说着，便用手指着自己的脖子说：“来拿吧。”刺客回答说：“您认为不能从宽处理，可为什么你弟弟要接受贿赂呢？”姚公说：“我不知道这个事情。”刺客说：“我也估计您是不知情吧。”说罢，闪身而出，只听到屋顶的瓦片上犹如秋风扫落叶的声音。这时，文燕刚离开京城，正往某地赴任知州的职位，姚公赶紧派人去告诉他此事。结果报信的人刚到德州，文燕已经死在车中，脑袋不翼而飞。据身边的家人说：“主人在旅店吃了早饭，上车走了几里路，忽然大声说好冷的风。我们赶紧把棉衣送去，一看，主人的头已经不见了，只见一片淋漓的血。”姚公曾在刑部的白云亭上题写了两句诗：“要常感到胸中的生意满，要明白世上的苦人多。”

黄陵玄鹤

【原文】

陕西黄帝陵[1]，向有两玄鹤，相传为上古之鸟，朔望飞鸣[2]，居人可望不可即。乾隆初年，又有二小鹤同飞，羽色亦黑。一日，忽空中飞下大雕，以翅扑小鹤，几为所伤。老鹤知之，双来啄雕，格斗良久，云雷交至，雕死崖石上，其大可覆数亩。土人取其翅，当作屋瓦，荫庇数百家[3]。

【注释】

①黄帝陵：轩辕黄帝的陵寝，在陕西省延安市黄陵县城北桥山。

②朔望：朔日和望日。农历每月初一叫朔，十五叫望。

③荫庇：覆盖，庇护。

【译文】

陕西的黄帝陵，有两只黑色的鹤，传说为上古时候的鸟，在每月农历

初一和十五之日，会展开翅膀，边飞边叫，居住在附加的人，可以远看而不可靠近。乾隆初年，又有二只小鹤一同飞行，羽毛也是黑色的。一天，忽然天空飞来了一只大雕，用翅膀扑打小鹤，差一点使小鹤受伤。二只老鹤知道后，前来啃食大雕，双方格斗了好长时间，乌云滚滚，雷声而起，雕被啄死山崖的石头之上，身体有覆盖几亩田一般大。当地人把它的翅膀当作屋瓦，覆盖了几百户。

土地迎举人

【原文】

休宁吴衡，浙江商籍生员①。乾隆乙酉乡试，榜发前一日，其家老仆夜卧忽醒，喜曰：“相公中矣！”问：“何以知之？”曰：“老仆夜梦过土地祠，见土地神驾车将出，自锁其门，告我曰：‘向例省中有中式者②，土地例当迎接。我现充此差，故将启行。汝主人即我所迎也。’”吴闻之，心虽喜，终不信。已而榜发，果中第十六名。

【注释】

①商籍：附籍的一种。明清朝的商人如因经商而留居其地，其子孙户籍也能够附于行商的省分，称商籍。生员：通过院试的童生被称为生员，俗称秀才。

②向例：一贯的做法。

【译文】

安徽休宁县的吴衡，是浙江籍因经商而留居此地的生员。乾隆乙酉（1765 年）参加乡试科考，发榜的前一天，吴衡家里的老仆人夜里忽然醒来，高兴地说：“相公你中榜了！”吴衡问：“你怎么知道的呢？”老仆人说：“老仆夜里做梦路过土地庙，看到土地神驾车将要外出，在锁门时告诉我说：‘按照一向做法，省内有中榜的，土地神自当出来迎接。我现在正

要履行这个差事，所以将出门。你的主人，就是我所要迎接的人。'" 吴衡听说后，心里虽然高兴，但终究还是不信。到了发榜出来时，果然中了第十六名。

裘文达公为水神

【原文】

裘文达公临卒[1]，语家人曰："我是燕子矶水神，今将复位，死后汝等送灵柩还江西，必过此矶。有关帝庙，可往求签，如系上上第三签者，我仍为水神。否则，或有谴谪[2]，不能复位矣。"言终卒。家人闻之，疑信参半。苍头某信之独坚，曰："公为王太夫人所生，太夫人本籍江宁，渡江时，曾求子于燕子矶水神庙。夜梦袍笏者来曰[3]：'与汝儿，并与汝一好儿。'果逾年生公。"公妻熊夫人挈柩归，至燕子矶，如其言，卜于关帝庙，果有第三签，遂举家大哭，烧纸钱蔽江，立木主于庙旁，旁有尹文端公诗碣[4]。予往苏州，阻风于此，乃揖其主而题壁曰："燕子矶边泊，黄公垆下过[5]。摩挲旧碑碣[6]，惆怅此山阿。短鬓皤皤雪[7]，长江渺渺波。江神如识我[8]，应送好风多。"次日果大顺风。

【注释】

①裘文达：本名叫裘曰修，大清治水名臣，文达为其谥号。

②谴谪：官吏因犯罪而遭贬谪。

③袍笏（páo hù）：古代官员上朝时穿的官服和手拿的笏板。

④尹文端公：尹继善，字元长，号望山，清朝大臣。雍正元年进士，曾任两江总督，为文华殿大学士兼翰林院掌院学士，协理河务，参赞军务。

⑤黄公垆："黄公酒庐"的略称，指朋友聚饮之所，意在抒发物是人非的感叹。

⑥摩挲：轻轻地抚摸。

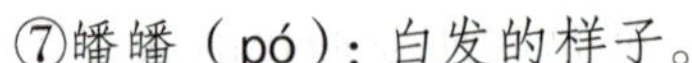

⑦皤皤（pó）：白发的样子。

⑧江神：指裘曰修。据说作者袁枚比裘曰修小四岁，二位文学家生前多有交往。

【译文】

裘文达临终前对家人说，“我是燕子矶的水神，今天将要回归到从前。我死后，你们送灵柩到江西，必定要路过燕子矶，这里有座关帝庙，可进去求签，如果求到的是上上第三签，我仍旧为水神。如果不是的话，或许会加以罪名遭到贬谪，而不能回归原来的位置。”说完就死了。家人听后都不太相信，只有一个年迈的老家人相信不疑，他说：“裘公为王太夫人所生。太夫人籍贯是江宁，一次，在渡江时，曾到燕子矶的水神庙求子。夜里便做梦，一个穿着官服的人来说：‘给你一个儿子，并且给你一个好儿子。’到了第二年，果然生了裘公。”妻子熊夫人按照裘曰修临终所言，到燕子矶关帝庙求签，果然求得了上上第三签，家人这才相信他的话，并号淘大哭，在江边烧了许多纸钱，并在庙旁立了木制的神位。旁边还有尹文端公的诗碑。后来，我去往苏州，到了燕子矶附近时，被大风所困，于是对裘文达的牌位行礼，并在墙壁上题诗说：“停泊在燕子矶边，路过于朋友的牌位之地。轻轻地抚摸着诗碑，对着这山陵伤感。短短的鬓发已雪白，看长江之水浩浩渺无边。江神如果你还认识我，应该给我多送来一些顺畅的好风。”第二天，果然天气大好，一帆风顺。

王都司

【原文】

山东王某，作济宁都司①。忽一日，梦南门外关帝庙周仓来曰：“汝肯修帝庙，可获五千金。”王不信。次夜，又梦关平将军来曰：“我家周仓最诚实，非诳人者，所许五千金，现在帝君香案脚下，汝须黑夜秉烛来，五千金可得。”王喜且惊，心疑香案下地有藏金，分应我得者，乃率其子持皮口袋往，以便装载。及至庙中，天已黎明，见香案下睡一狐，黑而毛，两目金光闪闪。王悟曰：“得毋关神命我驱除此妖耶？”即与其子持绳索捆缚之，装放口袋中，负之归家。口袋中作人语曰：“我狐仙也。昨日偶醉，呕唾圣帝庙中，触怒神明，故托梦于君，教来收拾我。我原有罪，但念我修炼千年，此罪尚小，君不如放我出袋，彼此有益。”王戏问：“何以见谢？”曰：“以五千金为寿。”王心记周仓、关平两将军之言验矣，即释放之。

顷刻变成一白须翁，唐巾飘带，言词温雅，蔼然可亲。王乃置酒设席，与谈过去未来事，且问：“都司穷官，如何能得五千金？”狐曰：“济宁富户甚多，俱非行仁义者，我择其尤不肖者，竟往彼家，抛砖打瓦，使他头疼发热，心惊胆战。自然彼必寻求符箓[②]，延请道士。君往说我能驱邪，但书花押一个，向空焚之，我即心照而去，又闹别家。如此一月，则君之五千金得矣。但君官爵止于都司，财量亦止五千金，过此以往，不必妄求。吾报君后，亦从此逝矣。”未几，济宁城内外疫疠大作，鸡犬不宁，但王都司一到，便即安宁。遂得五千金，舍二百金修圣庙，祭奠周、关两将军。乞病归里，至今小康。

【注释】

①都司：指都指挥使司，掌管一方军政的官署。

②符箓：道教中的一种法术，亦称“符字”“墨箓”“丹书”。

【译文】

山东人王某，官做到济宁都司。一天，忽然梦见南门外关帝庙中的周

仓来对自己说："如果你肯修关帝庙，可以获得五千两银子。"王某不相信。第二天夜里，又梦到关平将军来说："我家周仓为人最诚实，是不会骗人的，所说的五千两银子，放在帝君的香案脚下，你必须黑夜里点着蜡烛来取，就可得五千两银子。"王都司又惊又喜，怀疑在香案下面埋有黄金，注定归自己所得，于是，带领儿子，拿着皮口袋前往，以便将银子装入口袋。到了庙里时，天色已蒙蒙亮，见香案下睡有一只狐狸，黑色而毛长，两眼金光闪闪。王都司若有所悟地说："难道是关帝神命我来是驱除这个狐妖的吗？"就与儿子用绳子把狐狸捆绑起来，放进口袋中，背着回家。口袋中的狐狸忽然发出了人的声音，说："我是狐仙。昨天偶然喝多，因酒醉而呕吐，唾在了关帝庙中，触怒了关帝，所以托梦给你，叫你来收拾我。我原本是有罪，可我已经修炼了千年，况且这只是个小罪，你不如把我放出去，我们都有好处。"王都司戏问："你用什么来谢我呢？"狐狸回答说："以五千两银子为礼物。"王都司心想，周仓与关平两位将军的话都应验了，就把狐狸给放了。

转眼之间，它就变成了一个白胡子老翁，唐巾飘带，说话温雅，和蔼可亲。王都司于是设置酒席，与狐仙交谈过去与未来的事情，并且问："都司是个穷官，怎么能得五千两银子？"狐仙说："济宁富户人家很多，都是一些不讲仁义之人，我选择一个最坏的人家，直接到他家，抛砖打瓦，让他头疼发热，心惊胆战。他自然会去请道士，用符箓来驱除妖邪，你就说你有办法驱邪，到时候你只要拿张纸写上名字，向空中焚烧，我就心照而去，再去闹别户人家。这样一来，一个月你便能得到五千两银子。但是你的官爵只能做到都司，财量也只有五千两银子，到了这个数字后，就不要再妄求了。我报答你之后，也就告辞了。"没几天时间，济宁城内外就发瘟疫，闹得鸡犬不宁，但只要王都司一到，就安宁无事了。因此，王都司得到了五千两银子，拿出了二百银子修建关帝庙，祭奠周仓、关平两位将军。后来告病辞官，回归乡里，至今过着小康的日子。

卷十六

西江水怪

【原文】

徐汉甫在江西，见有咒取鱼鳖者，日至水滨，禹步持咒①，波即腾沸，鱼鳖阵至，任择取以归。其法不可多取，约日需若干，仅给其值而已。一日，偶至大泽，方作法，忽水面涌一物，大如猕猴，金眼玉爪，露牙口外，势欲相攫。其人急以裈蒙首走②，物奔来跃上肩，抓其额，人即仆地，流血晕绝。众咸奔救，物见众至，作声如鸦鸣，跃高丈许遁去。人不敢捕，伤者亦苏。其人云："此水怪也，以鱼鳖为子孙，吾食其子孙，故来复仇耳。其爪铦利③，遇物破脑，非蒙首而得众力，则毙其爪下矣。"

【注释】

①禹步：指道士在祷神仪礼中常用的一种步法动作。

②裈（kūn）：此指衣服。

③铦（xiān）利：锋利，锐利。

【译文】

徐汉甫在江西时，见过一个运用魔咒来捕鱼和捉龟的人，那人天天来到水边，他像道士那样迈着矮步，手持道符念着咒语，通过做道法，立马波浪翻腾，鱼鳖成阵成群地到来，任凭他选取带回。这种法术规定不能多拿，每天日常开销需要多少钱，就只能取相当于多少钱的鱼鳖。有一天，那人偶然来到湖边，刚行法术，突然看见水面有一个东西，像一只猕猴那样大，有金色的眼睛和玉爪，牙齿露出到口外，像是要扑上来的样子。那个人急忙用衣服蒙着头奔逃，那东西窜上来跳到了他的肩头，撕抓他的额头，当即令他倒在地上，鲜血直流，晕死过去。众人连忙跑过来救助，那东西看到人群跑过来时，发出了像乌鸦的叫声，跳起来有丈把高，逃开

了。人们也不敢跟着追捕，伤者苏醒后说："这是一种种水怪，以鱼和鳖为子孙。我吃它的子孙，所以它来报仇。它的爪子非常锋利，专抓人的脑门，如果不是用衣服蒙住脑门，以及得到大家的救助，就肯定要死在它的爪子下了。"

仲能

【原文】

唐再适先生观察川西时，有火夫陈某，粗悍嗜饮。一夕方醉卧，觉有物据其腹，视之，乃一老翁，鬓发皆白，貌亦奇古，朦胧间不甚了了。陈以同伴戏己，不甚惊怖。时初秋，适覆单衾①，因举以裹之，且挟以卧。晓曳衾，内有一白鼠，长三尺余，已压毙矣。始悟据腹老人即此怪。按此即《玉策记》所云"仲能"②，善相卜者能生得之，可以预知休咎③。

【注释】

①单衾：指较薄的被子。

②仲能：鼠名。晋葛洪《抱朴子·对俗》曰："鼠寿三百岁，满百岁则色白，善凭人而卜，名曰仲能，知一年中吉凶及千里外事。"

③休咎：吉与凶；善与恶。

【译文】

唐在石先生在任川西观察使时，有一个厨子叫陈某，生性粗野凶悍，喜欢喝酒。一天晚上，喝醉酒刚躺下来，觉得腹部有东西在上面，一看，是一位须发皆白的老人，相貌奇特，朦朦胧胧地也不知是怎么回事。陈以为是他的同伴戏弄他，心里倒并不怎样害怕。眼下时节，刚刚入秋，适合盖薄的被子，这位老人正是裹着一床薄被子而睡。早上，陈某醒来后，掀开被子，只见有一只白老鼠，约三尺多长，已经被压死了。这才觉得肚子上的老人就是老鼠这个怪物。这是《玉策记》中所说的"仲能"，能对不同的人进行占卜，预测和得知其吉凶或善恶。

雀报恩

【原文】

周之庠好放生，尤爱雀，居恒置黍谷于檐下饲之①。中年丧明，饲雀如故。忽病气绝，惟心头温，家人守之四昼夜。苏云：初出门，独行旷野，日色昏暗，寂不逢人。心惧，疾弛数十里，见城外寥寥无烟火。俄有老人杖策来，视之，乃亡父也，跪而哀泣。父曰："孰唤汝来？"答曰："迷路至此。"父曰："无伤。"导之入城。至一衙署前，又有老人纶巾道服自内出，乃亡祖也。相见大惊，责其父曰："尔亦糊涂，何导儿至此！"叱父退，手挽之庠行。有二隶卒貌丑恶②，大呼曰："既来此，安得便去？"与其祖相争夺。忽雀亿万自西来，啄二隶，隶骇走。祖父翼之出，群雀随之，争以翅覆之庠。约行数十里，祖以杖击其背曰："到家矣。"遂如梦觉，双目复明，至今无恙。

【注释】

①黍谷：指饲料作物和谷物。

②隶卒：衙门里的差役或衙役。此指鬼差。

【译文】

周之庠欢喜放生，尤其喜爱鸟雀，总是在家里的屋檐下放上谷粮喂养它们。中年时眼睛失明，但依然如故地饲养鸟雀。一天，周之庠忽然得病，断了气，可心头还是温热的，家人在边上守了四昼夜。他苏醒过来说：当时我出了家门，独自走在旷野中，日色昏暗，路上没碰到一个人。心里害怕，快步地走了几十里，看到了一座城市，城外空寂的没有烟火。一会儿，有个老人拄着拐杖走来，凝神一看，是已去世的父亲，我跪在他面前哀伤地哭泣。父亲说："谁叫你来的？"我说："迷路走到了这个地方。"父亲说：

"没关系。"把我领进城中，来到了一个衙门前，又有个老人纶巾道服从里面走出来，原来是死去的祖父。祖父见了我大惊，责怪父亲说："你太糊涂了，怎么把儿子带到这里来！"把父亲喝退，拉着我就走。有二个差役，相貌丑陋，一副凶狠的样子，大喊说："既然来了，怎么能随便离开？"与祖父争夺。忽然间，有亿万只鸟雀从西边飞来，啄击二个差役，差役吓得逃走了。祖父护着我出城，群雀都跟在后面，也抢着用翅膀庇护着我。大约走了几十里，祖父用手杖点击我的背部说："到家了。"于是像是从梦中醒来一样，从此周之庠的双目又复明了，至今安然无恙。

孙方伯

【原文】

孙涵中方伯为部郎时①，居京师之樱桃斜街，房宇甚洁。忽有臭气一道，从窗外达于中庭，嗅而迹之，乃从后苑井中出。夜三鼓②，众人睡尽，有连呼其老仆姓名者。听之，隐隐然亦出自井中。孙公怒而填之，怪亦竟绝。

【注释】

①方伯：泛称地方长官。部郎：古代中央六部中的郎官。

②夜三鼓：即夜三更。

【译文】

孙涵中为六部的郎官时，居住在京城的樱桃斜街，屋舍非常整洁干净。一天，忽然有一股臭气从窗外直传到正屋中。查找臭气的来源，是从后面花园的一个水井中传出来的。到了夜里三更天，所有人都在睡觉时，就有人接连呼喊府内老仆人的名字。听声音，似乎也是从井中发出的。孙郎官一气之下，命人把井给填了，这些怪事情也就没有了。

柳树精

【原文】

杭州周起昆，作龙泉县学教谕①，每夜明伦堂上鼓无故自鸣，遣人伺之，见一人长丈余，以手击鼓。门斗俞龙②，素有胆，暗张弓射之，长人狂奔而去。次夜寂然。后两月，学门外起大风，拔巨柳一株，周命锯之为薪，中有箭横贯树腹，方知击鼓者此怪也。龙泉素无科目，是年中一陈姓者。

【注释】

①教谕：官名，元、明、清县学的教官。

②门斗：过去学官的仆役。

【译文】

杭州人周起昆，是龙泉县学堂的教官，每天夜里，学堂内明伦堂上的鼓，不知什么原因都会响起来。派人守候一看，发现一个人有一丈多高，用手击打着鼓。周起昆学官的仆役俞龙向来胆大，他在暗中对这巨人射了一箭，巨人中箭后慌忙逃跑了。此后夜里不再有鼓声了。两个月后，学堂外狂风大作，把一棵柳树都连根拔起了。周起昆命人把柳树锯开，劈了当柴烧。发现中间有一只箭横贯树干而过。这下才知道，以上擂鼓之人就是这个柳树精。龙泉县之前未出过举人或者进士，这一年有一位姓陈的秀才中了举人。

卷十七

天台县缸

【原文】

天台县署中，到任官空三堂而不居，让与一缸居之，相传为前朝故物。缸有神灵，能知人祸福，凡县尹到任，必行三跪九叩礼祭之，否则作祟。官当升迁，则缸先凭空而起，若有系之者；当降革，则缸先下陷，渐入土中。平时缸离地寸许，从不着土，余心疑焉。壬寅春，游天台山，地主钟公醴泉，邀饮署内，酒后言曰："署中二古物，盍往一观①？"书室西有老桂参天，旁悬一匾，乃明天启四年邑宰陈命众题额，转过三堂，则缸神所居，其大如鼓，一黄沙粗缸耳。中有小穴，吏云："此神口也，牲血涔涔，皆历年来所享鸡豕。"余以扇击之，声铿然②，以竹片试其底，毫不能入，并非离地者。钟公骇然，余笑曰："我击之，我试之，缸当祸我，不祸君也。"已而寂然。此缸载《天台县志》中。

【注释】

①盍：何不，为什么。

②铿然：声音响亮有力。

【译文】

浙江天台县的署衙中，凡是到任的官员，始终空着三堂不住，只放置一个缸，相传它是明朝留下的古物。这个缸有神灵，能预知人的祸福，凡是知县到任，必须行三跪九拜的大礼祭祀，否则就会不安宁。知县要升官时，缸会事先凭空而起，像是有东西把它吊住；当知县要被降职或革职时，缸事先会下坠，渐渐地沉入土中。平时来看，缸总是离地面约一寸，从不着土，我听说后，心里不太相信。乾隆四十七年（1782 年）的春天，我游览天台山，当地知县钟醴泉邀请我到署内饮酒。酒后，我对知县说："署衙中有二件古物，何不带我去看看？”一个是书房西边的老桂树，参天入云，房边悬挂有一匾，是明朝天启四年知县陈命众所题。转过三堂，就是缸神所居之地。缸大如鼓，看上去只是一个黄沙粗缸。中间有小孔，县吏说：“这是神口，上面淌满了牲畜的血，都是历年以来所享鸡、猪留下的。”余用扇子敲了敲，声音清脆，用竹片试了试底部，一点儿也塞不进去，却并没有离开地面。钟公有点害怕，我笑着对他说：“是我敲击的，是我用竹片试试的，如果有什么，缸神应当降祸于我，不会祸及到你的。”事后什么也没发生。关于这个缸，记载在《天台县志》中。

天厨星

【原文】

曹能始先生，饮馔极精，厨人董桃媚，尤善烹调。曹宴客，非董侍，则满座为之不欢。曹同年某，督学蜀中，乏作馔者，乞董偕行[1]。曹许之，遣董。董不往，曹怒逐之。董跪而言曰：“桃媚天厨星也[2]，因公本仙官，故来奉侍。督学凡人，岂能享天厨之福乎？尔来公禄将尽，某亦行矣。”言毕，升空向西去，良久影逝。不逾年，曹竟不禄[3]。

【注释】

①乞：希望，请求。

②天厨星：有烹饪天份，代表厨艺的一颗星。

③不禄：古代对士之死的讳称。意为不再享俸禄。

【译文】

曹能始先生对饮食要求很精致，他的厨师董桃媚很擅长烹饪。每次曹公宴请宾客，如果不是董师傅亲自掌厨，客人们都会不太高兴。与曹公同年的某举人，将要去蜀中担任督学，临走时请求曹公，希望能让董师傅陪着他一起去。曹公答应了，派董师傅去，董师傅不肯去，曹公生气了，要

赶走她。董师傅跪下来说："我桃媚不是凡人，乃是天上的星宿——天厨星，因为您是仙官下凡，所以才来侍奉您。那个督学只是个凡人，怎能享受天厨的福气？看来是您的福禄将尽了，我也就走了。"说完，董师傅冉冉升空，向西而去，身影一点点消失在天际。不到一年，曹公就病逝了。

梦中联句

【原文】

曹少时过太平书坊，得《椒山集》，归，夜阅之，倦，掩卷卧。闻叩门声，启视，则同学迟友山也。携手登台，仰见明月，友山赋诗云："冉冉乘风一望迷[①]。"曹云："中天烟雨夕阳低。来时衣服多成雪。"迟云："去后皮毛尽属泥。但见白云侵冷月。"曹云："何曾黄鸟隔花啼。"迟云："行行不是人间象。"曹云："手挽蛟龙作杖藜[②]。"吟罢，友山别去。学士归语其妻，妻不答，转呼仆，仆亦不应。复坐北窗，取《椒山集》，掀数页，回顾己身，卧竹床上，大惊，始知梦也。惊醒起视，《椒山集》宛然掀数页，而次日友山讣至。

【注释】

①冉冉：慢慢地，缓慢地。

②杖藜：谓拄着手杖行走。藜：野生植物，茎坚韧，可为杖。

【译文】

曹某小时候经过太平书坊，买了一本《椒山集》回家，晚上阅读，读到困倦时，便合上书睡觉。梦中听到有敲门的声音，打开门一看，是同学迟友山。两个人便拉着手登上高台，观赏天上的明月。友山赋诗道："慢慢乘风一望凄迷。"曹某联句说："天空烟雨迷蒙夕阳低下。来时的衣服大多映照成雪。"迟友山联句道："去后皮毛全部为泥。只见白云浸透冰冷的月色。"曹某道："何时黄鹂鸟隔花欢快地啼鸣。"迟友山道："走了又走不是人间景象。”曹某道：“手握住蛟龙当作拐杖。”吟诗结束，迟友山告别而去。曹学士回家告诉了妻子，妻子不回答，又转身呼喊仆人，仆人也不回应。他又坐到北边的窗下，拿起《椒山集》翻看了几页，回头一看，只见自己睡在竹床上，大感惊讶，才知道是在做梦。惊醒后，拿起《椒山集》一看，刚好翻了那几页，而第二天，迟友山的讣告到了。

徐崖客

【原文】

湖州徐崖客者，孽子也[①]。其父惑继母言，欲置之死。崖客逃，云游四方，凡名山大川，深岩绝涧，必攀援而上，以为本当死之人，无所畏。登雁荡山，不得上，晚无投宿处，旁一僧目之曰：“子好游乎？”崖客曰：“然。”僧曰：“吾少时亦有此癖[②]，遇异人授一皮囊，夜寝其中，风雨虎豹蛇虺，俱不能害。又与缠足布一匹，长五丈，或山过高，投以布，便攀援而上。即或倾跌，但手不释布，紧握之，坠亦无伤，以此游遍海内。今老矣，倦鸟知还，请以二物赠公。”徐拜谢别去。嗣后，登高临深，颇得如意。

入滇南，出青蛉河外千余里，迷道，砂砾渺茫，投囊野宿。月下闻有人溲于皮囊上者[③]，声如潮涌，偷目之，则大毛人，方目钩鼻，两牙出颐外数尺，长倍数人；又闻沙上兽蹄杂沓，如万群獐兔被逐狂奔者。俄而，大风自西南起，腥不可耐，乃蟒蛇从空中过，驱群兽而行，长数十丈，头若车轮。徐惕息噤声而伏[④]。天明出囊，见蛇过处两旁草木皆焦，已独无恙。饥无乞食处，望前村有若烟起者，奔往，见二毛人并坐，旁置镬[⑤]，爇芋甚香。徐疑即月下遗溲者，跪而再拜，毛人不知；哀乞救饥，亦不知。然色态甚和，睨徐而笑。徐乃以手指口，又指其腹，毛人笑愈甚，哑哑有声，响震林谷，若解意者，赐以二芋。徐得果腹，留半芋，归视诸人，乃白石也。徐游遍四海，仍归湖州，尝告人曰："天地之性，人为贵。凡荒莽幽绝之所，人不到者，鬼神怪物亦不到；有鬼神怪物处，便有人矣。"

【注释】

①孽子：本义是不忠不孝之子，此指庶子，不为正妻所生。

②癖：癖好，嗜好。

③溲（sōu）：指小便。

④惕息：形容极其恐惧，不敢喘息。噤声：闭口不做声。

⑤镬（huò）：古代的大锅。

【译文】

湖州人有个叫徐崖客的人，不是正妻所生，他的父亲听信继母的迷惑，想置他于死地。徐崖客就离家逃走了，开始云游四方，凡是名山大川，深岩绝涧，他都要攀登探险一番，他把自己当作差一点就死掉的人了，所以也就什么都不怕了。在他曾经登雁荡山时，因为过于陡峭，爬不上去，天晚之时没处睡觉，旁边一个和尚看着他说："你很喜欢旅游吗？"徐崖客说："是的。"和尚说："我年少的时候也有这个爱好，遇到一位高人，他给了我一个睡袋，晚上睡在里面，就不怕虎豹蛇虫的伤害了；还给了一匹裹脚布，有五丈长，有时候碰到山过高，就把布条扔过去，便可以攀援而上了。即使不小心跌滑下来，只要抓紧布条不松开，也不会摔伤的，我就是靠这两件东西游遍了天下。现在我老了，像倦鸟一样要回窝了，所以把这二件物品送给你吧。”徐崖客拜谢后离去。此后，徐崖客攀高临深，都很顺利。

进入云南，到了青蛉河外上千里的地方时，迷路了，大风吹得沙石飞扬，只好打开皮囊露宿。月夜之下，忽然听到有人在皮囊上小便，声音如潮涌一般。偷偷一看，是个浑身长毛的巨人，方眼钩鼻，两颗长牙伸出嘴外好几尺，高过常人许多。又听见沙地上有野兽乱纷纷的踩踏声，好像上万只獐兔被追逐狂奔一样。一会儿，大风从西南刮起，夹杂难以忍受的腥臭气，原来是一只蟒蛇经过，驱赶着群兽狂奔。蛇有几十丈长，头如车轮般大。徐崖客屏住气息不敢出声，爬着一动也不动。天亮了，从囊中出来一看，蛇经过的地方，两旁的花草树木都枯焦了，唯独自己安然无恙。眼下感到饥饿，可找不到野果之类的东西可吃，突然看见前面有烟火升起，跑过去一看，见两个毛人并排坐着，旁边放着一个锅，里面的芋头很香。徐崖客怀疑就是昨晚在他的睡袋上撒尿的家伙，因为实在饥饿，他跪下给他们拜了又拜，毛人不明白意思。他说我很饥饿，请给点吃的，毛人还是听不懂，不过神色比较和善，望着徐崖客咪咪地笑。徐崖客就用手指指口，又指指肚子。毛人更加大笑起来，声响震动山林，好像明白了徐崖客的意思，就给了他两个芋头。徐崖客总算填饱肚子，吃了一个半，剩下的半块芋头，拿回来给人一看，原来是石头。徐崖客游遍天下后，回到了家乡湖州。曾经对人说：“天地的本性，以人为贵，凡是荒僻无人烟的地方，鬼神怪物也不会去；而有鬼神怪物的地方，一定会有人。”

射天箭

【原文】

苏州陶夔典之弟某，年十六，好仰空发矢[①]，号曰“天箭”。忽一日射毕，投弓大叫曰：“我太湖水神，朝天过此，被汝射伤我臂，罪当万死！”举家跪求，卒不能救，病一日而死。夔典谓余曰：“弟诚顽劣[②]，然以鬼神之灵，而不能避儿童之箭，亦不可解。”

【注释】

①发矢：射箭。

②顽劣：愚顽恶劣。

【译文】

苏州陶夔典有个弟弟，年龄十六岁，喜欢仰天射箭，号称为“天箭”。忽然有一天射完箭，把弓一扔，糊里糊涂地大叫说：“我是太湖水神，从天上路过此处，被你的箭射伤了我的臂膀，罪当万死！”全家人下跪祈求水神饶恕，终究还是不能挽救他的性命，发病一天就死了。陶夔典对我说：“家弟诚然是很顽皮，然而以鬼神之灵却不能躲避儿童所射出的箭，也实在难以理解了。”

卷十八

陕西茶客

【原文】

陕西茶客某，贩茶江南，归宿阌乡旅店[1]。其东厢先有居者，山东二布客也，彼此晚膳毕[2]，闭门睡矣。客梦有怪物，披发，赤短须，凹面，撞门入，手持铁索，取东厢二布客锁之，随锁茶客，三人共索如鱼贯然[3]，缚门外柳树上，怪又撞入他店去。二布客铁链甚紧，不能动；茶客链稍松，苦挣得脱。惊醒，以为梦也。告店主，亦不甚怖。次日五更，店主大喊，东厢二客死矣。半里外饭店中，亦死一骡夫。

【注释】

①阌（wén）乡：地名，清代时属陕州直隶州，治所在今河南灵宝市。

②膳（shàn）：饭食。

③鱼贯：穿鱼成串，比喻依次连接。

【译文】

陕西有位茶商，到江南贩运茶叶，返回时在阌乡一家旅店投宿。茶商住的东厢房先前已有人住，是两位山东的布商。到了晚上，彼此吃完晚饭后，关门睡觉。夜里，茶商做梦，梦见有个怪物，披头散发，胡须短而发红，面部凹进去，把门撞开，冲进屋里，手中拿着铁链，把东厢房二个布商锁了起来，随后又把茶商锁了，三个人像一串鱼一样，被绑在门外的柳树上。这个怪物又闯入其他客店。二个布商的铁链锁得很紧，动弹不得，茶商的铁链锁得稍微松动一些，经过苦苦挣扎，终于逃脱。惊醒之后，认为是做梦，便把梦中之事告诉店主，也并不感到怎么害怕。第二天五更时，店主大叫起来，说东厢房的二个客商死了。在半里外的一家饭店，也死了一个骡夫。

山娘娘

【原文】

临平孙姓者新妇为魅所凭[①]，自称“山娘娘”，喜敷粉，着艳衣，白日抱其夫作交媾秽语[②]。其夫患之，请吴山施道士作法。方设坛，其妻笑曰：“施道士薄薄有名，敢来治我？我将使之作王道士斩妖矣！”王道士斩妖者，俗演戏笑道士之无法者也。即以手按其妇腹下，秽血喷之，法果不灵。道士曰：“我有辟秽符在枕中[③]。”命其徒取而张之，再坐坛作法。妻有惧色，亦坐几上，挥帚作法，彼此斗良久。其夫见三目神擒一白猴，大五尺许，投阶前，猴俯伏。道士取而掷之，屡掷屡小，缩如初生小猫，乃取入瓦坛中，封以符印。旋有黑气从坛中出，次日投江中，妇病遂愈。

【注释】

①临平：地名。位于浙江省省会杭州东北面，是出入杭州的东大门。

②交媾（gòu）：意思为阴阳交合。

③辟秽：去处肮脏污浊的东西。

【译文】

杭州临平有一个姓孙的人，他新娶的媳妇被妖魅附体，自称为“山娘娘”，喜欢涂脂抹粉，身穿耀眼的衣服，白天里抱着丈夫，说一些交配淫秽之类的话。她丈夫孙某难以忍受，就请吴山的施道士帮助行破解之法。正在布坛时，山娘娘笑着说：“施道士这点小小的名气，竟敢来治我？我将让他演一出王道士斩妖。”王道士斩妖，是民间上演嘲笑道士无能的戏，山娘娘随即用手按住腹部，经血喷出，施道士的法术果然不灵。施道士说：“我有驱除邪气的神符在枕头里。”命徒弟拿来张挂，再登坛作法。这个新娘子有了恐惧的神色，也坐在几案前，挥动着扫把作法，彼此相斗了好长时间。

丈夫孙某看见有个三只眼的神兽，捉了一只约五尺大的白猴，扔在了石阶前，白猴俯伏朝下。道士抓起猴子往下摔，摔一次小一些，最后缩小到像刚刚出生的小猫一般。于是，把它放进瓦坛中，封好口后加盖符印，随即有一股黑气从坛中冒了出来。第二天，把瓦坛投进江里后，新娘子的病全好了。

白天德

【原文】

湖州东门外有周姓者，其妻踏青入城，染邪归。其家请道士孙敬书诵《天蓬咒》①，用拷鬼棒击之，妖附其妻供云："我白天德也，为祟者我弟维德，与我无干。"孙书符唤维德至，问："汝与周家妇何仇？"曰："无仇。我路遇，爱其美，故与结缘。方爱之，岂肯害之？"问："汝向住何处？"曰："附东门玄帝庙侧②，偷享香火已数百年。"孙曰："东门庙是玄帝太子之宫。当时创立，原为镇压合郡火灾，故立庙离宫东首。汝何得妄云玄帝庙耶？"妖云："治火灾当治其母，不当治其子，犹之伐木者当克其本，不克其枝。汝作道士而五行生克之理茫然不知，尚要行法来驱我耶？"拍其肩大笑去。周氏妻亦竟无恙。

【注释】

①《天蓬咒》：道教驱邪杀鬼之咒。

②玄帝：即真武大帝，民间亦尊称为玄天上帝、玄帝、玄帝公等，道教北极四圣之一。

【译文】

浙江湖州东门外有个姓周的人，他的妻子进城游玩，染上了一种邪气。家里人把道士孙敬请来，他写了《天蓬咒》来念诵，并用拷鬼棒击打周的妻子，妖怪附到周妻的身上说："我是白天德。作怪的是我弟维德，跟我没关系。”孙道士又写了符咒招来了维德，问：“你与周家媳妇有什么仇恨？”回答说：“没有仇。我路过时看见她很美，想和她结缘。我很爱她，怎么可能加害她？”孙道士问：“你之前住在哪里？”回答说：“寄身在东门玄帝庙的旁边，偷庙里的享香火有几百年了。”孙道士说：“东门庙是玄帝太子的庙，当时建造，是为了镇压郡县的火灾，而且庙的位置是在宫殿的东部方位的最前面，你怎么能胡言乱语地说是玄帝庙呢？”妖怪说：“治理火灾应当从玄帝入手，而不应该是他儿子，就好比砍树应当从根部坎起，而不是它的枝丫。你作为道士连五行相生相克的道理都不清楚，还想做法来驱逐我吗？”边说边拍了拍孙道士的肩膀，然后大笑而去。周姓妻子的病也好了。

髑髅乞恩

【原文】

杭州陈以夔，善五鬼搬运法，替人圆光[①]，颇有神效。其友孙姓者宿其家，夜半，床下走出一白发翁，跪而言曰：“乞致意陈先生，还我髑髅[②]，使我全尸。”孙大骇，急起以灯照床下，则骷髅一具存焉。方知陈驱役鬼物，皆向败棺中取其天灵盖来施符用咒故也[③]。孙初劝之，陈犹隐讳；取床下骨示之，陈乃无言，即送还原处。未几，陈为群鬼所击，遍身青肿死。

【注释】

①圆光：即圆光术，指能占卜和预测的一种神奇法术。

②髑髅（dú lóu）：死人的头骨。

③天灵盖：指人或某些动物的头顶的骨头。

【译文】

杭州有个人叫陈以夔，能够用道法驱使鬼魂帮他搬运东西，还能施行圆光术，替人占卜和预测吉凶、祸福，很有一种神奇的效应。一天，他有

个姓孙的朋友寄宿在他家，半夜时，孙某的床下竟然走出来一个白发老翁，跪下对孙某说："恳求您与陈先生说一下，把我的骷髅骨头还给我吧，让我死也有个全尸。"孙某惊吓而醒，急忙起来点灯往床下一照，竟然真有一具骷髅。孙某这才知道，原来陈某所谓的驱使鬼魅，都是在那些年久腐烂的棺材中盗取骷髅的天灵盖才能施以魔法。孙某便劝陈某收手，陈某听后还隐隐藏藏地不承认；孙某就从床下拿出骷髅给他看，陈某这才无言以对，就赶紧把这个骷髅的天灵盖送还原处。没多久，陈某被一群鬼殴打致死，全身青肿。

狐丹

【原文】

常州武进县有吕姓者，妇为狐所凭。化作美男子，戴唐巾①，为人言休咎，有验有不验。来问卜者，狐或外出，则命书一笺焚之，存其灰于坛中。狐来，口吐物，红色，如小镜然，大不过寸许，持向坛中照灰，便能朗诵所焚之语，丝毫无误，照毕，仍吞入腹中。或曰：此狐丹也。狐有批答，辄令妇口授之，虑其遗忘，则以手掐妇手指之中节，便能记忆。虽长篇韵语，俱能成诵，过此则依然不识字也。有某秀才，为妇中表亲，欲与狐唱酬，嘱转致狐。狐曰："有一对，秀才能属对，即与酬答可也：'红白桃花映纸窗，花无二色。'"妇以告，秀才不能对，惭而退。此狐至今犹存其家，钱竹初明府为予言②。

【注释】

①唐巾：意思是唐代帝王的一种便帽。

②明府：对县令或太守的尊称。

【译文】

常州武进县有个姓吕的人，妻子被狐精霸占。狐狸变化成一个美男子，头戴唐巾，为人预测祸福，有说中的，也有说不中的。当有人前来预测，而狐精外出时，就让来人把想预测的事情写在纸上，然后烧掉，将纸灰放进坛子里。狐精回来后，会从嘴里吐出一个红色的东西，像个小镜子一样，约一寸大，拿在手里对着坛子里的纸灰照，就能把纸上所焚烧的话说出来，一点差错没有。照完后，仍旧把吞进肚子。有人说：这是狐丹。狐精凡有批文判语，会叫吕妻口头相告，因为害怕她忘记所说的内容，会用手掐她手指的中节，这样吕妻就会记住，即使长篇韵文，也能背得出来。可说完了，还是一字不识。有一个秀才，是吕妻的表亲，想与狐精以诗词互相对答一番，嘱咐吕妻转告狐仙。狐精说："我有一个对子，秀才如果能对上来，就可以与他酬答，出句是：'红白桃花映纸窗，花无二色。'"妇人告诉秀才后，却对不上来，惭愧地退去了。这个狐精到现在还住在她家里，这件事情是太守钱竹初对我说的。

海和尚

【原文】

潘某老于渔业，颇饶，一日，偕同辈撒网海滨。曳之，倍觉重于常，数人并力舁之出①。网中并无鱼，惟有六七小人趺坐②，见人，辄合掌作顶礼状，遍身毛如猕猴，髡其顶而无发③，语言不可晓。开网纵之，皆于海面行数十步而没。土人云："此号海和尚，得而腊之，可忍饥一年。"

【注释】

①舁（yú）：共同用手抬。

②趺坐：佛教徒盘腿而坐的姿势。

③髡（kūn）：古代一种把头发剃光的刑罚。

【译文】

潘某是个老渔民，捕鱼技术好，因此家中也很富足。一天，潘某与其

他渔民在海边撒网，收网时，觉得网里的重量比平常重了好多，多人齐心协力才把网拉了上来。朝网里一看，并没有鱼，只有六七个小人盘腿而坐，见到人后，合掌做出行礼的样子，遍身是毛，像猕猴一样，头上光秃无发，说的话听不懂。潘某就打开网把它们放了，只见它们在海面行走几十步后就潜入水中不见了。当地人说："这小人名叫海和尚，如果捕捉后，把它们风干了，吃一只的话，可以一年不吃饭。"

洞庭君留船

【原文】

凡洞庭湖载货之船，卸货后，每年必有一整齐精洁之船，千夫拉曳不动[①]。舟人皆知之，曰："此洞庭君所留也。"便听其所之，不复装货。舵工水手，俱往别船生活。至夜则神灯炫赫[②]，出入波浪中，清晨仍归原泊之处。年年船只轮换当差，从无专累一家者，亦从无撞折损伤者。

【注释】

①曳：拖，拉。

②炫赫（xuān hè）：灯光耀眼、显赫。

【译文】

凡是洞庭湖里装载货物的船，卸完货后，每年必有一艘整齐而精致干净的船，上千个纤夫也拉不动。船民都知道这种情况，说："这是洞庭君要留下来使用的。"便任凭它漂流到哪儿，不再装货了。船上的舵工和水手，都到别的船上去干活了。到了夜里，那艘留用的船会神灯通明，在波浪中出入沉浮，清晨仍旧会回到原来停泊的位置。每年船只会被轮换地当差，从不会专门使用某一家，也从没有发生过撞坏损伤的情况。

卷十九

代州猎户

【原文】

代州猎户李崇南[①]，郊外驰射，见鸽成群，发火枪击之，正中其背，负铅子而飞。李大惊，追逐至一山洞，鸽入不见。李穿洞而进，则石室甚宽，有石人数十，雕镂极工，头皆斫去[②]，各以手自提之。最后一人，枕头而卧，怒目视李，睛闪闪如欲动者。李大怖[③]，方欲退出，而带铅子之鸽率鸽数万争来咬扑。李持空枪，且击且走，不觉坠入池内，水红热如血，其气甚腥，鸽似甚渴者，争饮于池，李方得脱。逃出洞，衣上所染红水，鲜明无比，夜间映射灯月之下，有火光照灼[④]。终不知此山此鸽究属何怪。

【注释】

①代州：即今忻州市代县，位于山西省东北部，北踞北岳恒山余脉，南跨佛教圣地五台山麓。猎户：依靠打猎为生的人家。

②斫（zhuó）：用刀斧砍削。

③大怖（bù）：非常害怕。

④照灼（zhuó）：光芒四射；闪耀。

【译文】

代州有一个以打猎为生的人叫李崇南，有一天他骑着马疾驰在郊外射猎，忽然看见一群鸽子在半空中飞翔，于是他拿起火枪就向空中发射子弹射击那群鸽子，正好击中其中一只鸽子的背部，这只负伤的鸽子背着铅弹头继续向前飞去。李崇南十分惊讶，一直紧追不舍来到一个山洞面前，这只鸽子飞进去以后就不见了。李崇南弯腰钻进山洞，发现这山洞里边非常宽敞，有几十个石人，雕刻得极为精细，他们的头都被砍掉了，分别用手提着自己的脑袋；只有最后一个人，枕着自己的脑袋躺在那里，怒目圆睁地看着李崇南，眼睛闪闪发亮，好像要转动的样子。李崇南见状非常害怕，刚想退出山洞，可是那只负伤的带着铅弹头的鸽子率领数万只鸽子争相恐后地扑过来咬李崇南。李崇南吓得连忙举起空膛的火枪一边击打一边后退离开，不知不觉一下子掉进水池里，只见这池内的水鲜红温热如血，气味特别腥。鸽子好像特别口渴的样子，争相落到池边喝了起来，李崇南这才得以脱逃。等他逃出山洞以后，才看到自己衣服上被沾染了红色水渍，鲜明无比，夜间在灯光和月光的映射下，如同有一片火光光芒四射。但他直到最后也不知道这座山叫什么名字，这些鸽子到底是什么妖怪。

金刚作闹

【原文】

严州司寇某①，有戚徐姓者，能持《金刚经》。司寇卒后，徐作功德，为诵经日八百遍。一夕病重，梦鬼役召至阎罗殿，上坐王者谓曰：“某司寇办事太刻，奉上帝檄②，发交我处。应讯事甚多，忽然金刚神闯门入，大吵大闹，不许我审，硬向我要某司寇去。我系地下冥司，金刚乃天上神将，我不敢与抗，只好交其带去。金刚竟将他释放。我因人犯脱逃，不能奏复

上帝，只得行查至地藏王处③，方知是汝在阳间多事，替他念《金刚经》所致。地藏王晓得公事公办，无可挽回，故替我拦住金刚神，不许再来作闹，仍将某公解回听审。所以召汝者，将此情节告知，不许再为诵经。姑念汝也是一片好意，无大罪过，故仍放汝还阳。然妄召尊神，终有小谴，已罚减阳寿一纪矣。”徐大惊而醒。未十年，竟卒。吴西林曰：“金刚乃佛家木强之神④，党同伐异，闻呼必来，有求必应，全不顾其理之是非曲直也，故佛氏坐之门外，为壮观御武之用。诵此经者，宜慎重焉。”

【注释】

①司寇：古代主管刑狱的官名。

②檄（xí）：檄文。

③地藏王：即地藏菩萨，大乘佛教四大菩萨之一。

④木强：指性子直而又刚强。

【译文】

严州某司寇，有一位亲戚姓徐，会念《金刚经》。这位司寇死后，姓徐的亲戚为他做功德，每天念诵经文八百遍。一天晚上，徐某生病加重，梦

见鬼差把他带到阎罗殿，殿上坐着的阎王对他说："你的亲戚某司寇生前执法办事太苛刻，遵照上帝的檄文，将他发到我这里处理。应该问讯的事情有很多，可忽然金刚神闯进殿内，大吵大闹，不准我审理，硬逼我同意让他把司寇带走。我属于阴间的长官，而金刚属于天上的神将，我不敢与他对抗，只好交给他带走，可金刚神竟然将他释放了。我这里因人犯脱逃，不能回禀上帝，只得查问到地藏王那里，才知道金刚神闹事，是因为你在阳间多事，替他念诵《金刚经》所导致的。地藏王晓得事情必须公事公办，无可挽回，所以替我拦住了金刚神，不许再来我这里胡闹，仍旧将你亲戚押回本殿审办。之所以把你召来，是把这个事情告诉你，不许你再为他诵经。姑且念你也是出于好心，并没有大的罪过，所以还把你放回到阳间。然而无端地召来金刚神将骚扰，毕竟还是有小过错的，已减去你阳寿十二年做处罚。"徐某大惊后而醒。不到十年，他果真死了。吴西林先生说："金刚神是佛教诸神中一种性格刚直的神灵，会袒护同党攻击异己，听到同党呼喊一定会来，有求必应，不会去管顾事理的曲直，所以佛家把金刚神安排在佛殿的门外，作为壮观门面、抵御武力的用途。念诵《金刚经》的人，应当谨慎和小心啊。"

树怪

【原文】

费此度从征西蜀，到三峡涧，有树孑立①，存枯枝而无花叶，兵过其下辄死②，死者三人。费怒，自往视之，其树枝如鸟爪，见有人过，便来攫拏③。费以利剑斫之④，株落血流，此后行人无恙⑤。

【注释】

①孑（jié）立：指独立无依；孤立。

②辄（zhé）：总是、就。

③攫拏（jué ná）：用爪抓取。拏：同“拿”。

④斫（zhuó）：用刀剑等利器砍削。

⑤无恙（yàng）：指没有发生疾病，没有受到不良侵害。

【译文】

费此度率兵征伐西蜀，到达三峡涧以后，看到前方有一棵树孤独而立，树上只有枯枝而没有花和叶子，士兵从树下经过就会死去，已经死了三人。费此度得知消息后大怒，亲自前去探看这件事，那棵树的树枝就像鸟爪一样，看见有人路过，就会用爪子来抓取。费此度拿起利剑砍削它，树倒下后，鲜血直流。从此以后，再有经过这里的行人都安然无恙了。

卷二十

木画

【原文】

永城尉陆敬轩，浙之萧山人，修署截木。署旧有柳树一株，锯之，板中现天然画一幅，如淡墨写成。左危峰①，石悬崖，崖上松一株，山树一株，枝叶倒垂，松上缠藤累累。中有一叟，扶杖立，高冠长袖，须眉如活。左手纳袖中，著胸前；右足前行露舄②，左舄隐衣下。回顾若听泉状。尉宝之，携归其家。时乾隆辛丑十月十三日事。

【注释】

①危峰：指高峻的山峰。

②舄（xì）：重木底鞋，泛指鞋子。

【译文】

永城县的县尉陆敬轩，是浙江萧山人，他修整官署，就地砍伐树木。官署大院里有一棵柳树，也被作为木料锯开，只见木板中显现出一幅天然的画作，像是用淡墨画成的一样。左边半幅是高峻的山峰，右边半幅是悬崖石壁，悬崖上有一棵松树，一棵山树，枝叶呈低垂的形状，松树上密密麻麻地缠绕着藤萝。画中有一位老者拄着手杖站立着，高高的帽子，长长的衣袖，胡须眉毛栩栩如生。老人左手藏于袖中，放在胸前；右脚迈出前行，半露着鞋底，左边鞋子隐约地藏在衣服下面，他回转头，像是在倾听山泉流水的声音。县尉陆敬轩把这幅天然的画作视为珍宝，带回到家里。这是乾隆六年（1741 年）十月十三日的事。

雷打扒手

【原文】

乌程彭某，妻病子幼，卖丝度日。一日负一捆丝赴行求售，因估价不合，置之柜上。时出入卖丝者甚众，行家以其货少①，他顾生理。彭转瞬，丝即失去，因牵行主鸣官。行主云："我数万金开行，肯骗此数千文丝乎？"官以为有理，不究，卖丝者闷闷回家。适其子嬉戏门外，见父卖丝归，以为必带果饵，迎上索取。彭正失丝怀忿，任脚踢之，儿登时死②。彭悔，急自投河，亦死，其妻不知也。邻人见其子卧于门，扶之，方知气已绝，连呼病妇，告以儿亡。妇痛子情急，登时坠楼死。官验后，嘱邻人为之埋葬。越三日，雷雨大作，震死三人于卖丝者之门。少顷，一剃头者复苏，据云："前扒手孙某，在某行扒出一捆丝，对门谢姓见之，欲与分价，方免出首。丝在我店卖出，派分我得钱三百，彼二人各得二千。旋闻卖丝者投河，官验后，无事矣。不料今日同遭雷击，彼等均已击死，我则打伤一腿。"验之果然。

【注释】

①行家：买卖货品的商行。

②登时：民间用语，形容事物的发展迅速，指当时、立刻、顿时之意。

【译文】

乌程县有个彭某，他妻子有病，儿子年幼，靠贩卖生丝度日。一天，他背负一捆丝到丝行去卖，因双方价格没谈好，就暂且放在柜台上。当时进进出出卖丝的人很多，丝行主人觉得他的货少，就忙着去招呼别人的生意。可转眼之间，彭某的丝就不见了，因而拉着丝行的主人去告官。丝行主人说："我开丝行的本钱就有好几万两银子，怎么会骗你这区区几千文钱的丝呢？”县官听了觉得有道理，就不予追究了，彭某闷闷不乐地回到家。正好他儿子在门外玩耍，看见父亲卖丝回来，认为肯定会带一些好吃的，就跑上前来要。彭某正因丢失丝而憋着一肚子闷气，就随起一脚踢去，儿子当场被踢死。彭某懊悔不及，一急之下自己跳河也死了，这时他妻子生病在床，还不知道情况。邻居见他儿子躺在门外，去搀扶时，才知道已经气绝，连忙呼叫彭妻，告诉她儿子死亡。彭妻一看儿子死了，悲恸难忍，心急之下也跳楼死了。官府进行验尸后，嘱咐左右邻居代为埋葬。过了三天，乌程县雷电交加，风雨大作，有三个人被雷电霹死在丝行的门前。过了一会儿，其中一剃头人醒来，据他说：“彭某的那捆丝，先前是被扒手孙某从丝行偷走的。丝行对门的谢某发现了这个举动，提出要与孙某对半分脏，才不去举报。后来，这捆丝是在我的店出售的，分赃给了我三百钱，他们二人各自得二千文。不久听说那卖丝的人已跳河自杀，官府检验后，这事情就了结了。想不到今天我们三个人都遭到雷击，他们都被雷打死，我被打伤了一条腿。”经过查验，果然如此。

北门货

【原文】

绍兴王某与徐姓者，明季在河南避张、李之乱，所过处，尸横遍野①。一夕，遇李兵，二人自度必死，避城内乱尸中。夜半，灯烛辉煌，自城头而下，疑贼兵巡城。渐近，乃城隍灯笼②。愈惊惧③，不敢作声。少顷④，闻从者曰：“有生人气。”又一吏呼曰：“一个北门货，一个不在数。”神渐远去。次早贼兵出城，二人起走，紧记夜所闻，认南路而行。傍晚又抵一城，恰是北门，突遇贼兵，徐被杀，王遁归家⑤，后子孙甚众。

【注释】

①尸横遍野：意思是尸体遍布荒野，形容死的人极多。多用来比喻战

争的残酷和惨烈。

②城隍（huáng）：城隍庙，是用来祭祀城隍神的庙宇。城隍神是中国宗教文化中普遍崇祀的重要神祇之一，为儒教《周官》八神之一，也是中国民间和道教信奉守护城池之神。

③惊惧：惊恐害怕；惊慌恐惧。

④少顷：过了一会儿，形容时间很短。

⑤遁（dùn）：逃避，躲闪。

【译文】

绍兴的王某与一个姓徐的人，明朝末年在河南躲避张献忠、李自成之叛乱，他二人每经过一个地方，就会发现横七竖八的尸体漫山遍野。有一天晚上，遇到李自成的兵马，他们二人心想若被发现一定会被杀死，于是就躲避到城内的乱尸之中一动不动。到了半夜的时候，灯火通明，烛光闪烁着从城头而下，他俩猜测是叛军的士兵在夜里巡城。当灯光越来越近的时候，他们才发现原来是城隍庙的灯笼，顿时更加惊恐害怕，不敢发出声音。过了一会儿，听到随从的人说："这里有活人的气息。"又听见一个官吏高声喊道："一个是北门货，一个不在劫数之内。"城隍神渐渐远去。第二天早上，叛军出城以后，他二人连忙起身就走，不敢停留，并且紧紧记住昨夜所听到的，认准向南去的路快速离去。傍晚时分，又到了一个城池，这边恰好是一个北门。突然遇到一伙叛军士兵，结果，姓徐的人被杀，姓王的人则逃回到家中，后来子孙满堂，后代越来越多。

猢狲酒

【原文】

曹学士洛禋为予言：康熙甲申春，与友人潘锡畴游黄山，至文殊院，与僧雪庄对食。忽不见席中人，仅各露一顶，僧曰："此云过也。"次日，入云峰洞，有一老人，身长九尺，美须髯，衲衣草履，坐石床。曹向之索茶，老人笑曰："此间安得茶？"曹带炒米，献老人，老人曰："六十余年未尝此味矣！"曹叩其姓氏，曰："余姓周，名执，官总兵，明末隐此，百三十年。此猿洞也，为虎所据，诸猿患之，招余杀虎。殪其类①，因得居此。"床置二剑，光如沃雪，台上供河洛二图、六十四卦，地堆虎皮数十张。笑谓曹曰："明日诸猿来寿我，颇可观。"言未已，有数小猿至洞前，见有人，惊跳去。老人曰："自虎害除，猿感我恩，每日轮班来供使令。"因呼曰："我将请客，可拾薪煨芋。"猿跃去。少顷，捧薪至，煮芋与曹共啖②。曹私忆此间得酒更佳，老人已知，引至一崖，有石覆小凹，澄碧而香，曰："此猢狲酒也。"酌而共饮。老人醉，取双剑舞，走电飞沙，天风皆起。舞毕还洞，枕虎皮卧，语曹云："汝饥，可随手取松子、橡栗食之。"食后，体觉轻健。先是，曹常病寒，至是病减八九。

最后引至一崖，有长髯白猿，以松枝结屋而坐，手素书一卷③，诵之琅琅，不解作何语，其下千猿拜舞。曹大喜，急走归告雪庄。拉之同往，洞中止存石床，不见老人。

【注释】

①殪（yì）：杀死。

②啖（dàn）：指贪吃的样子。

③素书：此指一般的道书。

【译文】

曹洛禋学士对我说过这样一个故事：康熙四十三年（1704年）春，他和朋友潘锡畴去游览黄山。到了文殊院，他们与雪庄和尚一起用餐，忽然看不见席中的人了，仅仅是只露一个头顶，雪庄和尚说："这是黄山的浮云飘过。"第二天，进入云峰洞，看见一位老人，身高有九尺，胡须秀长，穿着僧袍草鞋坐在石床上。曹学士向他讨要一些茶水喝喝，老人笑着说："这里哪有茶呢？"曹学士把随身带的炒米，拿了一些给献老人。老人说："六十多年没尝过这种味道了！"曹学士叩问老人的姓名，老人说："我姓周，名执，官至总兵，明末时隐居到这里，至今已有一百三十年。这里本来是猿猴住的洞穴，后来被老虎占据，诸猿受老虎所患之苦，就请我来杀老虎。除掉虎群后，我就在这里居住了。”老人的石床上放着二把剑，剑光像白雪一样。石台上供放着河洛二书、六十四卦图，地上堆着几十张虎皮。老人笑着对曹学士说：“明天群猴都来向我祝寿，场面很好看的。”话没说完，就有数几只小猴子跑到洞前，看见有人，连忙躲到旁边了。老人说：“自我把虎害除掉后，这群猿猴就对我感恩，每天轮班来供奉我，听我的使唤。”随即呼喊道：“今天我要请客，你们可去拾些柴火来煮芋头。”小猿猴听到后，跳跃而去，一会儿，把柴火抱来了，于是煮起芋头，老人与曹学士一同品尝。曹学士心里想，要是有些酒喝就更美了，老人猜到了曹学士的心思，就把他们带到了一处山崖下，这里有一个石头盖住的小石坑，装满了清香澄澈的美酒，说：“这叫猢狲酒。”便舀出来一起共饮。老人带着醉意，拿出二把宝剑舞了起来，顿时舞得电光闪闪，风起沙飞。老人舞完剑后，回到洞里，头枕着虎皮而躺下休息，对曹学士说：“你如果饿了，可随手采些松子、橡栗吃。”曹学士采摘一些吃后，立马感觉身体舒服轻快。原来曹学士常年就有的风寒病，感到减去了八九成。

最后老人把他们带到了另一处

山崖下，只见有一个长须白猿，坐在一间用松枝结成的屋子里，手里拿着一卷道书，琅琅地诵读，曹学士听不懂在说些什么。在这个白猿猴的下面，有上千只猿猴叩拜舞蹈。曹学士他们见此情景，非常开心有趣，他们急忙跑回文殊院告诉雪庄和尚。曹学士拉着雪庄一同前往，可是再回到云峰洞时，洞中只有石床，那老人却不见了。

卷二十一

天镇县碑

【原文】

天镇县隶云中，其地有玄帝庙。庙有古碑，其上炮铳铅铁大小丸甚多[①]，皆陷入石内。邑人云：前明时闯兵来，邑人拒战不胜[②]。俄见此碑自庙飞出[③]，盘旋军阵，凡敌所放火炮，咸着于上，我军无失衄[④]，而敌赖以退。今谓之天成碑，现存于庙。

【注释】

①铳（chòng）：旧时指枪一类的火器。

②前明：一般指明朝。邑人：指同县之人。

③俄（é）见：过了一会儿看见。

④咸：都。失衄（nǜ）：损伤，挫败。

【译文】

天镇县隶属云中郡，有一座玄帝庙。庙中有古碑，古碑上面深深陷入很多大大小小的炮铳铅铁弹头。当地的人说：这是明朝末年的时候，闯王李自成率兵来攻城，所以同县的人都聚集在一起共同抵抗，但没有取得胜利。过了一会儿，忽然看见这座古碑从庙中飞出来，盘旋在军阵的上空。凡是敌军所放射的火炮弹头，就全都附着在石碑上了，而我军并没有任何损伤，继而依赖这石碑将敌军击退。如今人们称它为天成碑，现在依旧保存在玄帝庙中。

抬轿郎君

【原文】

杭州世家子汪生，幼而聪俊，能读《汉书》。年十八九，忽远出不归，家人寻觅不得。月余，其父遇于荐桥大街，则替人抬轿而行。父大惊，牵拉还家，痛加鞭棰[①]。问其故，不答，乃闭锁书舍中。未几逃出[②]，又为人抬轿矣。如是者再三，祖、父无如何，置之不问。戚友中无肯与婚，然《汉书》成诵者，终身不忘。遇街道清净处，朗诵《高祖本纪》，琅琅然一字不差[③]。杭州士大夫，亦乐召役之，胜自己开卷也。自言两肩负重，则筋骨灵通，眠食俱善；否则闷闷不乐。此外亦无他好。

【注释】

①鞭棰（chuí）：意思是鞭打。

②未几（wèi jǐ）：意思是没有多久，很快。

③琅（láng）琅然：声音清朗的样子。

【译文】

汪生是杭州的一位书香世家子弟，小时候就很聪明帅气，能熟读《汉书》。他十八九岁那年，忽然有一天离家出走没有回来，父母和亲人都焦急万分，到处寻找也不见踪影。过了一个多月以后，他的父亲在荐桥大街遇到了他，却看到他正替人家抬轿子前行。他的父亲大吃一惊，连拉带拽地将他带回家，狠狠地鞭打了他一顿。问他替人家抬轿的原因，他闭口不答，于是就将他锁在书房之中。没过多久，他偷偷逃走，又为人家抬轿去了。像这样被找回来又逃走的情况多次发生。他的祖父、父亲也不知道该怎么办才好，干脆就将他放在一边不再理睬，任他自由去留，因此亲戚朋友中没有人愿意将女儿嫁给他成婚。但他每天都不忘诵读而成为了一个精通《汉书》的学者，对书中的内容牢记在心、终身不忘。每当遇见街道的清净之处，他就会诵读《高祖本纪》，声音清朗，一字不差。杭州士大夫们也都愿意招呼他来抬轿，听他朗诵，胜过自己打开书本朗诵。他自称只要两个肩膀担负重量，就会感觉到筋骨灵通，吃饭睡觉也都感觉良好，否则就会闷闷不乐。除此之外，他也没有其他爱好了。

香亭记梦

【原文】

香亭于乾隆壬辰冬赴都谒选①，绕道东昌，十二月五日，宿冠城县东关客店。夜梦至一园亭，竹石萧疏②，迥非人境③，几上横书一卷，字作蝇头小楷。阅之，载一事云："新野之渠有巨鱼，化为丽姝④，名曰乔如。有李氏子惑焉，至三百六十日，而李氏子以溺死。宋氏子又惑焉，历三十六日，而宋氏子亦死。有杨氏子，知其为怪也，故纳之而特嬖之⑤，绝其水饮，乔如无所施术。三年生三子，悉化为鱼。六年，杨氏子遍体生鳞甲，而乔如益冶艳。一夕暴风雨，乔如抱持杨氏子，两身合为一身，各自一首，鼓鬐同飞⑥，投洞庭湖。日出时杨饮水；日入时乔如饮水。杨氏子犹知与乔如交欢，不知为鱼在水也，而竟得不死寿。此之谓物其物，化其化。"自此以下，字模糊不可辨。钟鸣梦醒，枕上默诵，不遗一字⑦。

【注释】

①谒选（yè xuǎn）：意思是官吏赴吏部应选。

②萧疏：稀疏。

③迥非（jiǒng fēi）：绝非，远远不是。

④丽姝（shū）：美丽的女子。

⑤嬖（bì）：宠爱。

⑥鼓鬐（qí）同飞：摆动鱼鳍一同飞去。鼓鬐：亦作"鼓鳍"。意思是

摆动鱼鳍。

⑦不遗一字：没有遗漏一个字。遗：遗漏，丢失。

【译文】

在乾隆壬辰年（1772年）的冬天，香亭要赶赴京城参加吏部应选考试，正好绕道经过东昌。十二月五日这一天，他见天色已晚，便决定住宿在冠城县东关的一家客店。夜里梦见自己来到一个园亭，园中竹子和假山石虽然显得稀疏，但相映成趣，看来绝非人间俗境。几案上横放着一卷书，书中所写的字迹很小，都是蝇头小楷。仔细阅读这本书，发现所记载的是一件事，内容是："新野的一条水渠中有一条巨大的鱼，化作一位美丽的女子，名字叫'乔如'。有一个姓李的公子被她所迷惑，到了第三百六十天的时候，这位李氏公子却因为溺水而被淹死。后来又有一位宋氏公子也被她所迷惑了，经历了三十六天以后，这位宋氏公子也死了。另外有一个杨氏公子知道她是一个妖怪，所以就纳她为妾，而且特别宠爱她，但断绝给她水喝，这样一来，乔如就无法施展妖术了。在这三年当中，乔如共生了三个儿子，全都变化成了鱼。六年后，杨氏公子浑身长满鳞甲，而乔如却变得更加妖艳美丽了。一天晚上忽然下起了暴风雨，乔如就抱起杨氏公子，只见他们两个身体瞬间合为一体，各自保留原有的脑袋，摆动鱼鳍一同飞起，投身到洞庭湖内。每天太阳

出来时，杨氏公子出来喝水；太阳落山时，乔如就出来饮水。杨氏公子依然知道与乔如交欢玩乐，却不知道自己已经变成鱼生活在水中了，而且竟然享受到了长生不死的寿命。这就是人们常说的，什么东西就是什么东西，纵使千变万化终究会变回原形。”自这段文字以下，字迹变得模糊不清，无法辨认。正在焦急当中，忽然报时的钟鼓声响起，将香亭从梦中惊醒，他躺在枕头上默默背诵梦里所见的那段文字，没有遗漏一个字。

于云石

【原文】

金坛于云石，官翰林时，迎其父就养入都。一日，行至中途，天色已晚，四无人烟，寻一旅店，遂往投宿。店主以人满辞，于以前路无店，固求留宿。店主踌躇久之，曰："店后只有空屋数椽，小儿幼年曾读书其处，不幸夭亡，我不忍往观，故封闭之。客如不嫌，请暂住一夜如何？"于从之，即开门入。见四壁尘蒙，蟏蛸满户①，案有残书数卷，偶得时文稿一本。翻阅之，与其子云石所作文无异，入后数篇，与乡会试中式之卷亦相同②。意甚讶然。忽寓外有光射入，见对面石壁上恍惚有"于云石"字迹，即秉烛出观，乃"千霄石"三字也。转身进内，硼然有声③，石壁遂倒，字亦随灭。一夜惊疑不寐。晓行抵都，与子备述其事。云石闻言，不觉失色，须臾仆地。急唤家人救治，不甦而绝④。

【注释】

①蟏蛸（xiāo shāo）：蜘蛛的一种，身体细长，暗褐色，脚很长，多在室内墙壁间结网。

②中式：指科举考试被录取或符合规格。

③硼（pēng）然：象声词，形容重物落地的声音。

④甦（sū）：同"苏"，苏醒。

【译文】

江苏金坛人于云石，被任命为翰林院的官员时，让父亲来京城居住和赡养。一天，于老父亲走到半途，天已快黑了，四周荒芜人烟，又走了好久，才看见一家旅店，便进去投宿。可是，店主说客房已经住满了而推辞，于老父亲因为前面没有其他旅店可找，所以再三请安排留宿一夜。店主看他年纪大，便犹豫了好久，说："只剩下店后的几间空屋子，那是我小儿子幼年读书的地方，不幸的是小儿子后来得病去世了，我也不想再踏进此屋，所以长年都关锁着。如果你不嫌弃，就去暂住一晚，你看如何？"于老父亲只得表示同意。走进那间屋子后，见四面的墙壁都是灰尘，许多地方都结着蜘蛛网。桌子上放着几本残书。于老父亲随手拿起一本八股文的文稿，随手翻阅一看，发现竟跟自己儿子于云石写的一样。再往后翻看几篇，也和儿子乡试和会试的文稿完全一样，他大感惊讶。正在猜想不解之时，窗外突然有一道明光照到了屋里，借着这道光，他看见对面的石壁上好像有"于云石"三个字，于是拿着蜡烛前去察看，却发现是"千霄石"三个字。等他转身进屋后，突然背后一声巨响，对面的石壁已经崩塌，上面的字也就没有了。于老父亲整夜心惊不已，难以入睡。天一亮便忙着赶路进京。到京城后，他便把在客店的事情告

诉了儿子。于云石听后大惊失色，一下子便昏倒在地上。于老父亲忙着招呼家人前来救治，可于云石还是气绝身亡了。

卷二十二

欧阳澈

【原文】

宋浙西有陈东、欧阳澈庙[1]，当时士民怜其忠，故私立而祠之也。后王伦从金国来，见而恶之[2]，命有司拆毁。明季有富而好义者李士贵，又立庙于艮山门外[3]，乡民祈求颇灵。一日，李梦神人布袍革履，叩门求见，曰：“我欧阳澈也。当日位卑而言高，获罪系我自取。幸上帝怜我忠诚，命我司杭城水旱之事。杭城地方甚大，我一人难以办理。我有友二人，一樊安邦，一傅国璋，皆布衣有气节，可塑二人像于我侧，助我安辑地方[4]。”李允许。既而笑问曰：“陈东先生安在？何不相助为理？”曰：“李伯纪相公现司南岳，聘陈先生作记室去矣。”士贵于次日即增两像于旁。

【注释】

①欧阳澈：字德明，北宋末江右人，布衣。少年时即喜谈世事，尚气大言，慷慨不稍屈。

②恶：厌恶；憎恶，憎恨。

③明季：指明朝末年。艮（gèn）山：古山名。

④安辑：安抚守卫。

【译文】

宋朝时，在浙江西部一带建有陈东、欧阳澈庙，当时的士子和百姓都敬爱他们对国君的忠心，所以就私自建立了寺庙，并为他们塑造了人像立在庙中按时进行祭祀。后来有一个叫王伦的人从金国回来，看见这种场面非常憎恶，于是就命有关署衙将庙宇拆毁。明朝末年，有一个家庭富有而且喜欢行侠好义的人，名叫李士贵，他重新在艮山门外建立了一座欧阳澈庙，乡民们有福祸之事前来拜祭祈求颇为灵验。一天，李士贵梦见有一个穿着布袍皮鞋的神人叩门求见，神人说："我是欧阳澈，当年地位卑微却不自量力去高谈国家大事，以致于获罪受到刑罚，那都是我咎由自取，幸亏上帝怜悯我对国家的一片忠诚，我死后就派遣我掌管杭州城内的水域旱涝之事。杭州城幅员辽阔，需要管理的地方太多，靠我一人难以全面治理。我有两个朋友，一个叫樊安邦，一个叫傅国璋，都是平民百姓但都有高尚的气节。你可以再塑造这两个人的人像放在我的两侧，协助我安抚守卫杭州城。"李士贵答应了他的请求，随后又笑着问他说："陈东先生现在在哪里呢？为什么不请他来帮助你治理一方呢？"李士贵回答说："李伯纪相公现在司管南岳地带，聘请陈先生作他的记室去了。"于是，李士贵在第二天就增加了两个塑像放在了欧阳澈的两旁。

浮尼

【原文】

戊戌年黄河水决，河官督治者每筑堤成，见水面有绿毛鹅一群，翱翔水面，其夜堤必崩，用鸟枪击之，随散随聚，逾月始平，虽老河员不知鹅为何物。后阅《桂海稗编》载前明黄萧养之乱①，黄江有绿鹅为祟②，识者曰："此名浮尼，水怪也。以黑犬祭之，以五色粽投之，则自然去矣。"如其言，果验。

【注释】

①黄萧养：原名黄懋松，明代广东农民起义首领。

②祟（suì）：本意是指鬼怪或指鬼怪害人，泛指不正当的行动。

【译文】

乾隆四十三年（1778年），黄河泛滥决口。监督治理河道的官员每次修筑好堤坝，都会发现水面上有一群绿毛鹅在游弋，当天夜里刚修好的堤坝必定又崩坏，如果用鸟枪来打这群绿毛鹅，它们就飞散开来，一会儿，又

聚到一起，一个多月后，情况才平定下来，即便是老河工，也不知道这群鹅是什么怪物。后来查阅《桂海稗编》一书，上面记载有明朝黄萧养作乱之事，其中说到黄河和长江有绿毛鹅搞鬼作怪，有认识这种鸟的人说："这些绿毛鹅，叫浮尼，是一种水怪。只要用黑狗祭祀它们，再把五色粽子投进江水里，它们就会离开了。"按照这种说法去做后，果然灵验。

雷火救忠臣

【原文】

全椒金光辰①，以御史直谏，触崇祯皇帝之怒，召对平台，将重惩之。忽迅雷震御座，乃免之。嘉靖怒刘魁、杨爵、周怡直谏，杖置狱中，有神降乩言三人冤②，乃赦之。后因熊浃言乩仙不足信，重捕入狱。亡何，高元殿火起，帝祷于灵台，火光中有呼三人姓名称忠臣者，乃急传诏释之，且复其官。

【注释】

①全椒：全椒县，现为安徽省滁州市辖县。

②降乩（jī）：谓扶乩时神灵降下旨意。

【译文】

安徽全椒人金光辰，以御史身份直书言谏，触怒了崇祯皇帝，下令把金光辰召到平台问罪，打算给以严厉惩罚。忽然，天空一声惊雷，震动了皇帝的宝座，于是，崇祯皇帝赦免了金光辰。嘉靖年间，大臣刘魁、杨爵、周怡也因为直言进谏，被杖刑罚打关进牢中，有神仙降下乩坛，说这三人冤枉，嘉靖皇帝就下令放了他们。后来，因为熊浃说乩仙的话不值得听信，又把他们抓捕关进狱中。没多久，皇城里的高元殿发生火灾，嘉靖皇帝亲自到灵台祈祷，只见火光中有人呼喊刘魁、杨爵、周怡这三个人的名字，说是忠臣之士，嘉靖皇帝急忙传旨释放，让他们都恢复了官职。

水精孝廉

【原文】

广东纪孝廉[①]，童时误入蛇腹，黑无所见，但闻腥气，扪其壁[②]，滑汰不可近[③]。幸身边有小刀，因挖其壁，渐见微明，就明钻出，困卧于地。邻人见之，携归其家。是日村郊三十里外有大蛇死焉。孝廉为毒气所伤，通身皮脱如水精，肠胃皆见，从幼至壮不改。乡举后同年皆见之，呼为“水精孝廉”。

【注释】

①孝廉：本是“孝顺亲长、廉能正直”的意思。后演变为明朝、清朝对举人的雅称。

②扪（mén）：按，摸。

③滑汰（huá tà）：泥泞滑溜。

【译文】

广东有个姓纪的举人，童年时曾经误入到一条大蛇的腹中。里面漆黑一片，啥也看不见，只是闻到一股腥气。他伸手向蛇壁摸摸，滑溜溜的什么也抓不住。幸亏身上带着一把

小刀，就在蛇壁挖了一个小洞，渐渐看见一些光亮，便顺着光亮钻了出来，累倒在地上。邻居发现后，把他抱回到家里。当天，在村外三十里的地方有条大蛇死在那儿。姓纪的举人被蛇的毒气所伤，全身的皮肤都脱落了，变得像透明的水晶一样，连肠胃都能看见，从幼年到长大体貌都没有改变和恢复。他乡试中举后，同科见到他，都喊他为“水精举人”。

周仓赤脚

【原文】

相传东台白驹场关庙周仓赤脚①，因当日关公在襄阳放水淹庞德时，周仓亲下江挖坑故也②。戊申冬，余过东台，与刘霞裳入庙观之，果然赤脚，又见神座后有一木匣，长三尺许，相传不许人开，有某太守祭而开之，风雷立至。

【注释】

①东台：清代县名。今东台市，属江苏省盐城管辖的县级市。

②周仓：字元福，是历史小说《三国演义》中的人物。

【译文】

传说东台县白驹场关帝庙的周仓塑像，是赤脚的，因为当年关公在襄阳放水淹庞德时，周仓将军亲自到江水中挖掘泥土。乾隆五十三年（1788年）冬，我经过东台县，与刘霞裳进庙中参观，看见周仓果然光着脚，还看见神像的后面有一个木匣，长约三尺，相传是不许人打开的。有位太守在祭祀后打开，突然间狂风而至，雷声隆隆。

卷二十三

太白山神

【原文】

秦中太白山神最灵[①]。山顶有三池，曰大太白、中太白、三太白。木叶草泥偶落池中，则群鸟衔去，土人号曰“净池鸟”。有木匠某坠池中，见黄衣人引至一殿，殿中有王者，科头朱履[②]，须发苍然[③]，顾匠者笑曰：“知尔艺巧，相烦作一亭，故召汝来[④]。”匠遂居水府，三年功成，王赏三千金，许其归。匠者嫌金重难带，辞之而出，见府中多小犬，毛作金丝色，向王乞取。王不许，匠者偷抱一犬于怀辞出。路上开怀视之，一小金龙腾空飞去，爪伤匠者之手，终身废弃。归家后，忽一日雷雨，下冰雹，皆化为金，称之得三千两。

【注释】

①秦中：泛指今天陕西省内的中部平原地区。

②科头：光着头，此指没戴帽子。朱履：红色的鞋。古代地位显贵者所穿。

③须发苍然：形容人老，头发胡须苍白的样子。

④故：所以，因此。汝（rǔ）：你。

【译文】

传说位于秦地陕西的太白山神最灵验。太白山的山顶上有三个水池：分别叫大太白、中太白、三太白。偶尔有枯枝、树叶、野草、泥土落到池子中，就总会有一群鸟儿飞来将这些杂物衔走，当地人称它们为“净池鸟”。一天，有一个木匠某不小心掉进池子里，看见一个穿着黄衣服的人，恍惚间他被黄衣人引领到一个宫殿里，一抬头看见大殿正中坐着一个穿着王者服饰的人，头上没戴王冠，脚上穿着红色的高筒靴，头发和胡须都很苍白的样子，王者看到木匠后笑着说："知道你手艺精巧，想烦劳你为我建造一个亭子，所以召你过来。"于是木匠答应居住在这水府之中。一晃三年过去了，亭子建造成功，大王便赏赐给他三千金，并准许他回家。可木匠嫌这么多的赏金太重难以携带，于是就辞谢大王一番退身离去，出门后发现水府中有很多小狗，狗身上的毛就像是金丝的颜色，闪闪发光，木匠向大王乞求赏赐一只带走。可是王者不同意，木匠就偷偷抱起一只小狗藏入怀中匆匆辞别出门。走到半路上打开衣服想看看小狗，却见一条小金龙从怀中挣脱而腾空飞去，龙爪抓伤了匠者的手，结果终身不能用手劳动了。他回到家以后，忽然有一天雷雨交加，随后又下起了冰雹，而冰雹落地以后都化作了黄金，拾起来称量一看，竟然得到了三千两黄金。

雁荡动静石

【原文】

南雁荡有两石相压[①]，大可屋二间，下为静石，上为动石。欲推动之，须一人卧静石上，撑以双脚，石轰然作声，移开尺许。如立而手推之，虽千万人不能动石一步。其理卒不可解[②]。

【注释】

①南雁荡：指南雁荡山，位于中国浙江省平阳县西部。

②卒（zú）不可解：始终没人能解开。卒：表示最终出现了某种结果，相当于最终、始终之意。

【译文】

南雁荡山上有两块巨石上下压着，约有二间屋子那么大，下面一块叫静石，上面一块叫动石。要想推动它，必须一个人躺在静石上，双脚撑住动石，用力猛蹬，这块石头就会发出轰然的响声，并会移开一尺多的距离，如果人站立着推动这块动石，哪怕成千上万的人力，也移动不了半点。这其中的奥秘，始终没人能解开。

木犬能吠

【原文】

叶公文麟言：在京师，到某比部家，甫叩门[①]，有狮毛恶犬咆哮而出，状若噬人者[②]。叶大怖，主人随出，喝之，犬卧不动。主人视客，笑吃吃不止。问何故，曰："此木犬也。外覆以狮毛，中设关键[③]，遂能吠走[④]。"叶不信，主人更出一鸡，黄羽绛冠[⑤]，申颈报晓。披毛视之，亦木所为。

【注释】

①甫叩门：刚一敲门。甫：刚；才。

②噬（shì）：咬。

③关键：机关，机械装置。

④吠（fèi）：动词。常指狗叫。

⑤黄羽绛冠：黄色的羽毛，大红色的鸡冠子。绛：大红色，深红色。

【译文】

叶文麟说，他在京城的时候，有一天去某刑部官员家，刚一敲门，就有一只狮毛恶狗疯狂嚎叫着冲出来，那架势就像想要咬人的样子。叶文麟非常惊恐，主人应声出来，朝狗大声吆喝，那只狗立即伏卧在地上一动不动。主人看着客人惊恐不安的样子，忍不住笑个不停。叶文麟问主人为何发笑，主人回答说："这是一只木犬啊。只是在狗身上覆盖一层狮子皮毛，内部装设一个机关，于是这只狗就能跑能叫，行动自由了。"叶文麟不相信，这时主人又叫出一只鸡来，这只鸡黄色的羽毛，大红色的鸡冠，而且还能伸长脖子啼鸣报晓。扒开鸡身上披散的毛一看，原来也是木头制作的。

铜人演西厢

【原文】

乾隆二十九年，西洋贡铜伶十八人①，能演《西厢》一部。人长尺许，身躯耳目手足，悉铜铸成，其心腹肾肠，皆用关键凑接②，如自鸣钟法。每出插匙开锁，有一定准程，误开则坐卧行止乱矣。张生、莺莺、红娘、惠明、法聪诸人，能自行开箱着衣服，身段交接，揖让进退，俨然如生，惟不能歌耳。一出演毕，自脱衣，卧倒箱中。临值场时，自行起立，仍上戏毯。西洋人巧一至于此。

【注释】

①伶人：指演艺人员。

②关键：指机关。

【译文】

乾隆二十九年（1764 年），西洋人向朝廷进贡了十八个铜制的演义人员，这些铜人能演出一部《西厢记》。铜仁有一尺多高，身躯、耳朵、眼睛、手和脚，全是用铜浇铸而成，它们的心腹、肾肠，安装连接的都有机关，好比是自鸣钟的构造方法。每演一出戏后，要插进钥匙开锁，并有一定的开启程序，如果开乱了，那么铜人的坐或卧的行动就乱了。张生、莺莺、红娘、惠明、法聪等人，都能自己打开箱子，取出服装穿戴，身段表演相互进退方面，俨然有序，栩栩如生，只是不能发声唱曲罢了。一出戏演完后，能自己卸下服装，然后躺进箱子里。临到上场时，又能自行起立，再出场回到戏毯上表演。西洋人工艺品的精巧竟到了这种程度。

预知科名

【原文】

族弟袁楠作秀才时，癸酉乡试，因有家难，场前奔走倦矣。入闱[①]，进“洪”字三号，天已晚，即铺板熟睡。二鼓后，闻有人问：“何号是袁相公？”不觉惊起。其人乃同考秀才，素不相识者，问：“君姓袁，可名楠乎？”曰：“然。”其人拱手作贺曰：“君已中矣。”问：“何以知之？”曰：“我临安人，姓谢，与君同号。顷睡梦间，闻外喊题目纸声甚急，及取之，只一纸，首题是‘邦有道，危言危行’二句。其时同号中有六七十人，嘈嘈争问题目何止一纸[②]？外答曰：‘此号只中“洪”字第三号袁某，应得一纸耳。’君既坐此号，名姓皆符，故来相报。”袁谢而颔之[③]。黎明题纸出，果如其言，乃大喜，自命必中，纵笔疾书，文如宿构。榜发，竟登第[④]。

【注释】

①闱（wéi）：科举时代称考场。

②嘈嘈：声音杂乱的样子。

③颔（hàn）：本义是下巴颏，此为点头致谢。

④登第：犹登科，特指考取进士。第：指科举考试录取列榜的甲乙次第。

【译文】

我家族中的弟弟袁楠，还是个秀才的时候，在癸酉年参加乡里举人考试，因为家中有难，所以考试前为家事四处奔走，累得有些精疲力尽了。进入考场的时候，他按规定进了“洪”字三号。当时天色已晚，于是立即铺好床板睡觉。熟睡到二鼓以后，忽然听到有人问：“哪个号是袁相公的寝室？”袁楠听到有人找他，不由得被惊起。那个人就是与袁楠一同参加考试的一位秀才，以前都是相互不认识的人，他问道："你姓袁，名字是叫袁楠吗？"袁楠回答说："是的。"那个人随即拱手作贺道："你已经考中了。"袁楠问："你是怎么知道这件事的呢？"那人说："我是临安人，姓谢，跟你是同一个考场号。不久前在睡梦中，忽然听到外边有人呼喊考试题目，考试时书写的纸声非常急促。等到取卷纸的时候，只有一张卷纸，第一道题的题目是'邦有道，危言危行'二句。那时候同号中共有六七十人，嘈杂混乱地相互争着问道：'为什么题目只有一张纸？'外边有人回答道：'你们这个号里，只考中了洪字第三号的袁某，只有他应该得到这张考卷。'你既然已经在洪字三号应试，而且名和姓都相符合，看来一定能考中，所以特地前来相告。"袁楠点头道谢。黎明时分，卷纸题目送出来了，果然像谢某所说的一样，袁楠看后心中大喜，自己在心中盘算，相信自己一定会考中的，于是拿起笔奋笔疾书，就像是构思了一晚上一样，等到发榜的时候，袁楠竟然真的考中了举人。

铁公鸡

【原文】

济南富翁某，性悭吝[①]，绰号"铁公鸡"，言一毛不拔也[②]。忽呼媒纳妾，价欲至廉，貌欲至美。媒笑而允之。未几，携一女来，不索价，但取衣食充足而已。翁大喜过望，女又甚美，颇嬖之[③]。一日，女置酒劝翁曰："君年已老，需此多钱无用，何不散之贫人，使感德耶？"翁大怒，拒之。嗣后[④]，且防之，虑其花费。如是者半年，启其所藏，已空矣。翁知女所窃，拔刀问之。女笑曰："君以我为人乎？我狐也。君家从前有后楼七间，是我一家所居。君之祖父每月以鸡酒相饷[⑤]，已数十年。自君掌家，以多费故罢之，转租取息，俾我一家无住宿处[⑥]。怀恨在心，故来相报耳！"言讫不见[⑦]。

【注释】

①悭吝（qiān lìn）：意思是吝啬，小气。

②一毛不拔：意思是一根汗毛也不肯拔下来。形容为人非常吝啬自私。

③颇嬖（bì）之：特别宠爱她。

④嗣后（sì hòu）：意思是以后。

⑤饷（xiǎng）：用酒食等款待。

⑥俾（bǐ）：使。

⑦言讫不见：说完就不见了。讫（qì）：完毕，结束。

【译文】

济南有一个富翁某，天性吝啬无比，人送绰号“铁公鸡”，意思是说他小气得连一根汗毛都不舍得拔下来。忽然有一天，他叫来媒婆，想让媒婆帮他说媒纳妾，但彩礼聘金要最低廉的，样貌却要最美的，媒婆笑了笑就答应他了。没过几天，媒婆就带来一个年轻女子，女家不要彩礼，只供给她充足的吃穿就可以了。这个富翁听完非常高兴，一看这女子又特别漂亮，当然就特别宠爱她了。一天，这位女子置办酒宴，席间她劝告富翁说：“老爷您年岁已经这么大了，要这么多的钱财也没什么用，何不施舍给那些贫穷之人，让他们感受到您的恩德呢？”富翁听完大怒，气呼呼地拒绝了她的建议，而且以后还处处提防她，时刻担心她花钱过多。像这样防范的情况持续有半年时间。有一天，他小心翼翼地打开自己珍藏珠宝钱财的箱子一看，顿时惊呆了，原来所有的箱子都已经空空如也了！富翁一想就知道是那女子偷走的，于是就拔刀冲到女子的房间大声质问她。谁知女子面不改色地大声笑道：“你以为我是人吗？告诉你吧，我是狐仙啊！你家从前就很富有，后院有高楼七间，那里曾是我一家安然居住的地方，你的祖父每月都会拿来鸡肉美酒供奉给我们享用，像这样已经有几十年了。可是自从轮到你来掌管这个家，以过多浪费为由中止这件事，甚至将这些房子转租给别人获取钱财，使我一家没有能够安然住宿的地方。这让我怀恨在心，所以特意来报复你！”说完就不见踪影了。

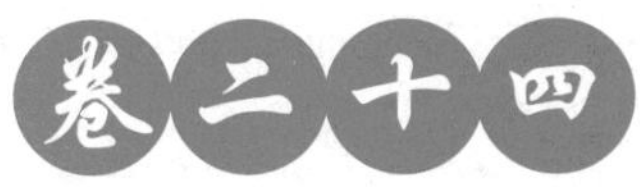
卷二十四

金银洞

【原文】

高峰崖在广西思恩府城南百里，两峰壁立，崖上大书十三字云："金七里，银七里，金银只在七七里。"字画遒劲①，不知何年镌凿。崖下有土地祠。望气者咸称其地有金银气，百十年间，土人多方搜求，一无所得。星士某至土地祠内，徘徊数日，攫神像去。土人追及，询知像乃范金所为②，然亦不知"七七里"为何义。崖中旁峰数十丈，上有银洞，洞中白银累累，大者重数十斤。土人架木而登，拾之，即百计不能出。或向外掷之，着地即失。或牵犬入，将银缚犬身向外牵之，犬即狂吠，比出而身亦无银也。

【注释】

①遒（qiú）劲：苍劲，刚劲。

②范金：用模子浇铸金属品。

【译文】

高峰崖坐落在广西思恩府城南约一百里的地方，有两个山峰壁立青云，山崖上有十三个大字，写道："金七里，银七里，金银只在七七里。"字的笔画刚劲有力，不知是哪一年凿刻上的。山崖下面有一个土地祠，懂得风水的人都说这个地方有金银的气象。一百多年来，当地人多次想方设法寻找，可一无所得。有个懂星象测算的先生来到土地祠内，逗留了好几天，结果悄悄地把神像偷走了。当地人追赶上后，问他为什么这样做，他说这个神像是用金子铸成的，不过还是不清楚"七七里"是什么意思。高峰崖的旁边还有个几十丈的山峰，上面有个银洞。洞中有大量的白银，大块的有几十斤重。当地人架起木梯攀登上去，进入洞中拾白银，可怎么都出不了洞口。有人把银块向洞外面扔，但一落地就不见了。有人牵着狗进去，将银块系在狗的身上，狗就狂叫不停，等到狗跑出来时，身上的银子也不见了。

天妃神

【原文】

乾隆丁巳，翰林周锽奉命册立琉球国王①。行至海中，飓风起，飘至黑套中，水色正黑，日月晦冥②。相传入黑洋从无生还者，舟子主人正共悲泣，忽见水面红灯万点，舟人狂喜，俯伏于舱呼曰："生矣，娘娘至矣！"果有高髻而金镮者③，甚美丽，指挥空中。随即风住，似有人曳舟而行，声隆隆然，俄顷遂出黑洋。周归后奏请建天妃神庙。天子嘉其效顺之灵④，遂允所请。事见乾隆二十二年邸报⑤。

【注释】

①册立：册封，任命。

②晦冥：昏暗，阴沉。

③金镮（huán）：金环。

④效顺：忠顺。

⑤邸报：也叫邸抄、邸钞，指古代抄发皇帝谕旨、臣僚奏议和有关政治情报的抄本。

【译文】

乾隆二年（1737 年），翰林院学士周锽奉命去册封琉球国王。行至海中，突然刮起了一阵狂风，船好像随风飘到了黑套中一样，水色漆黑，天空阴暗。相传船到了黑色的大洋水域中，从来就没有能生还的，船上的主人正绝望难过地哭叫着，忽然看见水面上有万点红灯闪烁，船上人大喜，都趴在船舱里大喊："有救了！娘娘来了！"果然有头上盘着高高发髻并插有金环的女人，非常美丽，在空中进行指挥。风立马停息了，好像有人拖着船行驶，船声很大。一会儿，船终于行驶出黑色的洋面。周锽回到朝廷

后，上奏请求建造一座天妃神庙。天子夸赞和感念天妃娘娘的忠顺功德，批复奏书，同意建造。这件事见于乾隆二十二年（1757 年）关于皇帝谕旨的抄本。

鱼怪

【原文】

会稽曹崟山入市得大鱼，归剖食之。余半，置纱厨内。至晚，厨中忽有光，举室皆亮[①]，迫视则所余之鱼，鳞甲通明，火光射目。曹大骇[②]，盛以盘，送于河，其光散入水中，随波摇荡，婉转间成鱼而去。曹归家，屋中火发，东灭西起，衣物床帐，烧毁都尽，而不及栋宇[③]，凡三昼夜始息。食鱼之人，竟亦无恙。

【注释】

①举：全。

②大骇（hài）：大惊；吓了一大跳。

③栋宇：指房屋。

【译文】

会稽人曹崟山到集市买了一条大鱼，回到家以后剖开鱼腹，处理干净后烹煮食用。将吃剩下的半条鱼放在纱厨内。到了夜晚时分，发现厨房中忽然有亮光，整个房间都被照亮了。他走近一看，原来是吃剩下的半条鱼的鳞甲正通体明亮，如同火光射目。曹崟山顿时大惊失色，连忙将鱼盛入盘子中送回到河里，只见那半条鱼身上发出的光散入水中，随波摇荡，转眼间，就变成了完整的一条鱼游走了。曹崟山回到家以后，发现屋中火光闪烁，将东边扑灭，西边又起火，衣物床帐都被烧毁了，但火焰却没有烧到房梁栋宇，大火烧了三昼夜才熄灭。值得庆幸的是，家中吃鱼的人，倒也安然无恙。

时文鬼

【原文】

淮安程风衣，好道术，四方术士咸集其门①。有萧道士琬，号韶阳，年九十余，能游神地府。雍正三年，风衣宴客于晚甘园。萧在席间醉睡去，少顷醒，啃曰②："吕晚村死久矣乃有祸，大奇。"人惊问，曰："吾适游地府间，见夜叉牵一老书生过，铁锁锒铛，标曰：'时文鬼吕留良，圣学不明，谤佛太过。'异哉！"时坐间诸客皆诵时文，习《四书》讲义，素服吕者，闻之不信，且有不平之色。未几，曾静事发，吕果剖棺戮尸。今萧犹存，严冬友秀才与同寓转运卢雅雨署中③，亲见其醉后伸一手指，令有力者以利刃割之，了无所伤。

【注释】

①术士：指以占卜、星相等为职业的人。

②喈（jiè）：叹息。

③转运：即转运使，古代为主管运输事务的官员。

【译文】

淮安有个叫程风衣的人，擅长道术，四方术士都聚集在他的门下。有位道士叫萧琬，号韶阳，九十多岁了，能使心神游于地府。雍正三年（1725年），一日，程风衣在晚甘园宴请宾客，萧琬在酒席上喝醉睡着了，过了一会儿，醒来后叹气地说："吕晚村死了很久了居然还有灾祸，实在太奇怪了。"人们大惊不解地询问，萧琬说："我刚才游览于地府，看见夜叉牵着一位老书生从面前经过，身上被戴着锁链刑具，标牌上写着：'时文鬼吕留良，不懂儒学，诽谤骂佛太过。'真是奇怪！"当时在座的客人都诵读八股文，学习《四书》讲义，对吕留良都一向钦佩，他们听了萧琬的一番话后都不信，并且还有为吕留良打抱不平的神情。不久，发生了曾静文字狱事件，牵涉到吕留良，结果被开棺戮尸。如今萧琬还健存。严冬友秀才曾与他一起住在转运使卢雅雨的衙门里，亲眼见到萧琬酒醉后伸出一根手指，让有大力气的人用锋利的刀来割，却没有一点伤痕。

洗心池

【原文】

洗心池在茅山乾元观西，石壁上有"洗心池"三字，笔法遒劲，隐而不见。欲见则以池水沃之，虽大旱不涸。相传钱妙真独居燕洞宫修炼①，或谤之，乃于此刳腹洗心以相示②，故名。

【注释】

①钱妙真：南北朝女仙。幼学仙道，居茅山修炼。

②刳（kū）腹：指剖腹。

【译文】

洗心池在茅山乾元观的西面，水池石壁上有“洗心池”三个字，笔法苍劲有力，但隐隐约约地看不大清楚。要想看清楚，可用池水浇在上面，池中的水即使大旱之年也不会干涸。相传南朝时期的钱妙真独自隐居于燕洞宫修炼时，遭到了有些人的诽谤，于是，她在这里剖腹洗心以表明心迹，故将这水池命名为洗心池。

金秀才

【原文】

苏州金秀才晋生，才貌清雅，苏春崖进士爱之，招为婿，婚有日矣。金夜梦红衣小鬟引至一处[①]，房舍精雅，最后有圆洞门，指曰：“此月宫也。小姐奉候久矣。”俄而一丽人盛妆出，曰[②]：“秀才与我有夙缘[③]，忍舍我别婚他氏乎？”金曰：“不敢。”遂携手就寝，备极绸缪[④]。嗣后每夜必梦，欢好倍常，而容颜日悴[⑤]。举家大惧，即为完姻。苏女亦有容色，秀才爱之如梦中人。嗣后，夜间酉戌前与苏氏交[⑥]，酉戌后与梦中人交，久之竟不知何者为真，何者为梦也。其父百般禳解[⑦]，终无效。体本清羸，斫削逾年，成瘵疾而卒[⑧]。与梦中女唱和甚多，不能全录，但记其《赠金郎》一绝云：“佳偶岂易寻，夺郎如夺彩。幸亏下手强，争先得为快。”

【注释】

①鬟（huán）：丫鬟，婢女。

②俄而：不久；一会儿。

③夙（sù）缘：前生的因缘；命中注定的缘分。

④绸缪（chóu móu）：情意殷切、缠绵。

⑤嗣（sì）后：以后。悴（cuì）：憔悴。

⑥酉（yǒu）：酉时，指晚上五点到七点。戌（xū）：戌时，指晚上七点到九点。

⑦禳解（ráng jiě）：意思指向神祈求解除灾祸。

⑧瘵疾（zhài jí）：疫病。亦指痨病。卒：死亡。

【译文】

苏州城里有一位姓金的秀才，名叫晋生，他才貌俱佳，谈吐清雅，有一位名叫苏春崖的进士非常喜欢他，于是就招他为自己的女婿，并将结婚的日子也定好了。有一天夜里，金秀才梦见自己被一个穿着红色衣裙的小丫鬟引领到一个陌生的地方，只见那里的房舍十分精致幽雅，最后他们来到一个圆形洞门前停住脚步，小丫鬟指着洞门里边说："这里就是月宫，我家小姐在此恭候多时了。"过了一会儿，一个身穿华丽衣裙的美丽佳人款款走出来，施礼后对金秀才说："秀才与我前世便有姻缘，如今怎忍舍弃我而另与他人家的女子成婚呢？"金秀才此刻早已神魂颠倒，诺诺地说："小生不敢。"于是就携扶着这位娇媚的小姐一起到她的闺房里同枕共眠，二人极

其恩爱，情意缠绵。从那以后，每天夜里秀才都会梦到与那女子幽会，二人异常欢悦和好，如胶似漆，然而金秀才的容颜气色却一天比一天憔悴。全家人看到这种情况都大为惊慌，于是立即与苏进士商议尽快为其女儿完婚。苏进士的女儿也是个颇有姿色的美女子，金秀才爱自己新婚妻子如同梦中的女子一样。从此以后，每到夜里入睡时，在晚上九点之前就与自己的妻子苏氏两情相悦，享受鱼水之欢，晚上九点之后就与梦中人交合缠绵。久而久之，竟不知哪一个是真实的生活，哪一个是在梦中了。金秀才的父亲千百次向神祈求解除灾祸，但始终没有效果。金秀才的身体原本就清瘦羸弱，再经历如此贪恋美色而消耗元气的生活折磨，只过了一年，他就积成痨病而死了。金秀才生前与梦中女子唱和了很多诗词，只可惜不能全录，只记录其中一首《赠金郎》:“佳偶岂易寻，夺郎如夺彩。幸亏下手强，争先得为快。”

天开眼

【原文】

平湖张敩坡，一日偶在庭中，天无片云，忽闻砉然有声①，天开一缝，中阔，两头小，其状若舟，睛光闪铄，圆若车轴，照耀满庭，良久方闭。识者以为此即“天开眼”云。

【注释】

①砉（huā）然：象声词，常用以形容破裂声、折断声。

【译文】

平湖人张敩（xiào）坡，一天，闲来在庭院中漫步，当时天空晴朗，万里无云，忽然听到一声轰然剖裂的声音，只见天空裂开了一条缝，中间宽，两头小，形状像船一样。缝隙中间眼珠亮光闪闪，圆如车轴，把庭院照得通明，好久才闭合起来。认识的人说这就是“天开眼”。

续卷一

狼军师

【原文】

有钱某者，赴市归，晚行山麓间，突出狼数十，环而欲噬。迫甚，见道旁有积薪高丈许，急攀跻执榾爬上避之①。狼莫能登，内有数狼驰去，少焉，簇拥一兽来，俨舆卒之舁官人者②，坐之当中，众狼侧耳于其口傍，若密语俯听状。少顷，各跃起，将薪自下抽取枝条，几散溃矣。钱大骇呼救，良久，适有樵伙闻声共喊而至③，狼惊散去，而舁来之兽独存。钱乃与各樵者谛视之，类狼非狼，圆睛短颈，长喙怒牙，后足长而软，不能起立，声若猿啼。钱曰："噫！吾与汝素无仇，乃为狼军师谋主，欲伤我耶？"兽叩头哀嘶，若悔恨状，乃共挟至前村酒肆中④，烹而食之。

【注释】

①攀跻：攀登。榾：指断木，柴棒。

②俨：俨然，很像。舁（yú）：共同用手抬。

③樵伙：砍柴的众人。

④酒肆：酒店，酒馆。

【译文】

有一个姓钱的人，一天傍晚从集市上回来往家走，经过一个山间小路时。突然跑出来几十头狼，合围过来要把他吃掉。情势急迫之下，钱某看见路旁堆有几丈高的柴垛，赶忙爬到高高地木桩上躲避。狼聚在下面爬不上去，其中有一些狼跑开了。没多久，它们抬着一只野兽回来了，野兽坐在中间，那情形就像轿夫抬着当官的一样。这群狼恭敬专注地倾听它的意见。一会儿，它们各自跳起来，开始把柴垛下面的木柴往外抽走，眼看柴垛快要坍塌了。钱某大惊失色地呼叫。过了好一会儿，正好有一群砍柴的人经过，听到呼叫声跑了过来，狼都吓跑了，只剩下被抬来的这头野兽，钱某与樵夫们都很奇怪地注视着它。它像狼又不是狼，眼睛圆圆的，脖子短短的，嘴很长，牙齿突出，后腿很长但是很软，不能自己站着，叫的声音像猿。钱某说："我跟你无冤无仇，为什么给狼出主意害我？"那野兽边磕头边哀伤地叫着，像是特别后悔的样子。大家一起把它挟制到前面的村庄酒肆中，烹饪之后吃掉了。

葛先生

【原文】

河南汲县李秀才，就馆村落[①]。夕行迷路，远望丛木间灯火，趋之，见一茅舍，隐隐有读书声。叩其门，主人出迎，年四十许，见李延入，自称葛姓，素好读书，厌尘市嚣杂，故隐此僻处。且言其妻在家乏食，为妻母逼嫁，明日将投河，惟君能救，望乞垂援。言之泣下。李唯唯，因就止宿，茵褥精洁[②]。既明，身卧冢上，并无屋舍。李骇极，趋归，道遇一妇衣绿衣，行且泣，临水将自投。李挽止之，询其所以，则葛姓妻也。孀居乏食[③]，父母欲夺其志，故觅死耳。李以去舍不远，邀归，与妪共述其异，养为己女。李年已五十余，忽举一子，视其眉目，酷肖所遇葛姓者，戏以葛先生呼之，儿辄笑投其怀。

【注释】

①馆：指旧时私塾。

②茵褥（yīn rù）：床垫子。

③孀居：独居寡妇。

【译文】

河南汲县有个李秀才，在一个山村里设馆教学。一天晚上，出外迷了路，远远望见丛木之间有灯火，跑到近前一看，是一间茅屋，屋里隐隐地

传出读书声。李秀才轻轻敲门，主人开门相迎，年纪四十岁左右，见了李秀才，便邀请他进屋。主人自称姓葛，平时喜欢读书，只因厌烦尘世喧闹，就独身隐居在这里。又说他生活贫困，妻子住在家里，缺衣少食，非常凄苦，近日妻子的母亲逼她改嫁，她不从却又没有办法，明天将投水一死。眼下只有李秀才才能救她一命，希望他能怜悯地帮助救救妻子。说着，竟哭泣起来。李秀才不免为之动容，答应一定竭力相救，于是就住了下来歇宿，床上铺盖等都很精美干净。天亮后，李秀才发现自己躺在一座坟上，并不是睡在茅屋里。他很害怕，吓得赶快爬起来往家跑，路上遇到一位穿绿衣服的女子，边走边哭，走到水边要跳河。李秀才赶紧跑上前，将她拉住并劝慰，经过询问，这个女子正是姓葛的遗孀。她因丈夫去世，寡居少粮，父母逼她改嫁，因而想寻得一死。李秀才见离家不远，就把她带回家中，跟妻子说明事情经过和商议后，收她为自己的养女。这时，李秀才已五十多岁，不料老妻有了身孕，忽然得了一子，看这孩子的眉目神情，与在茅屋中见到的那位葛先生十分像。每当李秀才夫妇戏称孩子“葛先生”时，这孩子就笑着投入他们的怀抱。

伏波滩义犬

【原文】

伏波滩，入广之要区，因其地有汉伏波将军庙而名也[①]。某年，有客收债而返，泊其处。船户数人夜操刀直入，曰：“汝命当毕于斯，我辈盗也，可出受死，勿令血污船舱，又需涤洗。”客哀求曰：“财物悉送公等，肯俾我全尸而毙[②]，不惟中心无憾，且当以四百金为酬。”盗笑曰：“子所有尽归吾囊橐[③]，又何从另有四百金？”客曰：“君但知舟中物，岂识其余？”乃出券示之，曰：“此项现存某行，执券往索可得。惟我清醒受死，殊难为情，请赐尽醉裹败席而终[④]，可乎？”盗怜其诚，果与大醉，席卷而绳缚之，抛掷于河。

甫溺⑤，有犬跃而从焉，俱顺流傍岸。犬起，抓击庙门，僧问为谁，不应，及启关，见犬走入，浑身淋漓，衔僧衣不放，若有所引。随至河边，见裹尸，俱欲散去。犬复作遮拦状，僧喻其意，抬尸至庙，抚之，酒气熏腾，犹有鼻息。解其缚，验席上有齿痕，始知是犬啮断，乃与茶汤而卧。明晨，客醒曰："盗走水路，我辈从陆告官，当先盗至。"盖度其必执券而往某行也⑥。僧诺，与俱。盗果未至，因告行主人以故，戒勿泄。俄而盗果持券至，主人伪为趋奉，遣客鸣官，遂皆擒获。客偕犬同归，终老于家，不复再出，著《义犬记》。

【注释】

①伏波将军：指汉代名将马援。

②俾（bǐ）：使，让。

③囊橐（náng tuó）：

袋子。

④败席：破席。

⑤甫溺（fǔ nì）：刚刚沉溺到水里。

⑥度：预测，估计。

【译文】

伏波滩，是进入两广地区的重要地方，因当地有汉代伏波将军的庙而得名。有一年，一个商客收债返回，将船停泊在水边。夜里，忽然有几个船家拿着刀闯进来说："你的命就要在这里结束，我们都是强盗，你可以从船舱出来受死，免得血弄污了船舱，还要来清洗。"客商哀求说："我把财物全送给你们，如果能让我全尸而死，我不仅没有遗憾，而且还会再用四百两金子酬谢你们。"强盗笑着说："你所有的财物，全都归到我们的口袋中了，又哪里有另外的四百金呢？"商客说："你只知道船上的东西，哪里知道我其他地方还有钱呢？"于是拿出债券给他们看，说："这笔款子存在某商行，凭这些单据就能取到钱。只是让我清醒着受死，感情上难以承受，请你们赐给我一些酒喝喝，喝醉后，用一床破席子把我裹着而死，行吗？"强盗觉得他很诚恳，果然让他喝得大醉，用席子卷起，捆上绳子，把他扔到河里了。

客商刚沉到河里，他船上的一条狗也跟着跳入河中，一起顺流漂到了岸边。狗爬上岸后，跑到一座庙前抓敲着大门。门里和尚问是谁，没有人应答，开门一看，只见一条狗跑进来，浑身湿淋淋的，衔着和尚的衣服不放，好像有所指引。和尚跟着狗来到河边，看见席子裹着的尸体，就打算离开，狗又作出遮拦的样子。和尚明白了狗的意思，把尸体抬到庙里。用手抚摸试探，酒气冲天，发现还有一丝气息。和尚解开他的绳子，查看席上的齿痕，才知道是狗咬断的。于是，和尚给商客喂了些茶汤，让他休息。第二天早晨，商客醒了对和尚说："强盗走的是水路，我们从陆路走，告到官府，应该能在强盗之前赶到。"商客估计强盗一定会拿着债券到那钱庄去取钱。和尚答应了商客，和他一起去了，当他们赶到钱庄时，强盗果然还没有到。于是把发生的事情告诉了钱庄主人，让他不要泄露。不久，强

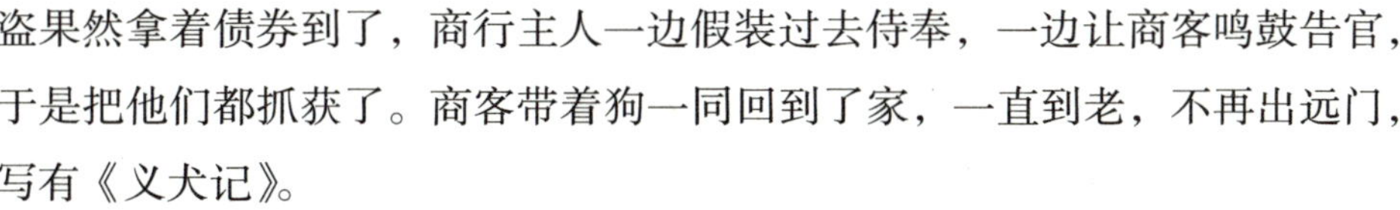

盗果然拿着债券到了，商行主人一边假装过去侍奉，一边让商客鸣鼓告官，于是把他们都抓获了。商客带着狗一同回到了家，一直到老，不再出远门，写有《义犬记》。

虹桥板

【原文】

福建武夷山大藏峰山洞中凹处有大木千百条，横斜架立，千万年不朽不落，色如陈楠。朱文公云：“是尧时居民所栖避洪水处，后水退而木存。然木状非受过斧斤者①，山洞罗列群木，如民间开木行者。然山下滩水湍急②，舟不能泊。”余至武夷亲见之③。后到杭州，又见孙景高家藏虹桥板一片，木微香，肌纹细润，梁山舟侍讲镌诗其上④。

【注释】

①斧斤（fǔ jīn）：刀斧等砍木工具。

②湍急（tuān jí）：水流急速。

③余：我。至：到。

④镌：镌刻。

【译文】

福建地区的武夷山大藏峰山洞中，略显凹陷的地方有千百条大木料，分别横斜架立，已历经千万年，既不腐朽，也不掉落，颜色如同陈年楠木一般。朱文公说："这是尧帝时期居住在这一带的百姓栖居躲避洪水的地方，后来洪水退下去以后，木料就保存下来了。但是木料的形状看上去没有被刀斧砍削过的样子，山洞中罗列的那些木料，如同民间开木料商行的店铺里摆设的一样。山下滩水的水流急速，无法停泊舟船。"我到武夷山亲眼见过这情景。后来到了杭州以后，又看见孙景高家珍藏了一块虹桥板，这片板木微微散发着木香，木板的肌纹细润，梁山舟侍讲的诗句就镌刻在虹桥板上。

续卷二

鬼状

【原文】

河南祥符县，最繁剧，凡各州县申解院司案件有覆审者，多委办焉。自理词讼，虽常接受，而示审无期，反致沉搁。令尹鲍公勤于堂事①，一夕收呈状若干，未及细阅，即交幕友批发②。次日，幕友问公曰："某处命案，可往验否？"公曰："未见呈禀，安得有此？"索状观之，则是谋杀亲夫状也。内载奸夫姓名，自称瞽某③，被杀某处，屈指计之，隔十六年矣。公愕然曰："案悬十六年，事颇怪。"因将各呈俱为批发，独压其呈不发。

逢收呈日，又亲点名过堂，并无瞽者。及晚查阅，则前瞽者呈又在内矣。公问书役："汝辈可识刘顺否？"或答曰："有其人，现充臬司厨役④。"公赴司请拘凶犯，臬司交公带讯，供认不讳。先是，刘顺本属无赖，在城外河口以驮人渡河为生。值瞽者夫妻同行，见其妻有姿，遂萌恶念，于负渡时即戏挑之曰："娘子嫁一瞽者，殊非终身了局，倘不予嫌，愿同白首。"其妻心动，共绐瞽者憩树间⑤，解裹足布勒死，挖坑埋之，遂成夫妇。伪作逃荒者至外县雇佃于巨绅家，遂学烹饪，颇有所积。乃挈妻入汴城，充臬司厨役。公廉得真情⑥，即往掘验，尸未朽，伤痕宛然。于是刘夫妇皆伏诛。

【注释】

①令尹：泛指县、府等地方的行政长官。

②幕友：明清时地方军政官署中协助办理文案、刑名、钱谷等事务的人员。

③瞽（gǔ）：瞎子。

④臬司：明清提刑按察使司的别称，主要任务是赴各道巡察，考核吏

治，主管一个省范围的刑法之事。

⑤绐（dài）：欺骗，哄骗。

⑥廉：考查，查访。

【译文】

河南祥符县的事务最繁重，凡是各州县申诉发送到院司的案件，有需要复审的，大多是委托祥符县办理。属于本县自行受理的案件，虽然是正常接受，可等审理结束往往遥遥无期，反而导致本地案件的拖延积累。当时的县令鲍公，勤于办理公务。一天晚上，他收到了若干份状子，还没有来得及仔细阅读，就交给幕僚处理。第二天，幕僚问他："某处发生的命案，可以前去验看吗？"鲍公说："没看到这个诉状，怎么会有这个案子呢？"说着，便要来状子看，则是谋杀亲夫的状子。状子上写了奸夫姓名，自称是瞎子某某，被杀在某处，屈指算来，已过去十六年了。鲍公惊讶地说："案件拖了十六年，真是很奇怪。"于是批示了其他状子，唯独留下这份状子没发。

逢到当面受理的日期，鲍公又亲自到公堂上点名，并没有瞎子来告状。到了晚上再查阅卷宗，之前那份瞎子的状子还在里面。鲍公便问文书衙役："你们知道刘顺这个人吗？"其中有人回答说："知道，他在给按察司的一位长官做厨子。"鲍公到按察司处请求拘捕凶犯，按察司便把刘顺交给鲍公带回审讯，刘顺也全部供认。在此以前，刘顺曾是个游手好闲的人，在城外河口以载人渡河为

生。刚巧瞎子夫妻两个同行，他看瞎子的妻子长得有姿色，就萌生了恶念，在运载他们渡河时挑逗瞎子的妻子说："娘子嫁了个瞎子，绝非长远之计，如果不嫌弃，我想与你白首偕老。"瞎子的妻子动心了，就一起把瞎子带到树林间休息，再解下缠脚布把瞎子勒死，挖了个坑埋了，他们就成了夫妇。后来他们伪装成逃荒的人，跑到了外县，在豪绅人家受雇为佃农，刘顺在那里学烹饪，储存了不少积蓄后，刘顺就携同妻子返回祥符县城，在按察司处做了厨子。鲍公查清过程后，便命人前往挖掘尸体查验，尸体还没有腐烂，勒索的伤痕仍然清晰。于是，刘顺夫妇都被处以死刑。

雷异

【原文】

金坛瓜渚有某者，其子幼时与某姓为婚。未几某卒，妻矢志抚孤，屡遭饥馑[①]。子既长，不能行娶礼，遂嘱媒氏辞婚，令别择婿。某夫妇询之女，女志坚不夺，媒复命，母子计无所出。居久之，母呼其子曰："吾十数年来饥寒交迫，不萌他念者，望汝成立室家，为尔父延一线也。今茕茕相守[②]，虽百年何济？余昨已议改醮某姓[③]，得金若干为汝娶妇，若干偿宿逋[④]。今金俱在床头，汝可视之。"子噤不能出一语。母泣曰："速诣媒氏言之，余坐待汝夫妇成礼，然后去。"子泣不应，母促之再三乃往。时邻左博场有群匪窃听，乘某子夜出，穴壁偷金去。母晨起失金，遂自缢。

越宿，子偕媒来，启户不见其母，怪之，使媒坐客舍而己入内，见母已死，痛极亦缢。媒怪其久不出，呼之无应者，窥其寝，母子俱悬梁死，骇极而号[⑤]。邻众毕集，咸不解其故。媒因奔告女之父母，女闻之亦缢。时方隆冬，天忽阴晦，雷电交作，震死博徒七人，某子某女俱索断而苏，惟某母救亦不醒。一时闻其事者相与叹曰："贞烈节孝，三事萃于一门，而一时俱死非其命，若无人为之伸理，雷为之伸者，斯亦奇矣！至于苏男女二人，使之完娶，而节母则听其悠悠不返，所以曲全之者又如此，谁谓雷无知耶？”

【注释】

①饥馑：饥荒，饥饿。

②茕茕：形容无依无靠，非常孤单。

③醮（jiào）：指女子嫁人。

④宿逋：指久欠的税赋或债务。

⑤骇：惊吓，震惊。

【译文】

金坛瓜渚有个人，他儿子小时候与人家定了一门娃娃亲。不久，他去世了，他妻子决心独自抚养儿子，经常忍饥挨饿。儿子长大了，却没钱下聘礼，于是跟媒人说，让女方改配别的人家。女方家长跟女儿说了这个意思，可女儿坚决不同意，媒人回来跟男方一说，母子俩也没办法。过了好久，母亲把儿子喊到面前说：“我十多年来饥寒交迫，没有别的念想，就想把你拉扯大看着你成家立室，为你父亲延续一线香火。如今孤孤单单地这个状况，就是等上一百年也不是个办法。我昨天已和人家商定，就要改嫁给某人了，得到一些银子，一部分用来给你娶媳妇，剩下的一部分偿还旧债。现在银子都在床头，你去看看。”儿子听后，沉默不语。母亲哭着说：“快点去告诉媒人，我等你们行礼成婚后，然后离开。”儿子只是流泪而不回答，母亲再三催促。当时旁边赌场里，有几个赌徒无意间偷听到了母子对话，乘着儿子晚上出门，挖洞进房偷走了银子。母亲早上起来发现银子全部被偷，就上吊自杀了。

第二天，儿子带着媒人回家，开门不见母亲，感到很奇怪，叫媒人在客厅暂坐，自己进里屋一看，母亲已死，儿子悲痛难忍也上吊了。媒人坐了半天，怪他好久不出来，叫了几声也没人应答，就去寝室看看，只见母子俩都上吊而死，媒人吓得大声呼叫。邻居都赶过来，弄不清其中的缘故。媒人赶紧去告诉女方家长，女儿听说后也上吊自尽。当时正值隆冬，天气突然阴沉下来，雷电交加，击死了七个偷钱的赌徒，这对年轻男女的绳索都因雷声震动而断了，两人慢慢苏醒过来，只有那母亲没能救活。一时间，听说这件事的人相互感叹地说：“贞烈、节义、孝顺，这三个好品德聚集在这家，却又遭此横祸，死于非命，没人给他们伸冤，但雷公给他们伸冤了，真是奇特啊！让这对年轻男女苏醒，使他们结为夫妇；而让守节的母亲追随先夫悠悠而去，波折之中可见用心良苦，谁说雷公不开眼呢？”

续卷三

道士留符

【原文】

常州吴某，刑部郎中讳楫之祖，素好道。自京师归店，晤一道士，风采绝异，不带行李而宿。夜觇之[①]，赤身而坐，气咻咻然从耳中出[②]，蚊不敢近。旦起将行，吴询所往，曰："我云游无定处。"吴拉之南归，供奉甚敬。居数年，临死授二符曰："我受君恩未报，他日有事，可以此符镇压，所以谢君也。"已而吴某卒，其夫人大病垂危，屡见鬼魅，夜遣婢环视。有仆素健壮，好酒有胆，设席于门外，已醉睡矣。梦一老者，随一童子，持壶杯各一，谓童子曰："彼好酒，可令饮一杯。"童子将一杯置老仆脐内斟之，初觉甚热，后不能耐，乃大呼而起，咳嗽一声，口血已喷满地。从此鬼更猖獗。未几，家人收拾地方，将停夫人之柩，偶在箱中翻出道士符，乃钉挂帐上。夫人久不言语，见忽诧曰："帐上悬一明镜，中有甲胄将军[③]，持刀逐鬼，鬼尽远遁矣。"夫人从此病愈，又十余年而终。亲友中有病家借其符驱鬼，无不验者，旋竟失去。

【注释】

①觇（chān）：窥视，观测。

②咻咻（xiū）：形容喘气的声音。

③甲胄：铠甲和头盔。

【译文】

常州人吴某，是刑部郎中吴楫的祖父，一向喜欢道术。他从京城回来，住在旅店里，遇到了一个道士，风采非凡，不带行李而来投宿。夜里，吴某窥视道士，看他赤身而坐，听到他呼吸的声音是从耳朵里传出来的，蚊子不敢靠近。天亮起身将要辞别旅店时，吴某问他奔往何处，道士回答说：

“我四处云游，没有固定的地方。”吴某便要求他一起南归，到家后，对他恭敬地侍奉。道士在吴某家居住了好几年，临死时给吴某二张道符，说：“我得到了你的恩情，还没有报答，如果以后你遇到什么不祥的事情，可以用这个道符来驱除，就作为我对你的感谢。”后来，吴某也去世了。他的夫人病重垂危，眼前老是出现鬼魅，夜里就让侍女陪着，环顾四周看有没有鬼出现。有个老仆人素来身强力壮，好酒而胆大，便在房门外设置了酒席，饮酒把守，多喝了几杯而睡着了。朦胧的睡意中，老仆人梦到一位老人，身边有一个童子，手里拿着酒壶和酒杯，老人对童子说：“这个人好酒，可让他喝一杯。”童子将一个酒杯放进老仆的脐内，然后斟上了酒。老仆一开始觉得热乎乎的，后来渐渐地忍耐不住，于是大叫着坐了起来，咳嗽了一声，口中的血已喷得满地。此后，那鬼更加放肆了。不久，家人整理房间，因为看老夫人的病已无可挽救，就准备让出一个地方停方棺材，偶然在箱中翻出了道士留下的道符，于是把它钉挂在帐子上。夫人早就不能开口说话了，可看到这个道符后，忽然大叫着说：“帐上悬挂着一面明镜，镜中有位身披盔甲的将军，拿着刀驱逐鬼魂，鬼远远地跑了。”夫人的病从此就好了，又过了十几年才去世。后来亲友中有病家借用这个道符来驱鬼，没有不灵验的，不久这符就不见了。

夺状元须损寿

【原文】

康熙癸未，江南士子赴都会试。某解元负才傲物[①]，陵轹同辈[②]，每曰：“今岁状元，舍我其谁？”同辈不堪其侮。既至京师，试期且近，同舍生夜梦文昌帝君升殿胪传[③]，及唱名，则某果状元也。同舍生意窃不平。未几，有女子披发呼冤曰：“某行止有亏，不可冠多士，须另换一人。”帝君有难色，顾朱衣神问之。朱衣神曰：“万历间亦有此事，以下科状元移置上科，

其人早中三年，减寿六岁，此例今可照也。”遂重唱名，状元为王式丹。旦起，某大言如常。同舍生告之以梦，某失色曰：“此冤孽难逃，匪特不思作状元④，并不复应试矣。”亟束装归，半途而卒。是科状元果王式丹也，寿六十。

【注释】

①解元：指科举制度中乡试第一名。

②陵轹（lì）：欺压，欺蔑。

③胪传：科举殿试后，宣读皇帝诏命传呼进士名次。

④匪特：不但，不仅。

【译文】

康熙四十二年（1703年），江南的举人们去北京城参加会试。解元某自命不凡，目空一切，藐视一起赶考的举人们。常常说：“本年的状元，除了我，还能是谁？”同去的人都讨厌而受不了他的狂傲轻慢。到了京城后，看着离考试的日子已很近。与他同住一屋的一位举人，夜里梦到文昌帝君升殿传呼考生。公布考试上榜的名单时，状元果然是那位解元。同寓所的举人心里都私下不平。不一会儿，有个披头散发的女子高喊：“这个解元平时举止行为不端，有劣迹，不可使其名列榜首，必须换一人。”文昌帝君面露为难之色，转头问红衣神。红衣神回答说：“万历年间也出现过类

似的事情，结果把本该在下一科考中状元的人移到了这一科。因为他早了三年中状元，所以同时减去他六年的寿命。现在可以按照这个例子办。”于是重新唱名，状元变成了王式丹。第二天天亮，大家都起床洗漱，解元某依然是轻狂骄语，大话连天。那个举人告诉他夜里梦到的情况后，这个解元十分惊恐，说：“这是冤孽难逃啊，我不但不想中状元了，而且也不想再参加考试了。”他急忙收拾行李转头回家，结果死在了半路。这一年状元果然为王式丹，他享年六十。

绍兴李先生

【原文】

绍兴李直颖作幕山西太谷县①，夜眠书斋，有老人伸靴于炕下曰：“我山阴人，亦幕客也。死不得归，奴窃银信衣服而逃，至今家中犹未能知，求君为我寄信到家。”李曰：“不必寄信，我即日要返舍，归时即送君柩归可也。”鬼大喜拜谢，且曰：“无以报恩，愿代为办案。”从此，李每宵熟寝而几上之案已办定矣，一时有“神明”之称。逾年，送其柩归，其妻子泣迎于门，曰：“昨夜梦老相公灵輀还家②，故在此相迎也。”

【注释】

①幕：幕僚。

②輀（ér）：古代运棺材的车。

【译文】

绍兴的李直颖在山西太谷县做幕僚，夜里睡在书房中，有个老人伸靴在李幕僚的炕下说道：“我是山阴人，也是这县里的一个幕客。死后不得回归家乡，有个奴仆把我的银子、书信、衣服都偷跑了，至今家中还不知道我亡去，求先生帮我寄信给家里。”李说：“不必寄信，我近期就要回乡，等我回乡时，将你的灵柩一起运回去便可。”这鬼听后，欢喜地拜谢，并说

道："我没有什么报恩的，愿意代你办案。"从此以后，李幕僚每晚只顾悠闲地熟睡，而桌上放置的卷宗案件已有人为他办理妥当，一时有"神明"之称。过了一年，李直颖送他的灵柩回到家乡，老人的妻子哭着站在门口迎守着，说："昨天夜里梦见老相公的灵车回家，所以在此相迎呀。"

续卷四

李秀才捕亡术

【原文】

闽中李秀才，老于场屋[①]，而家甚贫。不事馆谷，惟以捕亡糊口[②]，其效甚神。有王某被窃，来求秀才，诵咒毕，置镜水面，命王视踪迹，教以某时刻到东门外，见有白发而跛者擒之[③]，则失物必得。王意跛者不能窃物，白发则其人老矣，何能作贼，姑试之，竟如其言，人赃并获。其行窃者系一积贼[④]，年二十余，虑捕快认识[⑤]，故偷戏场优人所戴假须，充作老翁[⑥]。先一日，上山遇雨，跌伤其足，故跛也。

【注释】

①闽（mǐn）中：指福建一带。场屋：科举时代考试的场所。老于场屋：指一辈子都在考试，没有考中举人。

②捕亡：指追捕罪犯及逃亡兵、丁、役等。糊（hú）口：寄食，勉强维持生活。

③跛（bǒ）：腿或脚有毛病，走起路来身体不平衡。

④积贼：意思是犯案多次的贼；惯犯。

⑤捕快：旧时官府捉拿犯人的差役。

⑥优人：古代以乐舞、戏谑为业的艺人。

【译文】

福建那一带有一个姓李的秀才，一辈子都没考中举人，而他家里尽管很穷，但他也不去做塾师或幕宾，只是靠帮助别人追寻丢失东西和搜捕犯人去向来养家糊口，不过，他推算的结果的确非常神奇。有一个王某家中被盗，所以特地前来请求帮忙，只见李秀才念诵一会儿咒语完毕之后，便将一块镜子放在水面，叫王某过来观看踪迹。然后让他在某一时刻到东门外等候，如果看见一个满头白发而且跛脚的人就上前抓住他，那么丢失的东西就一定能拿回来了。王某心中暗想，脚跛的人根本不能偷走我的东西，满头白发则说明那个人已经很老了，怎么能做得了贼呢？唉！事已至此，姑且前去试看一番吧。王某按照李秀才所描述的人物特征仔细查看，竟然果真像他所说的一样，人赃并获。原来那个偷东西的人是一个惯犯，偷窃已经有二十多年了，害怕被捕快认出来而被抓，所以就偷来戏场上戏子所戴的假胡须冒充为老翁。因为前一天上山的时候正好遇到下雨，不小心摔伤了自己的脚，所以就变成跛脚了。

禅师吞蛋

【原文】

得心禅师行脚至一村乞食，村中人皆浇薄①，尤多恶少年，语师曰：“村中施酒肉，不施蔬笋。果然饿三日，当备斋供。”至三日，请师赴斋②，依旧酒肉杂陈。盖欲师饥不择食，以取鼓掌捧腹之快。师连取鸡蛋数个吞之，说偈曰：“混沌乾坤一口包，也无皮血也无毛。老僧带尔西天去，免受人间宰一刀。”众人相顾若失，遂供养村中。

【注释】

①浇薄：刻薄，不淳厚。

②赴斋：化缘、做功德等佛事。

【译文】

得心禅师来到一个村庄化斋，这个村里的人都很刻薄，尤其有不少恶少年，他们对得心禅师说：“我们村里只施舍酒和肉，不施舍蔬笋，如果你能饿三天，那么我们斋供你。”到了第三天，他们请得心禅师赴斋，可桌上还都是酒和肉。他们想让得心禅师在饥饿状态时不再选择食物，以便取笑作乐。得心禅师连拿几个鸡蛋吞进肚里，说了几句偈语：“混沌乾坤一口

包，也无皮血也无毛。老僧带尔西天去，免受人间宰一刀。”众人听后，带着惊异的目光，相顾无言，不知如何是好，于是在村中按规矩供养起禅师。

狗儿

【原文】

申生祥麟者，小字狗儿，居渭南。故农家子，状妍媚而性谌挚①，不为父母所悦。会关中饥，将觅食他郡，以祥麟寄邻家。邻人责以治地，怠则鞭挞之，不堪，乘间乃逃入蓝田山，复越秦岭而西。昼食卉木，夜就岩穴栖其身，凡数月。时方熇暑②，入山益深。一日，坐崇阜，下窥洞穴，林萝蔽之，入其中假寐。须臾，黑烟喷入，火燎毛发有声。亟穿穴出，有巨蟒如瓮，不见其首，尾捽洞外，毒雾幕之，高三丈许。祥麟惊仆地，堕土穴中。醒后自视，身首黝黑如漆。就山中乞食，群呼噪指为鬼物，以刃梃殴逐之，自分必死。亡何，见灌莽中有物若栲栳状，饥甚，剖食之，浆白如乳。数日后，觉体中麻痒，乃入溪涧浴之，忽黑皮蝉蜕，而貌转靡嫚③。

祥麟故习秦声，出山后，由汉中至武昌。其地有胡妲者，艺颇精，求其指示，欲藉以假食，不肯授，转嗜同类揶揄之，愤而弃去。佣于金弹儿家，汉阳名倡也。祥麟事之，见其一颦一笑，一举止，一饮食，一寤寐，明姿冶态，备极诸好。居一载，喜曰：“吾得之矣！”复请奏技，观者尽倾，如壮悔堂所传马伶演《鸣凤记》故事也④。又数月，夜宿旅店，忽有白刃自牖飞入揕其首⑤，亟避出视之，即胡妲也。知招妲忌，其地不可居，即日返渭南。方祥麟始去也，年十六，又四载归，入室，不知父母所在。有云见之山西者，复弃家渡河，由蒲州售技至太原访之。一日，演剧于沈竹坪观察署，傔从侍列⑥，中有老叟，似其父，时方登场，瞥眼不觉失声。询其故，令相识认，果然。其母亦在署，闻亟趋出，抱持之，各相视，恸不能起。坐中皆泣下。观察感动，厚赠之，令与俱归。返旧居，置田五十亩于酒河川原上，将事亲以终其身焉。

【注释】

①谌挚：诚实真挚。

②熇（hè）暑：酷暑，酷热。

③靡嫚：同“靡曼”，意为华丽，柔美。

④壮悔堂：指《壮悔堂文集》，为明末清初侯方域所著。

⑤牖（yǒu）：窗户。揕：刺。

⑥傔从：侍从，仆役。

【译文】

清朝时，有个人叫申祥麟，小名叫狗儿，家住于渭南，原本是农家孩子，长得相貌好看而生性耿直，不被父母喜欢。正巧遇到关中发生饥荒，父母要去外地谋生，就把申祥麟寄养在邻居家。邻居叫他去耕田，稍有懈怠就挥鞭打他。祥麟受不了，于是借机逃进蓝田山，又越过秦岭向西。他白天吃山果野菜，晚上睡在岩洞里，就这样过了好几个月。眼下正当酷暑，他往山里越走越深。一天，他坐在高高的山头，向下面看去，见有一个洞穴，被树木藤萝遮盖着，他便走进洞中睡了片刻。一会儿，突然有一股黑烟喷进洞里，接着火把毛发烧得发出了声响。他急忙跑出洞穴，只见一条巨蟒，有碗口粗，它的头不知在哪里，尾巴甩在洞外，发出的毒雾像布幕一样，有三丈多高。申

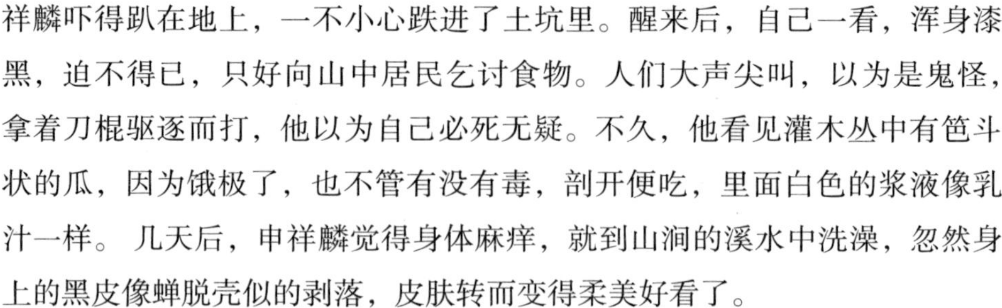

祥麟吓得趴在地上，一不小心跌进了土坑里。醒来后，自己一看，浑身漆黑，迫不得已，只好向山中居民乞讨食物。人们大声尖叫，以为是鬼怪，拿着刀棍驱逐而打，他以为自己必死无疑。不久，他看见灌木丛中有笆斗状的瓜，因为饿极了，也不管有没有毒，剖开便吃，里面白色的浆液像乳汁一样。几天后，申祥麟觉得身体麻痒，就到山涧的溪水中洗澡，忽然身上的黑皮像蝉脱壳似的剥落，皮肤转而变得柔美好看了。

申祥麟以前学习过秦腔，出山后，从汉中到了武昌。当地有个胡姐，演唱技艺精湛，申祥麟求她指点，想靠此谋生。可是胡姐不但不肯教他，反而叫来同辈一起嘲讽他，申祥麟愤然离开了。他来到了金弹儿家做佣工，金弹儿是汉阳的名角。申祥麟在金弹儿家侍奉时，留心观察主人的一颦一笑、举止投足，以及饮食和睡眠时的样子，学习其各种美好的姿态。居住一年，申祥麟高兴地说："我学到了！"于是重新要求登台表演，观众皆为他的演出所倾倒，就如同侯方域所写的马伶演《鸣凤记》的情形。又过了几个月，申祥麟在旅店夜宿，忽然有一把明亮的匕首从窗户飞进，朝着头部刺来，他急忙躲避，走出门外一看，却是胡姐。他知道招来了胡姐的嫉妒，此地不可居住长留，当天便返回家乡渭南。申祥麟当初从家乡逃走时，是十六岁，过了四年回来后，父母已不知去向。有人说在山西见过他们，于是申祥麟又离开家乡渡过黄河，再从蒲州出发，一路靠表演到山西太原寻亲。一天，他在沈竹坪道台的衙门中演出，在场的侍从队伍中，有个老人很像他父亲，这时申祥麟刚出台登场，瞥眼看见老人，不觉失声痛哭。人们询问原因后，让他们相认，果然是父子。申祥麟的母亲也在署中，听说消息后急忙跑来，抱着儿子仔细打量，哭得站立不住，在场的人见此情景，也都纷纷落泪。沈竹坪观察使非常感动，以厚礼相赠，让他们一起回归家中。申祥麟回到旧居后，在酒河川原上购置了五十亩田，赡养双亲，为他们养老送终。

续卷五

阴沉木

【原文】

阴沉木[1]，湖广施南府属山中土产此物，悉掘地得之，名“阴沉木”。质香而轻，体柔腻，以指甲掐之即有陷纹，少顷复合，如奇楠然。土人云，其木为棺，入土则日重，重则沉，葬千年后，其棺陷入地数十丈，亦坚重如铁，故宝贵之。施南买不过六七十金，可得佳料一具。载至汉口，非千金不易购，以出水脚费大也[2]。盘古以前无可考，有相传近混沌之上代，乃脱高、龙汉也。老聃生于龙汉元年，见道书。

【注释】

①阴沉木：一种绿色环保、密度较高、物理力学性能稳定且耐腐性极强的木材，具有极高的价值，被誉为植物界的“木乃伊”。

②水脚费：水路运费。

【译文】

阴沉木，是属于湖广施南府的山中特产，全部是从地下挖掘而出，所以名字叫“阴沉木”。这种木料既香又轻，质地柔腻，用手指一掐就有陷痕，过一会儿掐痕处又恢复如初，如同奇楠木。当地人说，用这种木头做棺材，入土后一天比一天重，因重而往下沉，埋葬千年以后，棺材陷入地下有几十丈，而且像铁一样坚硬厚重，所以被看做宝贝。在施南购买，最多六七十两银子，就可以买到一具上好的木料。如果运到汉口，没有上千两银子是很难买到的，因为水路运费太高。在盘古以前无法考查，有相传说这种树木生长于近乎宇宙混沌的时期，也就是道家所谓的脱高、龙汉时期。老聃生于龙汉元年，这种记载见于道家的典籍。

水虎

【原文】

《尔雅》：虎有角曰虒[①]，能行水中。而不知水中实有虎也。康熙中，朱鹿田先生曾见松江提督养一虎在池中，以铁栅围之，名曰水虎。饲以鱼虾，不食生肉。《象山志》：里民渔于海，网得一雄虎，在网中犹活，出水即死。剖之，腹中有三小虎。此盖鲨鱼感气而化也，未登陆即为网获。

【注释】

①虒（sī）：传说中的兽名。似虎而有角，能在水中行走。

【译文】

《尔雅》上说：头上长角的老虎叫虒，能在水里游走。却不知水中确实有虎生活着。康熙年间，朱鹿田先生曾看见松江提督在水池中养了一头老虎，四面都围上了铁栅栏，名叫水虎。用鱼虾喂养它，它不吃生肉。《象山志》说：有村民在海边捕鱼，收网时捕到了一头雄虎，在网中还是活的，出水后就死了。剖开它的肚子，里面有三头小虎。这大概是鲨鱼感气变化而成的动物，还没登陆就被渔民网获了。

作势渡水

【原文】

张灏游真州竹林寺，寺隔小河二丈，僧驾板桥来往[①]。张到时日暮，桥已撤矣。张奋身踏水而渡，至僧庵，但湿半鞋。僧大惊，以为仙。张笑曰：

“我非仙也。少时曾有师授法，用厚砖高尺余横排于地，铺三丈许，跃上飞走，砖不倾倒，再换薄砖试之。往来而砖不动摇，则用朽烂布绢，布绢受足不穿，再换豆腐，最后用绵纸、竹纸②。能踏竹纸不破，便可踏水矣。但起步须在二十步之外，一鼓作气，即作虎势，腾空如飞，鞋头着水不过五六寸即上岸矣。若到水边才鼓气，便不能起势，然极其量，亦不过二丈而止。”余按王莽用兵募能飞者，有人应召，缚鸟羽为翅，飞数十步乃坠，莽知不可用，即此类也。

【注释】

①板桥：木板搭起的小桥。

②棉纸：用树木的韧皮纤维制成的纸。竹纸：竹纸是以竹子为原材料造的纸。

【译文】

张灏去真州竹林寺游览，快到时，还隔着一条二丈宽的小河，白天，僧人都是架起板桥来往而行。张灏到达河边时天色已晚，桥被撤掉了。张灏就纵身踏水渡河，走进竹林寺的寺庙时，鞋子仅仅湿了一半。僧人们很惊讶，以为他是神仙。张灏笑着说：“我不是神仙。少年时曾按照师父的方法学习，用一尺多高的厚砖头排在地上，铺有三丈长左右，在上面练习飞快地行走，砖头不再倒时，再更换薄砖头来练习。来回走动而砖头不晃动时，就换用朽烂的布绢练习，布绢经过脚踏而不穿裂，再换用豆腐，最后换用绵纸、竹纸。如果

能脚踏竹纸而不破，就可以踏水行走了。但起步时必须在二十步之外，一鼓作气，就像虎势腾空如飞般一样。鞋头沉到水里五六寸时也就上岸了。如果到了水边才鼓气，就没有冲刺的势能，那么最大的极限也不超过二丈远了。”我考察王莽打仗，他就曾招募能飞的人。有人前来应聘，把鸟羽做成的翅膀绑缚在身上，飞了数十步就坠落下来了，王莽看后知道这种方法不可行。古人所说的飞行就属于这一类。

米元章显圣

【原文】

芜湖鲍某，工画，专学米元章①，竟能得其大概。且又能烘染纸作旧色，识者莫辨，南北骨董家购者甚多②，因之致富。一日作画倦矣，坐而假寐。忽见一人唐巾宋服，登其庭骂曰："我米元章也，汝学我画仅得皮毛，而欺世取财，将来千百世后，道元章之画不过如此，则我之身分姓名，俱为汝糟蹋矣！"因袖中出一石击其右肱，鲍觉酸痛，一惊而醒。从此握笔腕痛难胜；执箸③、数钱，依然无恙。

【注释】

①米元章：米芾，北宋著名书法家、画家。

②骨董：古董、古玩的旧称。

③箸（zhù）：筷子。

【译文】

安徽芜湖有个姓鲍的人，擅长作画，专学米芾的风格，竟能摹仿得差不多。而且他还会烘染纸张，形成一种古董的样子，即使比较识货的人也难以分辨，南北两地的古董家，买了他很多画，因此使他发了不小的财。一天他作画累了，坐在桌前打盹。忽然梦见一个人头戴唐巾、身穿宋服，走到院子里，骂道："我是米元章，你学我的画仅学得一些皮毛，就来欺骗

世人，谋取钱财，将来千百年后，人们说米元章的画也不过如此，那么我的名声都被你玷污了！”于是，从袖中取出一快石头，砸中了他的右臂，鲍某觉得酸痛，一下子惊醒了。从此，他握笔时手腕就疼痛难忍；但拿筷子、数钱，却还是和从前一样没有感觉。

续卷六

琴变

【原文】

金陵吴观星工琴，尝为余言："琴是先王雅乐，不过口头语耳，未之信也。年五十时，为赵都统所逼[①]，命弹《寄生草》，旁有伶人唱淫冶小调以和之[②]。忽然风雷一声，七弦俱断，仰视青天，并无云彩。都统举家失色。从此遇公卿弹琴，必焚香净手，非古调不弹矣。"

【注释】

①都统：古代武职官名，为地方军政长官。

②淫冶：淫荡，轻狎。

【译文】

南京的吴观星擅长琴技，曾对我说："琴是过去典雅纯正的音乐，这种说法只是一种口头随语，未必可信。在他五十岁时，受一个姓赵的都统逼迫，叫他弹一曲《寄生草》，让旁边的演艺人唱着淫荡的小词来和。突然，狂风而至，响起一声惊雷，琴上的七根弦全被震断，抬头向天空望去，并没有乌云，赵都统一家大惊失色。从此在官场上，遇到弹琴演奏的活动，他都会先净手焚香，以示恭敬，凡不是高雅的古调一律禁止弹奏。"

官受妓嗔

【原文】

杨镜村作苏州太守，娼禁甚宽。某太守治苏州，笞妓甚酷[①]。后两人俱解组矣[②]，偶过江都，有巨公某延之饮酒。座有三妓，皆苏人也。主人戏问："苏州官长贤否？"三人但认识杨公，不认识某公，齐声对曰："杨太老爷待奴辈仁慈，并禁地方衙役光棍吓诈。此等官府[③]，自然公侯万代。后来某大老爷拿奴辈去，非笞即拶[④]，并教供出嫖客姓名，以便他吓诈取钱，不供便打。如此等官，世世子孙要做奴辈这行生意的。"举座大笑，某公不终席，登车而去。

【注释】

①笞：用鞭、杖或竹板子抽打。

②解组：解下印绶，指辞去官职。

③官府：多指地方行政机关，也是对封建官吏的称呼。

④拶（zǎn）：旧时一种夹手指的酷刑，所用的刑具叫拶子。

【译文】

杨镜村担任苏州太守时，对娼妓这类现象管理得比较宽松。另一位某太守任职苏州时，管理很严，对妓女严酷鞭打。后来这两人辞去官职后，偶然路过江都，有位资质较高的人宴请他们。座席上有三个妓女，都是苏州人。主人对妓女调侃地问道："你们说苏州的长官好吗？"这三个妓女只认识杨镜村，不认识另一位某太守，便齐声说："杨太老爷对待我们这些人很仁慈，并且不准地方当差的衙役和光棍来恐吓和敲诈。像这样的长官，他们家万代自然都会官高位显。后来的一位某太守把我们抓了去，不是竹杖抽打，就是用刑具夹手指，并逼迫供出嫖客的姓名，以便他去恐吓榨取钱财，如果不供的话就更会遭到毒打。像这样的官，他的

世代子孙也要做我们这行生意的。”桌上的人大笑起来，那位某太守没等酒席结束就坐车离开了。

京中新婚

【原文】

北京婚礼与南方不同。邵又房娶妻，南方诸同年贺之，意欲闹房，拜见新人也。不料花轿一到，直进内房，新郎弯弓而出，向轿帘三发响箭，然后抱新人出轿，则乱鬓蓬松①，红绸裹首。新郎以秤杆挑下红巾，不行交拜之礼，便对坐床上。伴婆二人持红毡，将四面窗楞通身遮蔽，进大饺一个，剖之，中藏小饺百余，两新人饮酒啖饺毕，脱衣交颈而睡②。次日鸡鸣，公公秉烛早起，礼拜天地、灶神、祖庙。过五日后，方才宴客。本日贺者，全无茶酒，饥渴而退。或嘲之曰："京里新婚大不同，轿儿抬进洞房中。硬弓对脸先三箭，大饺蒸来再一钟。秤干一挑休作揖，红毡四裹不通风。明朝天地祖宗灶，拜得腰疼是阿公。"

【注释】

①乱鬓蓬松：头发松散杂乱。

②交颈：比喻夫妻恩爱。

【译文】

北京的婚礼与南方不同。邵又房娶妻，同榜登科的南方朋友前来祝贺，本想闹洞房看看新娘子。不料花轿一到，就直接往内房抬去，新郎拿着一支弯弓，朝着轿帘连发了三支响箭，然后把新娘子抱出轿子。新娘子头发散乱，头上裹着红绸子。新郎用一个秤杆挑下了红巾，没有行交拜之礼，两个人便对坐在床上。有两个伴娘，用红布将四面的窗户都遮蔽了起来，然后送进了一个大饺子，挑开后，里面藏有百余个小饺子。两位新人喝酒吃完饺子后，便解衣相拥而睡。第二天鸡叫之时，公公点起蜡烛早早起来，按照礼俗，拜谢天地、灶神、祖庙。五天之后，才摆席宴请宾客。婚礼头一天来祝贺的人，没有享用到一点茶酒招待，又饥又渴地都走了。有人以诗嘲笑说："京城的婚礼大不相同，轿子直接抬进洞房中。拉开硬弓先射三箭，大饺煮熟送来再喝一钟。秤杆挑下红巾而并不交拜，红毡把四面窗户遮得密不透风。第二天大早行天地之礼，腰都拜痛了的是阿公。"

张赵斗富

【原文】

康熙间，河道总督赵世显与里河同知张灏斗富。张请河台饮酒，树林上张灯六千盏，高高下下，银河错落。兵役三百人，点烛剪煤，呼叫嘈杂。人以为豪。越半月，赵回席请张，加灯万盏，而点烛剪煤者不过十余人，中外肃然①，人疑其必难应用。及吩咐张灯，则飒然有声②，万盏齐明，并不剪煤而通宵光焰。张大惭，然不解其故。重贿其奴，方知赵用火药线穿连于烛心之首，累累然，每一线贯穿百盏，烧一线则顷刻之间百盏明矣。用轻罗为烛心，每烛半寸，暗藏极小爆竹，爆声偪膊③，烛煤尽飞，不须剪也。盐商安麓村请赵饮酒，十里之外灯彩如云。至其家，东厢西舍珍奇古玩罗列无算，赵顾之如无有也。直至酒酣席撤，入燕室小坐，美女二人捧双锦盒呈上，号"小顽意"。赵启之，则关东活貂鼠二尾，跃然而出，拱手问赵。赵始哑然一笑④，曰："今日费你心了。"

【注释】

①肃然：肃静安然。

②飒然：迅疾、倏忽貌。形容像风吹时沙沙作响。

③偪膊（bì bó）：象声词。形容连续起伏的声音。

④哑然一笑：情不自禁地笑出声来。哑然：形容笑声。

【译文】

康熙年间，河道总督赵世显与里河同知张灏（hào）斗富。有一天，张灏请赵世显到家中饮酒，他吩咐仆人在树林上张挂明灯六千盏，高高低低的，仿佛银河星光错落。同时派遣兵役三百人负责点蜡烛，剪灯芯，众人大呼小叫，热闹非凡，人们都认为这样很豪华气派。过了半个月以后，赵世显回席宴请张灏，他吩咐下去添加灯盏到一万，而负责点蜡烛，剪灯芯的人却不过十多人，里里外外一派肃静安然，人们都怀疑到时候点烛剪煤之人一定会难以够用。可是等到赵世显吩咐点灯之时，却像一阵风似的顺次发出飒飒响声，瞬间万盏齐明，并不需要剪灯芯就能通宵光焰四射。张灏见状十分惭愧，可他怎么也猜不透这其中的缘故。于是就偷偷用重金贿赂赵世显的家奴，这才知道原来是用火药线穿连于烛心之首，然后连接成串，每一根火线贯穿百盏灯，然后点燃一根火线则顷刻之间百盏灯就随之亮了，并用轻薄的绫罗做烛心，每个烛芯间隔为半寸，其中暗藏一个极小的爆竹，等听到爆竹被引燃发出噼啪的响声时，灯花就全被炸飞，所以就不需要修剪灯花了。还有一次，盐商安麓村请赵世显饮酒，他从十里之外就开始张灯结彩，灯彩如云，很是壮观。到了安麓村的家中，他家的东厢西舍珍奇古玩罗列之多，不计其数，可是赵世显一路走来，看到这些就像没看到一样。直到酒喝得尽兴，宴席才撤下，然后他们来到优雅的茶室小坐，这时有两个美女捧着一双锦盒呈上来，号称“小玩意儿”。赵世显打开锦盒，则有两只关东活貂鼠灵巧地跳出来，并向赵世显拱手问安。赵世显这才情不自禁地笑出声来，说：“今日你费心了。”

续卷七

梦墨

【原文】

武进钱文敏公，戊午应顺天试。场前，梦至正阳门外，见一人貌岸然①，支布帐而陈墨若干于其下。先有一髯买墨②，公亦就买。售墨者熟视公，予墨两丸，继予髯一丸，遂醒。后谒座主孙文定公，俨然售墨者。次一同年来谒，则髯至焉，是为无锡李君时乘。盖墨两丸者，两榜；李以一榜终于东平州牧③。

【注释】

①岸然：严肃。

②髯（rán）：两腮的胡子，也泛指胡须。

③牧：古代官名。为当地的行政长官。

【译文】

江苏武进的钱文敏先生，乾隆三年（1738 年）参加顺天考试。考试前，梦到自己在正阳门外，看见一个人神情严肃，支着一顶布帐篷，下面摆放着较多的方墨块。先有一个长着长胡须的人上前买墨，钱文敏先生也跟着上前买。卖墨块的人注目打量着钱先生，给了两方墨块，继而给了长胡须一方，梦到这儿便醒了。后来，钱文敏去拜访主考官孙文定先生，看到孙先生恰恰和梦中卖墨块的人长得一样。接着，一位同科也来拜访，正是梦中那位长胡须之人，即无锡的李时乘先生。原来梦到给自己两方墨，预示着自己连中两榜；李时乘中了一榜，最后官位为东平知府。

桑蚕

【原文】

宜兴东仓桥离城数里，有某村妇子患痘[①]，医者下方，须用桑蚕。夫佣于外，其姑命妇觅桑虫[②]。妇至野寻求，见老桑一株，有蚕蠕蠕甚大[③]，喜而捉之。行数武，忽失蚕，妇告其姑，姑曰："此活蚕，非有翼能飞，堕亦只在草间耳[④]。盍往觅之[⑤]？"妇仍诣其地搜寻[⑥]，林隙有一洞，方谛视间[⑦]，忽巨蛇昂首出，俨然人头，有一臂，怒目睒睒[⑧]，指妇作人语曰："汝再扰我，即当啖汝[⑨]。"妇惊仆。其姑讶妇久不返，往视之，见其卧地吐沫，面无人色，扶归渐苏，乃述所见如是。儿竟殇，妇亦旋患痫[⑩]。不知何怪也。此乾隆壬子五月间事。

【注释】

①痘（dòu）：人或牲畜患的一种接触性传染病，由病毒引起，发病后皮肤上出现豆状疱疹。

②姑：古时对丈夫的母亲的称呼，相当于现在的婆婆。觅：寻觅，寻找。

③蠕蠕（rú）：昆虫慢慢爬行的样子。

④翼：翅膀。堕（duò）：掉，落。

⑤盍（hé）：何不；为什么。

⑥诣（yì）：到，来到。

⑦谛（dì）：本义为追根刨底地审问。此为仔细察看。

⑧俨然（yǎn rán）：很像。睒睒（shǎn shǎn）：闪烁的样子。

⑨啖（dàn）：吃。汝（rǔ）：你。

⑩痫：俗称羊癫疯、羊角风。患此病的人，常突然倒地，口吐涎沫，

手足痉挛，口里发出羊豕的叫声。

【译文】

宜兴东沧桥距离县城有数里远，有一个村妇的儿子得了水痘病，医生诊断后给孩子开了一个药方，其中必须用桑蚕作药引子。妇人的丈夫在外地做佣工，暂时不能回来，于是她的婆婆就让这妇人去寻觅桑蚕。这妇人来到野外四处寻找，忽然看见一棵老桑树，树上有一只很大的蚕正在慢慢蠕动，妇人高兴地一把将那蚕捉住。她刚走了几步，忽然发现蚕丢了，妇人只好空着手回家如实告诉了她的婆婆。她婆婆生气地说："这是活蚕不假，但也不是有翅膀能飞的，掉落也只能是掉进草丛里了，你为什么不回去找找它呢？"妇女便又回到她丢失蚕的地方搜寻，她发现树林的空隙有一个山洞。妇人正在仔细查看之间，忽然看见一条巨蛇从洞中昂首而出，蛇的头部很像人头，身上还长了一对胳臂，发怒的眼睛闪闪发光，只见它抬起胳膊指着妇人用人语说："你再来打扰我，我就立即吃了你！"妇人一听当时就吓得摔倒了。她的婆婆在家很奇怪儿媳为何这么久了还不回来，于是就过来找她，却看见儿媳躺在地上口吐白沫，而且面无人色。婆婆立即扶起儿媳回家，到家后妇人才慢慢苏醒，于是妇人就一五一十地述说了刚才所看到的事情。可惜她的儿子最终还是死了，妇人随后也得了痫病，真不知她到底遇到什么妖怪了。这是发生在乾隆壬子年（1792 年）五月间的事。

魍魉

【原文】

山阴高进士之父某翁，未遇时，以佣为生。暮归，值长鬼立路侧，倚人屋，腰靠檐上。翁立俟之，鬼手捧一孩子而祝之曰："我欲食尔，尔宜为九品官，有田三千亩，屋九椽，男子二人，我即欲食汝，心不忍食。"遂置之瓦上，回身欲走，则见翁。翁被酒，且立久，绝无恐，心计渠尚不食小康孩子，我苟不至饿死，渠岂能食我，我何畏渠？乃谓之曰："吾闻神之长者为魍魉[①]，能富贵人，我将乞汝致富。"鬼拂袖令翁去。翁固求，鬼探袖得绳，缚竹竿一枝若秤物具，翁再索锤，则鬼拂衣竟去。翁归告妇，取梯抱儿下。翌日，里许有冯村人姓冯者失其子，遍觅不得。高翁出儿，而告以鬼语。冯父乃拜翁，呼为外父[②]。后冯果为山西巡检，田庐如魍魉言。高亦自此致富，子发科甲矣。

【注释】

①魍魉（wǎng liǎng）：古代神话传说中的山川精怪。泛指鬼怪。

②外父：一般指岳父。

【译文】

山阴高进士的父亲高翁，在没发迹前，靠在人家做佣工为生。一天傍晚归来，在路上突然看到一个长长的鬼站在路边，倚着人家的房子，腰部靠到了屋檐。高翁觉得很稀奇，便停下来看看这鬼意欲何为，只见这个长鬼手上捧着一个孩子，嘴里念念有词："我要吃掉你，奈何你运气不错，将来要做九品官，家中良田三千亩，九栋房屋，两个儿子。我想吃掉你，可心又不忍。"说完，便把小孩子放在瓦上准备离开，却见到了高翁。高翁之前刚喝了一些酒，酒性壮胆，并且站在那里也看了好长时间，所以并不害怕，心想这鬼尚不忍心吃这有小康福气的孩子，而我的命也没差到要饿死的境地，他也不会吃我的，我有什么害怕的呢？"想到这里，高翁上前对长鬼说道："我听说高大的神灵名叫魍魉，能够让人发家致富，我想请您给我一些财运。"长鬼拂袖让高翁走开。高翁再三相求，无奈之下，长鬼从袖中掏出一根绳子，绑在一根竹竿上交给他，看形状像是秤杆一样，高翁又索要秤砣，长鬼则厌烦地拂衣而去。高翁回到家后，将刚才路上发生的事告知妻子，然后拿梯子到屋瓦上将小孩抱了下来。第二天，约一里外的冯村有户姓冯的人来找儿子，说是到处都找遍了也没找到，因此到此处来看看。高翁一听，便将小孩抱了出来，并将昨日遇鬼之事告知冯家。冯家为了感谢高翁，便让儿子称高翁为外父。后来，冯家的孩子果然做到了山西巡检，

田产房产如同魍魉所说的一样。而高翁从那之后也慢慢致富，儿子也考中了进士。

虎困藤斗

【原文】

樗里王姓童子，携藤斗籴米①。时暮雨，过溪边木桥，童子即以斗加头上，手扶木栏过桥。有虎在桥下伺，前咬童子头，得其斗而去。童子仆地，谓是人所推跌，捽其斗而去也②。明日，山中人见虎狂走遍山，则虎衔藤斗不可脱也。虎口合则藤斗随合，虎口张则藤斗随张，斗塞满口，藤性韧，丝丝嵌入虎牙缝中。虎性躁，不可耐，走三日而伏毙于山中。头犹仰，张其口，犹含藤斗也。

【注释】

①籴（dí）米：意为买米。

②捽（zuó）：揪，抓。

【译文】

樗里有个姓王的孩子，拿着一个藤斗去买米。天色将晚时，下起了雨，小孩在过一座小河上的木桥时，把藤斗顶在头上挡雨，手扶着栏杆过桥。可一个老虎在桥头窥视，并伺机上来咬他的头部，结果咬下藤斗跑了。小孩被撞倒在地上，以为是被人猛推倒地，把藤斗抢跑了。结果看见远方跑着一只猛虎，虎口咬着藤斗才恍然大悟。第二天，山里有人发现一只猛虎在山中来回狂奔，虎口衔着藤斗无法摆脱。虎口闭合时藤斗也随着虎口闭合，虎口张开藤斗也随之张开，藤斗塞满了虎口，那具有韧性的藤丝，将虎的牙缝都塞住了。虎无法吐出来，性情狂躁难耐，跑了三天后，终于精疲力尽倒毙在山里。虎头在死时还仰着，大张着口，藤斗还在嘴里。

续卷八

秀结宜男

【原文】

杭州富家子金挺之，美少年也。慕某女不得，因有妖冒作此女来魅。夜必搂抱甚紧，金即下泄如注，几成瘵疾①。避之他舍，妖至，觅之不得，即在空楼上束棕荐为人，瓦钵作头，插山花，披红锦衣，以恐其家人，并时作喃喃絮语声。一日，携一斗大馒头来，上写“秀结宜男”四字，书法秀媚。其家延顾安伯、万近蓬往视之。万云：“此蛇妖也。修炼千余年，我已受菩萨戒，不忍杀，但可驱之去。”顾乃为画先天八卦图镇贴，万但书“楞严咒心”四字治之。妖始泣语小婢云：“我本扬州人，为访妹而来。因鼓楼被毁，妹不可见。偶见金郎貌美，钟情于此。今蒙见逐，自限期去，但从此见金郎不得，求郎所悦之歌童为我唱《阳关》一曲足矣。”其家至期，果以鼓吹清歌送之，乃以线绣瓶袋一枚，白镪六钱②，赏歌童而去。此壬子二月间事也。

【注释】

①瘵（zhài）疾：指痨病。

②白镪（qiǎng）：古代当做货币的银子。

【译文】

杭州有个富裕人家的儿子叫金挺之，是一位美少年。他喜欢一个女子而不能如愿。于是，就有妖精变成那位女子来迷惑他。每天夜里，妖精都会来紧紧地搂抱他，使他遗精十分严重，几乎要导致痨病。金挺之躲避到了另外房间，妖精来了，找不到他，就在空楼上用粽叶扎成人的样子，用瓦钵作头，插戴山上的野花，披上红锦衣，来恐吓金挺之的家人，并不时地发出喃喃絮语的声音。一天，妖精带来一斗大馒头，上面写着“秀结宜男”四字，字迹很秀气。金家请了顾安伯、万近蓬来看。万近蓬说：“这是蛇妖在作怪。而且这蛇妖已经修炼了一千多年，我已受菩萨的告戒，不忍心杀她，但可以把她赶走。”于是，顾安伯画了一张先天八卦图来张贴镇妖，万近蓬写了“楞严咒心”四个字来治怪。妖精这才开始哭着对小婢女说：“我本是扬州人，是为了寻找妹妹而来的。因为鼓楼被毁，找不到妹妹。偶然看见金郎长得很俊美，令我顿时十分钟情于他。现在被你们驱逐，自然会在你们的限期之内离开，但从此就见不到金郎了，我只想请求金郎所喜欢的歌童为我唱一曲《阳关》就满足了。”金家到了妖精必须离开的那天，果然敲鼓奏乐，让歌童唱着《阳关》曲为她送行，蛇妖听了歌曲后，把一个线绣的瓶袋，还有六两银子赏给了歌童就离开了。这是乾隆五十七年（1792 年）二月里发生的事。

烟龙

【原文】

张宁人言：其邻老善食烟[1]，手一竹管，长五尺许，已三十余年矣。忽有道者过门，顾张所持烟管，曰："君此物得人精气久，已成烟龙，疗怯者有效[2]。他日有索者，勿轻与。"一日，果有典商来，云其子患怯症，知君有旧竹烟管，乞市以疗[3]。乃以七十千价截半尺许去。其子服之，瘵虫尽化紫水而下[4]。他日，又遇前道者于门，出残管示之，曰："龙已伤尾，尚可活，须再食十年，乃可作还丹药也。"求其法，但笑不言，径去。其竹管至今犹存。张曾见之，果光泽，须发毕照，夜悬壁间，一切毒虫皆不敢近。

【注释】

①食烟：粤语词汇，抽烟的意思。

②怯者：这里指体质虚弱的疾病。

③乞市：乞求用钱购买。市：买。

④瘵（zhài）虫：肺痨病，是由结核菌引起的一种慢性肺部传染病。

【译文】

张宁人说：他的邻居是一位老年人，非常喜欢抽烟，常年手中拿着一根长竹烟管，这烟管长有五尺左右，已经使用三十多年了。忽然有一天，有一个道士路过他家门口，看到了这位老人手中所拿的烟管，便对他说："您手中这烟管使用多年已得到了人的精气，现在已经变成了烟龙，治疗体弱虚寒之病有疗效，以后如果有人向你索求的时候，千万不要轻易给他。"一天，果然有一个典当铺的商人来找他，说："我的儿子患上了虚痨之症，知道您有使用多年的竹烟管，今日特来乞求出钱购买用以治疗我儿子的病"。于是，老人就以七十千的价钱截去半尺多长卖给他了。商人的儿子服下它以后，肺痨的病虫全都化作紫水排出体外了。过几天后，老人又遇到前些日子经过门口的那个道士，于是就拿出剩余的那部分烟管给道士看，道士看了看说："这烟龙已经伤了龙尾，尚且还可以活着，但必须再食烟十年，才能作升仙的还丹药了。"老人求问炼制还丹药的方法，道士只微微一笑不说话，径直离去。老人的竹烟管至今还在，张宁人曾经见过它，这烟管的确光滑润泽，能照见人的胡须和头发。夜里挂在墙壁上，所以毒虫都不敢靠近。

羊乳鹿

【原文】

临安山中产鹿，清明前后生子。其子必俟天雨方能走[①]，若无雨，终不能行也。土人觅得归家，以羊乳之，长大便随羊行走，野性稍驯[②]，可为园林点缀，名羊乳鹿。

【注释】

①俟：等候，等待。

②驯：驯服，驯化。

【译文】

临安的山中产鹿，母鹿在清明前后产小鹿。小鹿出生后必须等到天下雨才能行走，如果没有雨，就始终不能行走。当地人找到不会行走的小鹿抱回家，用羊乳喂养，长大后小鹿就跟着羊群一起走，原本的野性也渐渐没有了，可以放养在园林中作为一道点缀的风景，供人观看，人们把它称为羊乳鹿。

鸡毛烟死蛇

【原文】

李金什言：鸡毛烧烟，一切毒蛇闻其气即死。凡蛟蜃属皆然[①]，无能免者。究不知相制之性何自而然。或曰：此易知耳。凡蛟蜃与蛇类皆属阴，鸡本南方积阳之象，性属火，为至阳，故至阴之类触至阳之气，无不立毙。此正《阴符经》注所谓“小大之制，在气不在形”耳。

【注释】

①蛟蜃：蛟与蜃，也泛指水族。

【译文】

李金什说：用火把鸡毛烧出烟来，所有的毒蛇闻到这种烟气很快就会死。凡是蛟蜃之类的动物都是如此，没有能幸免的。可始终不清楚这种相克制的能力，是怎么产生出来的。有人说：这也不难解释。凡是蛟蜃与蛇类动物都属于阴性，鸡本南方积阳之类的物象，性质属火，为纯阳之物。所以纯阴的物类碰到纯阳的气息，没有不马上死亡的。这正是《阴符经》中所说的“大小生物之间的相互克制，着重在于彼此的气息，而不在于形体的悬殊”这个道理。

多角兽

【原文】

僧志定居天目，言其山深处长亘一二十里，榛莽森列，无道路。产沙木，可为枋。豪猪多构巢树隙，为木工所患。忽一年绝迹，不知所往。山民喜，乃大纵斧斤①。有匠某入一荒谷，见一物为藤罥死树上②。视之，状如牛而形大逾倍，遍体皆短角，长二三寸，灰黑色，如羊角，数以千计。顶上一角，红如血，长二三尺。盖巨藤多蔓大木，此兽偶从崖上误跃而入，角为藤缠，四足架空，且藤性柔韧，无所施力，卒致饿死。始知豪猪悉为所啖。究不知此兽何名。

【注释】

①斧斤：各种斧子。

②罥（juàn）：缠绕。

【译文】

僧人志定住在天目山，他说这座山深处绵亘有一二十里，都是茂密的森林，没有什么方便行走的道路。山里出产的沙木，可以作为建筑时的长方形木材来用。然而，豪猪大多在沙木之间的树缝里做窝，是伐木工人的一大祸害。有一年，忽然豪猪绝迹不见了，弄不清到哪里去了。山民们很高兴，于是，挥动斧子大伐树木。有个工匠某进一处荒谷中，看见一个动物被野藤缠挂着，死在树上。上前仔细一看，它的形状像牛，但体形比牛大一倍，浑身长着二三寸长的短角，颜色灰黑，像羊角一般，数以千计。头顶上有一个角，呈血红色，有二三尺长。原来，由于很多粗大的藤蔓缠绕着大树生长，这只野兽从山崖上不小心穿入时，身上的角被藤蔓缠住，四脚悬空，加上藤蔓柔软坚韧，野兽无处发力，最终饿死了。山民这才知道，豪猪都是被这只野兽吃掉的。不过一直不知道这叫什么野兽。

续卷九

照海镜

【原文】

宜兴西北乡新芳桥邸，农耕地得一物，圆如罗盘，二尺余团围，外圈绀色[①]，似玉非玉，中镶白色石一块，透底空明，似晶非晶，突立若盖。卖于镇东药店，得价八百文。塘栖客某过之，赠以十千，至崇明卖之，得银一千七百两。海贾曰："此照海镜也。海水沉黑，照之可见怪鱼及一切礁石，百里外可豫避也[②]。"

【注释】

①绀（gàn）色：蓝色系中的一种颜色，带有紫色的深蓝色，是蓝色系中最深的颜色。此处意为雪青色。

②豫避：预先躲避。豫：同"预"。

【译文】

宜兴西北乡新芳桥下，有个农民耕地时挖出一件东西，形状如罗盘一样圆，周长有二尺多，外围是雪青色，像玉但不是玉，中间镶着一块白色的石头，通体看得透明，像水晶又不是水晶，突出像个盖子。这个农民把它卖给镇东头的药店，得了八百文钱。塘栖有个客人经过新芳桥，用十千文钱的价格从药店买走，拿到崇明倒卖，得到了一千七百两银子。海上的商人说："这是照海镜，海水深厚，看上去黑沉沉的，用它一照，能看清各种奇怪的鱼和所有礁石，百里以外就可以预先躲避了。"

谷佛

【原文】

湖州沈书记号讷庵，有谷佛一尊，弆以玻璃之椟[①]。椟长半寸，椟下有座，高二分许，中藏大谷一颗，长一分有半。谷有芒，亦长分许。谷旁有窍，晴明于赤日之中闭一目觊之，其窍渐大如门，觑之久，由门见堂，由堂见殿，现三宝如来像。像高数丈，缨络庄严[②]，见胸前卍字纹盈尺。旁立文殊、普贤二像。若闻人语，眼少瞬，欻忽不见[③]，仍大谷一颗而已。据沈云："此物传留湖州某尚书家，系明时利西公从西洋墨瓦腊泥迦州带来者，遂入中国。彼国秋熟时，此谷生田亩中，千里赤荒。"门人王昙亲见此谷，不知今归何处。

【注释】

①弆（jǔ）：收藏，保藏。椟：匣子。

②缨络：珠宝玉石的装饰。

③欻（xū）忽：忽然，迅疾。

【译文】

湖州沈书记号讷庵，他有一尊谷佛，收藏在一个玻璃盒子里。盒子长半寸，下面有个二分多高的盒座，盒中藏着一颗大谷粒，长一分半。谷粒上有芒穗植物，也有一分多长。谷旁有个小孔，把谷粒拿到阳光下，闭着一只眼睛看，小孔会变得越来越大，大到一扇门一样，时间看久了，从门里能看见厅堂，再由厅堂可看见大殿，大殿里出现三宝如来像。像的高度有好几丈，珠玉装饰，极其庄严，还可看见佛像胸前有尺余方的卍字形纹。旁边立着文殊、普贤两座佛像。如果有人说话出声，眼睛还会微微地眨动一下，所见的景象就没有了，仍然是一颗大谷粒而已。据沈讷庵解释说：

“这个物件传留在湖州某尚书家里，是明朝时候利西公从西洋墨瓦腊泥迦州带来的，于是传到了中国。他们国内秋收之时，这种谷粒如生长在田地里，千里的农田将谷粒无收，荒芜一片。”我的学生王昙曾亲眼见到过这颗谷粒，现在不知在谁手里了。

狗熊写字

【原文】

乾隆辛巳，虎丘有乞者养一狗熊，大如川马，箭毛森立①，能作字吟诗，而不能言。往观者一钱许一看，以素纸求字，则大书唐诗一首，酬以一百钱。一日，乞丐外出，狗熊独居，人又往，一与纸求写。熊写云：“我长沙乡训蒙人②，姓金名汝利。少时被此丐与其伙伴捉我去，先以哑药灌我，遂不能言。先畜一狗熊在家，将我剥衣捆住，浑身用针刺之，热血淋漓。趁血热时，即杀狗熊，剥其皮包在我身上。人血狗血，交黏生牢，永不脱落。用铁链锁我以骗人，今赚钱几数万贯矣。”书毕，指其口，泪下如雨。众人大骇，将丐者擒送有司，照采生折割律③，立杖杀之。押解狗熊至长沙，交付本家。余按己未年京师某官奸仆妇，被妇咬去舌尖，蒙古医来，命杀狗取舌，带热血镶上，戒百日不出门，后引见奏对如初。元某将军入阵，受刀箭伤无算，血涌气绝，太医某命杀马，剖其腹，抱将军卧马腹中，而令数十人摇动之，如食顷，将军浴血而立。皆一理也。

【注释】

①森立：像树一样直立。

②训蒙：教导初入学的孩童。

③采生折割：是乞丐中最歹毒凶恶的一种手法。人为地制造一些残废或者“怪物”，以此为幌子博取看点或同情，借此获取钱财。

【译文】

乾隆二十六年（1761 年），虎丘有个乞丐养了一头狗熊，体形大得像川马，身上的毛像箭一样直而密。这个狗熊会写字作诗，而不会说话。想来观看的人，给一文钱允许看一次。拿白纸请狗熊写字的，狗熊会用大字写唐诗一首，索取酬金一百钱。一天，乞丐外出，狗熊独自在那儿，人们又来观看了，一个人拿出白纸给它叫它写字。狗熊写道："我是长沙乡间教孩子读书的私塾先生，名字叫金汝利。年轻的时候被这个乞丐和同伙捉住带走，先用哑药灌进我肚里，于是不能说话了。他们先养一只狗熊在家，将我衣服脱掉，捆绑起来，浑身用针来刺，刺得鲜血淋漓，趁身上血还热的时候，立即杀了狗熊，剥下狗熊的皮包在了我身上。人血和狗熊血粘在一起，黏得牢牢的，永远也脱落不下来了。后来就用铁链子把我锁起来骗人，现在已经赚得数万贯钱了。"写完后，指着自己的嘴巴，泪如雨下。在场的众人大惊，将乞丐抓住送到了官府，官府按照采生折割的法律条文，立即采用杖刑，将乞丐打死。然后把狗熊送到了长沙，交给了他的本家。我记

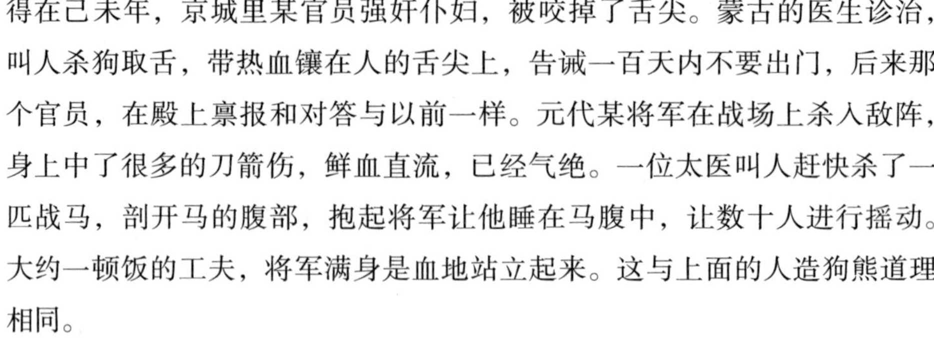

得在己未年，京城里某官员强奸仆妇，被咬掉了舌尖。蒙古的医生诊治，叫人杀狗取舌，带热血镶在人的舌尖上，告诫一百天内不要出门，后来那个官员，在殿上禀报和对答与以前一样。元代某将军在战场上杀入敌阵，身上中了很多的刀箭伤，鲜血直流，已经气绝。一位太医叫人赶快杀了一匹战马，剖开马的腹部，抱起将军让他睡在马腹中，让数十人进行摇动。大约一顿饭的工夫，将军满身是血地站立起来。这与上面的人造狗熊道理相同。

续卷十

董刺史雪冤

【原文】

董公溶任海宁州时，下乡踏勘，有旋风迎舆来①。左避左随，右避右随。公异之，祝曰："若有奇冤，可在舆前三旋而退，吾当命役从汝指引。"祝毕，果如公谕，遂令干役随风查察。至僻壤处，入墓而殁。稔知为某解元女公子墓②，禀复。公立为传讯。据称其女是暴病夭殇者，公不之信，即欲起墓检验。某乃索公无故开棺笔据，方许启墓，公不得已与之。及启验，果属病亡。公颇自悔，亦惟候告听参而已。乘舆返，行未数武③，旋风复来，公益惊，停舆细思，忆及墓内搁棺石板下当有故。复回至墓，揭石验之，又得一棺，开检，亦一女尸，而貌如生，倾国姿也，遍体鳞伤。讯系解元威逼强奸不从，受伤身死。公遂按律详革科断，昭雪其冤而旌表之。

【注释】

①舆：轿子。

②稔知：熟知。

③数武：不远处，没多远。

【译文】

董溶任海宁知州时，有一次下乡去调研和检查，忽然有一阵狂风吹来，围绕着他的轿子直打转，左右都躲避不了。董公觉得怪异，祈告说："你如果有冤屈，可在轿子前面刮三圈而退，我会命令差人跟随你的引导前往。"说完，果然如董公所言，于是，命令衙役跟着风向去察看。到了一个偏僻的地方，旋风刮进坟墓里就消失了，手下人熟知是某解元女儿的墓，就禀告了董溶，知州董溶立马传讯某解元。某解元说女儿得暴病而亡，董知州不信，要立即开棺检验。那解元就要求董知州写一张无故开棺的字据，才允许开墓。董公没有什么选择，就写了字据给他。开棺检验后，果然属于病亡，董知州很后悔写了字据，也只有等候某解元去告他的状。哪知乘轿子返回，没走几步，旋风又刮了过来，董知州更为吃惊，停下轿来仔细思考，怀疑墓内搁棺材的石板下可能有问题，随即回头重新开墓。揭开石板检查，发现还有一具棺材，打开查看，也是一具女尸，面貌还像活人一样，为国色佳人，却是遍体伤痕。董知州命令捉拿某解元审讯，结果招供为女子面对某解元的威逼强奸，抗拒不从，导致被殴打而死。董知州于是按照法律条文判决，为那女子昭雪，并赞表了她的贞洁。

雁宕仙女

【原文】

六合戴某有子十八岁，貌清秀，闭户读书，忽然不见。其家各处寻觅不得。一日，忽从园中香橼树上飞腾而下，曰："我某夕月下闲步园中，见一美女从空飞来，挟我上升。道我凡人也，如何上天？女微笑，采香橼叶一片，令我踏上，当即腾空而起。到一高山，顶上有石门数十间，门内有亭台花草，无所不备。我问此是何处，曰：'温州雁宕山也。天台小山，尚有刘、阮之事①，况我雁宕又高天台一千余丈，而可无佳话流传人间乎？'与我遂成伉俪。诸石门中俱有仙娥来往，老少不一。所说言语，都是玄经秘旨②，不能记忆。但觉服食起居，鲜华可爱，我乐而忘返。忽昨日谓我曰：'郎父亲明日八十生辰矣，不但郎宜归祝，即妾亦宜同去也。'又取香橼叶一片，令我踏上，遂复乘云而起，又到家园。"

其家人邻佑闻此信，来观者如麻。忽闻异香扑鼻，空中闻箫鼓声，果有一绝色女子，珠冠玉佩，在云中作叩首状。每一跪起，则霞光四闪，百鸟皆鸣。家人正思攀留，而清风一起，其女与其子已冉冉携手而又去矣③。其父思子，涕泣不止。或曰："此怪知礼，俟翁九十岁时，定与令郎再至也。"

【注释】

①刘、阮：指刘晨、阮肇。汉明帝永平五年（62年），剡县有采药人刘晨、阮肇，结伴到天台山采谷皮时，返回时迷路，而遇仙女。

②玄经秘旨：玄奥的经典，精深的意旨。

③冉冉：渐渐地，慢慢地。

【译文】

六合县的戴某家有个十八岁的儿子，长得眉清目秀，整天闭门不出在家读书，却忽然失踪了。全家到处寻找打听却找不到。一天，他忽然从园中的香橼树上跳了下来，说："某天晚上，我在月光下的园中散步，看见一个美女从天上飞来，要带我一起升到天空去。我说自己是凡人，怎么能上天呢？美女微笑着，采来一片香橼叶，叫我踏在上面，立马腾空而起了。到了一座高山上，山顶有几十间石门，门内有亭台楼阁，花草树木，所用家具物件等，没有什么缺少的。我问：'这是什么地方呢？'回答说：'这是温州的雁宕山。天台那样的小山，都有刘晨、阮肇遇到仙女的美谈，何况

我们雁宕山比天台山高一千多丈，怎能没有佳话流传人间呢？’于是，与我结成了夫妻。在各个石门中，都有仙女来来往往，老少不一。她们所说的话，都很玄奥精深，我无法记忆，只觉得衣服、食物、起居，都清新华丽可爱，让我快乐地忘记回家了。昨天，她忽然对我说：‘郎君的父亲明天是八十岁生日，不但郎君应该回去祝寿，我也应该和你一同前去。’后又取来一片香橼叶，叫我踏在上面，于是腾云驾雾，又回到了家园。”

邻居听说这个消息后，来观看的人密密麻麻。忽然闻到一股奇异扑鼻的香气，空中响起了箫鼓之声，果然有一位姿容绝美的女子，满身珠光宝气，在云中做出叩首而拜的姿势。每一次跪下和起身，都伴随着万道霞光，百鸟齐鸣。家人正想挽留儿子，可一阵清风而起，这位美女与戴的儿子已挽着手慢慢地飘飘而去。戴某思念儿子，哭泣不止。有人说：“这个精怪女子还是懂得礼节的，等到你九十岁生日时，她一定还会和你儿子一起回家来的。”

金香一枝

【原文】

富民某闻某寺有老僧，德行颇高，延请至家，供奉一室中，朝夕顶礼。即香柱香炉之内，无不以金为之。一日，僧于静室中入定[①]，忽见彩云飘渺，异香满室，有二仙女将一莲花座来，曰：“我奉西方佛祖之命来迎。”僧自顾功行颇浅，惧不敢往。仙女催促再三，且曰：“若不去，我无以复命。”僧乃取瓶中香桂一枝与之，始冉冉而去。明日，主人家产一驴，堕地而死。奴仆辈剖食之，肠中有金香一枝，惊白主人。僧不知也，即主人亦不知金香桂为供奉和尚之物。后偶于参礼和尚时[②]，主人谈及此事，和尚大惊失色，始以向夕莲花相迎之事告主人。亟看瓶中，已少一枝香桂矣。盖无功食禄，天意所忌，故使变驴以报也。

【注释】

①入定：僧人修行的一种方法，端坐闭眼，心神专注。

②参礼：参拜。

【译文】

有一位家资富裕的人，听说某寺庙里有个和尚德行很高，就把这和尚请到了家，供奉在一间静室中，早上和晚上都对老和尚顶礼膜拜。就是插在香炉里的香都是用金子做的。一天，老和尚在静室中端坐修行，忽然看见室内有缥缈的彩云，同时满屋散发着扑鼻的异香，有二位仙女拿一个莲花座来，说："我们奉西方佛祖的命令来迎接你。"和尚自己觉得功法还很浅，内心恐惧，不敢前往。仙女再三催促，并且说："你如果不去，我没办法回复命令。"和尚从瓶中拿出一枝香桂给她们，仙女这才慢慢升空而去。第二天，主人家里产下一头小驴，落地就死了，奴仆们把小驴剖开做菜，发现肠子里有一枝金香，惊讶地告诉主人。和尚不知道这情形，连主人也不知到金香桂就是供奉和尚的那个物品。后来在参拜和尚时，主人偶然间说起了这个事情，和尚很惊慌，才把那天夜里仙女搬来莲花座迎接自己的事告诉主人。随即朝瓶中一看，已少了一枝香桂。大概是因为无功而食禄，遭天意所忌，所以让它变成驴来以示告诫。

怀庆水灾投匾水息

【原文】

余同年沈永之为怀庆府太守，天久雨，黄河水发，直灌城中。公与属员百姓等，俱登城外高阜看水①。水高数丈，竟不能归，饿三日矣，除祷天之外，一筹莫展。忽见一黄衣者带笠乘舟而来，问曰："汝等欲使水退，须当问我。"公即问之，曰："可取怀庆府大堂之匾投水中，水即退。"问其姓，答曰："我姓黄。"言毕遂去。水随其舟，渐渐流下。高阜离署数十余里，公之父母俱在署内，无人能往。正彷徨间，有家人陈姓者曰："小人能识水性，愿往。"公欣然遣之。令其人头顶葫芦，放书其中，泅水到署②，见二老，登楼哭泣，得其信大喜，即取匾投水，登时水遂退。访之里人云：某处有黄将军庙。想怀庆一府应遭此劫，投其匾于水，算已应此劫故也。公即往拈香，瞻其像，果符所见云。

【注释】

①阜：土山。

②泅水：泅渡，游泳。

【译文】

我的同榜进士沈永之，在怀庆府任太守，天气接连多日下雨不停，黄河发大水，直接灌进了怀庆城中。沈太守和下属官员、百姓等，都登上了城外的一座较高的土山上观察洪水。洪水上涨了好几丈高，众人被围困无法回去，已经挨饿了三天，除了对天祈祷外，一点办法没有。忽然看见一个穿黄衣服的人，头上戴着斗笠驾着一叶小船来到土山前，对众人说："你们要想使洪水退去，就应当问我该怎么办。"沈太守立马向他问询，回答说："可把怀庆府大堂的匾额取下来投进洪水中，水就可以退去。"问他的姓名，回答说：

“我姓黄。”说完驾船离开了。洪水随着他的小船，渐渐向下流。此处土山距离官署有好几十里，沈太守的父母都在府署里，一时间无人能到那里去。正在思索不定时，有一个姓陈的家人说：“小人我水性好，愿意游到府署。”沈太守高兴地派他前去。叫他头上顶着一个葫芦，把书信放在里面，陈某泅水到达了官署，看见二位老人在楼上焦急地哭着，当看见儿子的书信后十分高兴，随即把匾取下来投进了水里，顿时洪水退去了。沈太守后来寻访当地百姓，他们说某处有座黄将军庙。想来怀庆府应当会遭受到这场洪水之劫，把怀庆府的匾额投进洪水里，算是已经应了这次劫难。沈太守立即去往将军庙敬香，瞻仰黄将军的塑像，其模样果然和水上驾舟的人相同。

参考文献

[1] 袁枚 . 子不语全集 [M]. 石家庄 ：河北人民出版社，2000.

[2] 袁枚 . 子不语 [M]. 申孟，甘林，校点 . 上海 ：上海古籍出版社，2019.

[3] 袁枚 . 子不语 [M]. 王英志，注释 . 武汉 ：长江文艺出版社，2019.

[4] 袁枚 . 子不语全译 [M]. 陆海明 , 译注 . 上海 ：上海古籍出版社，2012.

[5] 袁枚 . 子不语 [M]. 夏达，编校 . 广州 ：新世纪出版社，2015.